崔致遠全集

〔新羅〕崔致遠 著
李時人 詹緒左 編校

中

上海古籍出版社

桂苑筆耕集卷第十一

檄書四首、書六首〔一〕

檄黃巢書

招趙璋書

告報諸道徵會軍兵〔二〕

告報諸道徵促綱運〔三〕

荅浙西周司空書

荅江西王尚書〔四〕

荅徐州時溥書

荅襄陽郄將軍書

浙西周寶司空書

浙西護軍焦將軍書

〔校記〕

〔一〕檄：底本作「撽」，俗別字，《碑別字新編》、《廣碑別字》錄有其相同相近之形。茲據諸本改為正字。

〔二〕告報諸道徵會軍兵：徐有榘木活字本作「告報諸道徵會軍兵書」。

〔三〕告報諸道徵促綱運：徐有榘木活字本作「告報諸道徵促綱運書」。

〔四〕荅江西王尚書：徐有榘木活字本作「答江西王尚書書」。

檄黃巢書

廣明二年七月八日，諸道都統檢校太尉某告黃巢：夫守正修常曰道，臨危制變曰權。智者成之於順時，愚者敗之於逆理。然則雖百年繫命，生死難期；而萬事主心，是非可辨。今我以王師則有征無戰，軍政則先惠後誅，將期尅復上京，固且敷陳大信。敬承嘉論〔一〕，用戢奸謀。且汝素是遐甿，驟為勍寇〔二〕，偶因乘勢，輒敢亂常。遂乃包藏禍心，竊弄神器〔三〕，侵凌城闕，穢瀆宮闈〔四〕。既當罪極滔天〔五〕，必見敗深塗地。噫！唐虞已降，苗扈弗賓〔六〕，無良無賴之徒，不義不忠之輩〔七〕，尔曹所作，何代而無？遠則有劉曜、王敦，覬覦晉室；近則有祿山、朱泚，吠噪皇家〔八〕。彼皆或手握强兵，或身居重任，叱吒則雷奔電走，喧呼則霧塞煙横。然猶蹔逞奸圖，終殲醜類。日輪闊輾，豈縱妖氛；天網高懸，必除兇族。况汝出自閭閻之末，起於壠畝之間。以焚刼為良謀，以殺傷為急務，有大愆可以擢髮〔九〕，無小善可以贖身。不唯天下之人皆思顯戮，兼恐地中之鬼已議陰誅〔一〇〕。縱饒假氣遊魂，早合亡神奪魄。凡為人事，莫若自知。吾不妄言，汝須審聽。比者我國家德深含垢，恩重弃瑕，授尔節旄，寄尔方鎮。尔猶自懷鴆毒〔一一〕，不斂梟聲〔一二〕，動則齧人〔一三〕，行唯吠主。乃至身負玄化，兵纏紫微。公侯則犇竄危途〔一四〕，警蹕則巡遊遠地。不能早歸德義，但養頑兇。斯則聖上於汝有赦罪之恩，汝則於國有辜恩之罪。必當死亡無日，何不畏懼于天？况周鼎非發問之端〔一五〕，漢宮豈偷安之所？不知尔意，終欲奚為？汝不聽乎，《道德經》云：「飄風不終朝，驟雨不終日。」天地尚不能久，而况於人〔一六〕？又不聽乎，《春秋傳》曰：「天之假助不善，非祚之也，厚其凶惡而降之罰。」今汝藏奸匿暴，惡積禍盈，危以自安，迷而不復〔一七〕。所謂燕巢幕上，漫恣騫飛；魚戲鼎中，則看燋爛〔一八〕。我緝熙雄略，糺合諸軍，猛將雲飛，勇夫雨集〔一九〕。高旌大旗〔二〇〕，圍將楚塞之風；戰艦樓舡，塞斷吴江之浪。陶太尉鋭於破敵，楊司空嚴可稱神。旁眺八維，横行萬里。既謂廣張烈火，爇彼鴻毛，何殊高舉泰山，壓其雀卵〔二一〕？即日金神御節，水伯迎師，商風助肅殺之威〔二二〕，晨露滌昏煩之氣。波濤既息，道路即通。當鮮纜於石頭，孫權後殿；佇落帆於峴首〔二三〕，杜預前驅。收復京都〔二四〕，尅期旬朔。但以好生惡殺，上帝深仁；屈法申恩，大朝令典。討官賊者，不懷私忿〔二五〕；諭迷途者，固在直言。飛吾折簡之詞，解尔倒懸之急。汝其無成膠柱，早學見機，善自為謀，過而能改。若願分茅列土〔二六〕，開國承家，免身首之横分，得功名之卓立，無取信於面友，可傳榮於耳孫。此非兒女子所知，實乃大丈夫之事。早須相報，無用見疑。我命戴皇天，信資白水，必須言發響應，不可恩多怨深〔二七〕。或若狂走所牽，酣眠未寤，猶將拒轍，固欲守株，則乃批熊拉豹之師，一麾撲滅；烏合鴟張之衆，四散分飛。身為齊斧之膏，骨作戎車之粉〔二八〕，妻兒被戮，宗族見誅。想當燃腹之時，必恐噬臍不及。尔須酌量進退，分別否臧〔二九〕。與其叛而滅亡，曷若順而榮貴？但所望者，必能致之。勉尋壯士之規，立期豹變；無執愚夫之慮，坐守狐疑。某告。

〔校記〕

〔一〕嘉論：徐有榘木活字本作「嘉諭」，潘仕成海山仙館叢書本作「善論」。按：《東文選》卷四九、《韓國文苑》卷四、《四部叢刊》本、《唐文拾遺》卷三八均作「嘉論」，當為原文之舊。

〔二〕勍：潘仕成海山仙館叢書本作「勁」，二者義同。寇：《四部叢刊》本、徐有榘木活字本、《唐文拾遺》卷三八作「敵」。

〔三〕器：《四部叢刊》本作上「兕」，異構字。按：此形鮮見，字典、俗字典未見收錄。

〔四〕宫闥：《四部叢刊》本、徐有榘木活字本、《唐文拾遺》卷三八作「宫闈」。

〔五〕極：《韓國文苑》卷四作「克」。

〔六〕弗：《韓國文苑》卷四作「不」。

〔七〕不義不忠：《韓國文苑》卷四作「不忠不義」。

〔八〕皇家：《韓國文苑》卷四作「皇室」。

〔九〕愆：底本作「僁」，《四部叢刊》本、《唐文拾遺》卷三八作「𠍴」，徐有榘木活字本作「㥶」，皆為「愆」之俗。唐顔元孫《干禄字書》：「㥶愆：上俗，下正。」作「僁」、「𠍴」者，皆「㥶」之微變。下不另出校。

〔一〇〕兼恐：《四部叢刊》本、徐有榘木活字本、《唐文拾遺》卷三八作「抑亦」。按：《東文選》卷四九亦作「兼恐」。

〔一一〕懷：潘仕成海山仙館叢書本作「揚」。

〔一二〕斂：底本作「𣫍」，《四部叢刊》本、徐有榘木活字本、《唐文拾遺》卷三八作「歛」，皆「斂」之俗別字。

〔一三〕齧：底本「齒」旁作「齿」，減筆俗寫。按：「齒」作「齿」者，在《續集》中多見，參該集相關條校注。

〔一四〕侯：《國譯孤雲崔致遠先生文集》作「候」。俗寫二者不拘。

〔一五〕鼎：《四部叢刊》本、徐有榘木活字本作「鼑」，俗寫體。《字彙・鼎部》：「鼑，俗鼎字。」下同，不另出校。

〔一六〕而況於人：《四部叢刊》本、徐有榘木活字本、《唐文拾遺》卷三八作「而況於人乎」。按：《東文選》卷四九亦作「而況於人」。

〔一七〕而：《四部叢刊》本、徐有榘木活字本、《唐文拾遺》卷三八作「以」。按：《東文選》卷四九、《國譯孤雲崔致遠先生文集》亦作「而」。「而」與上句「以」變文義同。

〔一八〕則：《四部叢刊》本、徐有榘木活字本、《唐文拾遺》卷三八作「即」。看：《四部叢刊》本作「看」，俗別體，《敦煌俗字典》「看」字條收此形。燋：「焦」之俗寫。唐顏元孫《干祿字書》：「燋焦：焦爛字。上通，下正。」《敦煌俗字典》「焦」字條載此形構。下不另出校。

〔一九〕勇夫：《四部叢刊》本、徐有榘木活字本、《唐文拾遺》卷三八作「勇士」。

〔二〇〕旌：底本作「⿰方正」。按：「⿰方正」字辭書未收，俗字典亦未錄此形，疑當為「旋」之異構字（「旋」甲骨文從「㫃」從「足」，「正」即「足」之楷化、俗化），此處蓋為「旌」之誤字，他本均作「旌」，可為證。類似訛誤書中非一見，參卷一《賀殺黃巢徒伴表》校注〔六〕。再者，「高旌大旗」亦自相儷偶，與下句「戰艦樓舡」均為定中結構，作「旋」顯非其意。旗：《四部叢刊》本、徐有榘木活字本、《唐文拾遺》卷三八作「斾」。

〔二一〕雀：《四部叢刊》本、徐有榘木活字本、《唐文拾遺》卷三八作「鳥」。按：《東文選》卷四九亦作「雀」。

〔二二〕殺：《東文選》卷四九作「煞」。按：「煞」為「殺」之俗，參見《敦煌俗字典》「殺」字條。

〔二三〕佇：《四部叢刊》本作「佇」。按：「佇」為「佇」之訛字。《正字通·人部》：「佇，佇字之譌。」

〔二四〕京：《四部叢刊》本作「京」，俗寫體。唐顔元孫《干祿字書》：「亰京：上通，下正。」太田辰夫《唐宋俗字譜·祖堂集之部》、《敦煌俗字典》「京」字條均收此形。按：從「京」之字如「涼」、「掠」、「就」等，《四部叢刊》本亦如此作。下不另出校。

〔二五〕忿：《韓國文苑》卷四作「憤」，二者義同。

〔二六〕列：《東文選》卷四九、《國譯孤雲崔致遠先生文集》作「裂」，通用字。

〔二七〕怨：《四部叢刊》本作「惌」，俗寫體，《敦煌俗字典》「怨」字條錄有此形。按：「怨」俗寫又作「惌」、「㤪」，其俗化、簡化之跡宛然可見。下不另出校。

〔二八〕骨：底本、《四部叢刊》本作「骨」，俗別字，《敦煌俗字典》「骨」字條收有此形。按：文中從「骨」之字，如「髓」、「體」、「滑」等，底本、《四部叢刊》本亦作此形。下不另出校。車：《韓國文苑》卷四作「書」。

〔二九〕否臧：《韓國文苑》卷四作「臧否」，二者義同。

招趙璋書

都統太尉馳問趙璋〔一〕：古人有言曰：「大厦成而燕雀相賀，湯沐具而蟣蝨相弔〔二〕。」審其賀之與吊，由彼依之與違。且尔同惡相成，異謀斯搆，遽為犯順，尚敢偷安？今我水陸徵軍，天人助信，久審風雲之會，遠揚雷電之威，即當行展豹韜，立擒梟帥〔三〕，尅收城闕，靜剗煙塵。想計尔曹〔四〕，具知吾意。但以先春而後秋者，天之道；重賞而輕罰者，君之恩。遂乃馳吾咫尺之書，問尔方寸之事。尔等依憑大憝，猾亂中朝，罪已貫盈，理須誅剪。然若黄巢狠性能改，雄心自新，望其國封，建彼家社，勳業可超今邁古，恩榮可付子傳孫〔五〕。必為致之〔六〕，速相報也。如或螗蜋努臂〔七〕，猰貐磨牙，輒欲拒張，必當撲滅。尔須審詳至理〔八〕，勸誘元兇。欲令天下知名，早申忠節；休向草間求活〔九〕，終作叛徒。況居成笲之中，即在覆巢之下。死生有命，禍福無門〔一〇〕，唯審是非，可知成敗。所謂燕雀相賀，蟣蝨相吊，實在於知與不知，順與不順。良時易失，嘉會難逢。生為有害之人，死作無知之鬼，深可耻也，深可痛也。勉惟去就，早副指蹤，悉之。

〔校記〕

〔一〕馳：潘仕成海山仙館叢書本誤作「騎」。

〔二〕沭：「沭」之俗寫體，《敦煌俗字典》收録此字形。按：此俗寫底本習見，下不另出校。蟣：《韓國文苑》卷四作「蟻」。

〔三〕帥：《韓國文苑》卷四、《四部叢刊》本作「師」。按：二字俗寫常相亂，據文意，當作「帥」。

〔四〕計：《韓國文苑》卷四誤作「繫」。

〔五〕傳：《唐文拾遺》卷三八作「傅」，形近而訛。《四部叢刊》本作「傳」，俗別字。
〔六〕致：底本、《四部叢刊》本作「致」，俗寫體。按：此形底本習見，下不另出校。
〔七〕螗蜋：徐有榘木活字本作「螳蜋」。按：二者同詞異寫，亦作「螳蠰」、「螳螂」、「螗螂」等。
〔八〕審詳：潘仕成海山仙館叢書本作「詳審」。
〔九〕休向：底本作「休何」。按：「何」乃「向」之誤，茲據《東文選》卷四九改。徐有榘木活字本、《四部叢刊》本作「柰何」、《唐文拾遺》卷三八作「奈何」。
〔一〇〕禍：《四部叢刊》本作「禍」。按：「禍」同「禍」。《集韻·果韻》：「禍，古作禍。」下不另出校。

告報諸道會兵書〔一〕

中和二年五月十二日具銜某，謹告某州府節度使：逆賊黃巢自亂天常〔二〕，亟移星律。縱使擢其買髮，詰罪難窮〔三〕；未能舂彼狄喉〔四〕，稔奸斯極。神誅可俟，鬼怙何憑〔五〕？而敢鴟張鳳城〔六〕，熊據龍闕？至於五尺童子，猶欲請纓；況在四方諸侯，忍無投袂〔七〕？偶屬朝廷宻施廣晝，先倚甸侯，不勞十道徵駈，必謂一麾蕩之。豈料軍令雖殊於兒戲，將名莫驗於童謠。未暇搴旗，旋聆反旆。遂使犬猶狂吠，猿不驚號。徒招翫寇之譏，孰擅弭兵之譽？聖上蹔飛日馭，親省風謠。蔭暍行恩，睿慮則雖勞罪己；慕羶結望，群情則却怨後予。然而自幸龜城，久停鑾輅，秦雲遠隔，蜀柳再芳。每興霜露之懷〔八〕，聖情可想；未滅煙塵之患，臣節何安？某去年羽檄先馳，牙璋後舉，唱義聲於遐邇，養勇氣於偏裨。於是廣徵陶侃之舡，久握辛毗之鉞，晝鷁齊排於雪浪〔九〕，相烏高轉於煙空〔一〇〕，必欲帆張曉風，旗寢夜月〔一一〕，纔離楚岸，便到漢江。直駈背水之師，永破滔天之孽。而乃未施豹略，頻降鳳書，已知諸道進軍，不許遠藩離任。詔旨云：「為朕全吴越之地，遣朕無東南之憂〔一二〕。」是以再閱綸言〔一三〕，遂廻組甲。盖乃仰遵帝命，固非敢緩師期。今則萬里專征，誰能奮翼；三年縱敵，尚許磨牙。賊巢雖戲鼎中，已居机上。掘尾狗子〔一四〕，輒曾發狂；斷頭將軍，難可釋怒。某幸忝握兵之要，固當杖義而行〔一五〕。近奉詔條，遍徵戎旅，一呼巡屬，四集驍雄。不唯被練三千，實有控弦十萬。已取今月十八日，部領兵士，發離本鎮，必得直趍汴道，徑入潼關〔一六〕，立剗梟巢，去迎鑾駕。引舜風之無外，覩漢日之再中。况都統王令公暗運智機，别操戎柄，已提勁卒，即展奇功。足可相應軍謀〔一七〕，共興王略。諸道自從賊盛，皆峻官榮。尸為食土之毛〔一八〕，盡思効命；矧乃荷天之寵，豈合安身？且大丈夫之在世也，壯氣難申〔一九〕，良時易失。苟或美事讓他人之手，殊恩負聖主之心，則莫測肺肝，何施面目？固應各勤訓練，同願誅鋤。瞻帝輦而魂飛，擁戎軒而眥裂。早看行色，勿懷兒女之悲；須把戰勳，永作子孫之福。謹告。

〔校記〕

〔一〕告報諸道會兵書：徐有榘木活字本題作「告報諸道徵會軍兵書」。

〔二〕賊：潘仕成海山仙館叢書本作「賦」，形近而訛。

〔三〕詰：《東文選》卷四九、《四部叢刊》本作「誥」，形近而誤。

〔四〕春：《四部叢刊》本作「𣅳」，異構字。

〔五〕恠：《唐文拾遺》卷三八作「怪」。按：「恠」為「怪」之俗寫體。唐顏元孫《干祿字書》：「恠怪：上俗，下正。」下不另出校。

〔六〕鴟：底本作「鵄」。按：「鵄」為「鴟」之俗。唐顏元孫《干祿字書》：「鵄鵄鴟：上俗，中通，下正。」兹據《四部叢刊》本、徐有榘木活字本、《唐文拾遺》卷三八改為正字。

〔七〕無：《四部叢刊》本、徐有榘木活字本、《唐文拾遺》卷三八作「為」。按：《東文選》卷四九、《國譯孤雲崔致遠先生文集》亦作「無」。袂：底本作「袂」，減筆俗字。下不另出校。

〔八〕霜：《國譯孤雲崔致遠先生文集》作「相」，省旁字。

〔九〕排：《四部叢刊》本、徐有榘木活字本、《唐文拾遺》卷三八作「飛」。

〔一〇〕相：《四部叢刊》本、徐有榘木活字本、《唐文拾遺》卷三八作「檣」。按：《東文選》卷四九亦作「相」。烏：底本作「鳥」，形近而訛，今據諸本改。按：「相烏」、「檣烏」義同，均指古代觀測風向的儀器。北周庾信《周宗廟歌》之十二：「鼓移行漏，風轉相烏。」唐杜甫《登舟將適漢陽》詩：「塞雁與時集，檣烏終歲飛。」即其例。

〔一一〕寢：底本作「寑」，俗寫體。潘仕成海山仙館叢書本作「侵」，省旁字。

〔一二〕遺：《東文選》卷四九作「遺」，形近而誤。東南：徐有榘木活字本作「西南」。按：他本皆作「東南」。據《資治通鑑》卷二五三、二五四載，高駢乾符六年（八七九）由鎮海節度使徙任淮南節度使及諸道行營兵馬都統，鎮領東南之地，以禦黃巢軍。知作「東南」是。又，「遺朕」句另見於同卷《荅襄陽郄將軍書》、卷一二《光州李罕之》，均作「東南」。

〔一三〕言：《四部叢刊》本、徐有榘木活字本、《唐文拾遺》卷三八作「音」。按：《東文選》卷四九亦作「言」。

〔一四〕掘：徐有榘木活字本作「搖」。

〔一五〕杖：徐有榘木活字本、《唐文拾遺》卷三八作「仗」。《四部叢刊》本作「伩」，亦即「仗」之俗寫。按：《東文選》卷四九亦作「杖」。「杖」、「仗」通用。

〔一六〕徑：底本、《四部叢刊》作「徃」，簡俗體。按：文中從「巠」之字，如「輕」、「經」等，底本、《四部叢刊》多作此形。下不一一出校。

〔一七〕足：底本、《四部叢刊》作「㫝」，俗寫體。按：文中從「足」之字，如「促」、「蹙」、「蹔」等，底本、《四部叢刊》多如此作。下徑改不另出校。

〔一八〕尸：《唐文拾遺》卷三八作「凡」，潘仕成海山仙館叢書本作「況」，《國譯孤雲崔致遠先生文集》作「夫」。土：《四部叢刊》本作「上」，蓋「土」字之破損。按：「食土之毛」，出自《左傳・昭公七年》。

〔一九〕申：徐有榘木活字本、《唐文拾遺》卷三八作「伸」，通用字。

告報諸道徵促綱運書

謹告某州節度使：夫忠於國者，無以家為。是故漢代微臣〔一〕，有傾產助邊之請；魏朝烈士，有舉宗陳力之言。況乃藩寄榮身〔二〕，兵符在手。遇大朝之多難，見上宰之董戎，而不能促致泛舟〔三〕，令行挈畚，使戰士猶多飢色，將軍未獻捷書。但忝分憂，實為忍恥。某昨從中夏再集大軍，不慙素飽之名，已誓無嘩之衆〔四〕，仍差都押衙韓汶，先賫金帛百萬疋，救援都統令公軍前。既裝運舡，將扣飛檝，言遵汴道，徑指圃田。必值徐戎〔五〕，來侵淮口，扼斷河路，攻圍郡城。近者又擁兇徒，直衝近境，敢憑蝟結，欲恣鯨吞。當道既見阻艱，暫須停駐，遂乃揀徵驍勇，往討頑兇，佇靜封壃〔六〕，便登途路〔七〕。必可豁通綱運，廣備供輸。行稱東道主人，非無意也；立斬南陽太守，竊有志焉。諸道久荷深恩，各居重任。縱以家門寶貨，猶合贍軍；況將州縣賦輿，豈宜壅利？其宣武、忠武、天平、昭義、泰寧、平盧、河陽等道〔八〕，盡發雄師，咸從統命，其依饋運，各已通流。其浙東、浙西、宣州、江西、鄂州、荊南、湖南、嶺南、福建等道，今欲踰年，未聆發運。若由水路，須入汴河。如此稽留，何因濟集？必計杜畿美化，遍得人心；任峻奇謀，兼施兵力。速請同勤饋輦，繼發綱舡，齊至都統軍前，早期收復京闕。其徐州實為國蠹，豈止隣讎？蓋以天暫容奸，地猶聚慝。皆為龐勛叛亂〔九〕，早合瀦宮；昨因時溥猖狂，更宜塗地。偶屬朝廷未誅大憝，不問小瑕，貴恱軍情，驟加爵賞。而乃時溥罔遵詔旨〔一〇〕，尚搆姦謀。去年曾犯淮山，今夏又侵泗水，乃作黄巢外應，久妨諸道進軍。先須剗當路之豺狼，後可殄壞堤之螻蟻。巢使隋皇新路，楊柳含春；無令漢祖舊鄉，荆榛撲地。凡承寵寄，共察忠誠。謹告〔一一〕。

〔校記〕

〔一〕代：底本作「伐」，增筆訛俗字，今據諸本改為通行字體。

〔二〕藩：《四部叢刊》本、徐有榘木活字本、《唐文拾遺》卷三八作「邊」。按：《東文選》卷四九亦作「藩」。

〔三〕促：《四部叢刊》本、徐有榘木活字本、《唐文拾遺》卷三八作「役」。

〔四〕暂：潘仕成海山仙館叢書本作「警」。

〔五〕必：潘仕成海山仙館叢書本作「乃」，《國譯孤雲崔致遠先生文集》作「忽」。

〔六〕壃：《四部叢刊》本、徐有榘木活字本、《唐文拾遺》卷三八作「疆」。按：「壃」為「疆」之俗。唐顔元孫《干禄字書》：「壃疆：上通，下正。」《敦煌俗字典》「疆」字條收録此形。下不另出校。

〔七〕途路：《四部叢刊》本、徐有榘木活字本、《唐文拾遺》卷三八作「道路」，二者義同。

〔八〕宣：《四部叢刊》本作「宜」，形近而誤。按：「宣武」，唐藩鎮名。唐建中二年（七八一）置，治宋州（今河南商丘南），興元元年（七八四）移治汴州（今河南開封），轄汴、宋、亳、潁四州。虜：底本誤作「慮」，據諸本改。

〔九〕皆：《四部叢刊》本、徐有榘木活字本、《唐文拾遺》卷三八作「昔」。

〔一〇〕罔：《四部叢刊》本作「冈」，俗寫體。《龍龕手鏡·冈部》：「冈，俗；罔，正。文兩反，無冈也。」下不另出校。

〔一一〕謹告：《東文選》卷四七闕。

荅浙西周司空〔一〕

某白〔二〕：忽覽來示，驚憤兩深。是何見事之乖，如此發言之過！且趙公約者〔三〕，背軍逃走，行怙追擒〔四〕，遽投跡於貴藩，遂偷生於逋藪。今則異端斯搆，細作為名。若能懷上士之心，豈可信下人之口？譚何容易，事不酌量〔五〕？來示云：「位極上公，權尊都統〔六〕。別興異見，遽起他謀。以何悔尤，欲為燒刼？」此乃稍殊雅責，僅涉穢詞。鼠尚有皮，盖譏無禮；駟難及舌，亦誡慎言〔七〕。豈是不為虐兮，誠非所可道也〔八〕。司空晚歲縱不以學識為先，從事儁才亦合以智謀相贊〔九〕。虛成啗飯，難望和羹；未論是非，須陳本末。具標五信，無貯一疑〔一〇〕。且此三世立功，無非報國；四方出鎮，曾不安家。身持將相之權，手握恩威之柄，豈獨撫淮邊之俗，終期安海內之人。方切緝綏，何言侵伐？其可信而不合疑者一也。况今黃巾尚熾，翠輦未歸。方駈貔虎之師，欲破豺狼之窟。遠離弊鎮，深託善隣，臨危而猶冀依憑，守靜而更除損害。其可信而不合疑者二也。司空早聯中外，永保初終。言既覆於芝蘭，操弥貞於松桂。曾無釁隙，每有音書。偏深魯、衛之情，永絕張、陳之事。其可信而不合疑者三也。浙西始為交代，未得多時。陶公之官柳誰移，邵伯之遺棠不讓〔一一〕。至於賊壘，猶將信義招降〔一二〕；況是舊藩，豈以兵戎侵逼〔一三〕？其可信而不合疑者四也。昨自師長江浦〔一四〕，令肅雪霜。軍門則擊柝夜嚴，行路則銜枚晝靜。豈有任從海則登舫，趙公約則隔簾？通報既不難為，指麾又何易得？直至上流嘉客，不暇接迎〔一五〕；是何下等健兒，敢來親近？其可信而不合疑者五也。粗申大較，可察中心。何乃憑叛卒之譏詞，失賢人之事體，以此陳奏聖主，以此傳告諸侯？非我無辭，是誰有過？細尋來旨〔一六〕，莫測貴懷。為當老耄所侵，末年多變？為復狂迷偶作，忠節遽乖？夫耳不辯五聲曰聾〔一七〕，目不分五采曰昧〔一八〕。司空久當重寄，已謂元臣，因何妄發蕘言，或似自懷蓬性？不知彭寵，此時有按劍之疑〔一九〕；却恐廉頗，他日無負荊之處。嘻〔二〇〕！將帥則空榮列土，君王則尚遠蒙塵，更無匡復之誠，唯有猜嫌之事，祇隔一條水脉，便興萬種風言。必計心虛，遂成口實。大凡獻酬以禮，來往為書，理失其中，事生非小。且須審諦，勿恣豪强。於此難盡私誠，其他備載公牒。無遺後悔，併弃前功。某白。

〔校記〕

〔一〕荅浙西周司空：徐有榘木活字本題作「答浙西周司空書」。

〔二〕白：底本、《四部叢刊》本誤作「自」，據諸本改。按：「某白」文中多見。

〔三〕且：底本闕，據諸本補。《東文選》卷五七作「日」，形近而訛。

〔四〕怗：《唐文拾遺》卷三八闕，《國譯孤雲崔致遠先生文集》訛作「帖」。

〔五〕量：底本作「量」，俗寫體，《敦煌俗字典》「量」字條收錄。

〔六〕尊：潘仕成海山仙館叢書本作「專」。

〔七〕誡：潘仕成海山仙館叢書本作「戒」，通用字。

〔八〕所：底本作「所」，俗寫體。《四部叢刊》本作「所」，亦俗寫體，《敦煌俗字典》「所」字條收列此形。下不另出校。

〔九〕「司空晚歲」至「以智謀相贊」句：《四部叢刊》本、徐有榘木活字本作「司空晚歲縱不以學識為從事，雋才亦合以智謀相贊」，《唐文拾遺》卷三八作「司空晚歲縱不以學識為□，從事雋才亦合以智謀相贊」，潘仕成海山仙館叢書本作「司空晚歲縱不以學識為長，從事雋才亦合以智謀相贊」。按：《東文選》卷五七亦作「司空晚歲縱不以學識為先，從事雋才亦合以智謀相贊」。

〔一〇〕貯：《四部叢刊》本作「貯」，減筆俗字。《唐文拾遺》卷三八作左「貝」右「宁」之形，為「貯」之異構字（此形大型字典均未收錄）。

〔一一〕邵：《四部叢刊》本、徐有榘木活字本、《唐文拾遺》卷三八作「召」。按：「邵伯」即「召伯」，指周召公奭。因封地在召，故稱「召公」或「召伯」，又作「邵公」、「邵伯」。漢王符《潛夫論・愛日》：「邵伯訟不忍煩民，聽斷棠下，能興時雍而致刑錯。」即其例。

〔一二〕降：潘仕成海山仙館叢書本作「行」。

〔一三〕逼：《四部叢刊》本作「逼」，俗寫體，《敦煌俗字典》「逼」字條收有此形。下不另出校。

〔一四〕長：《四部叢刊》本、徐有榘木活字本、《唐文拾遺》卷三八作「過」。

〔一五〕不暇：《四部叢刊》本、徐有榘木活字本、《唐文拾遺》卷三八作「不瑕」。按：「瑕」乃形近而訛。

〔一六〕尋：潘仕成海山仙館叢書本作「審」。

〔一七〕辯：《四部叢刊》本、徐有榘木活字本、《唐文拾遺》卷三八作「辨」。按：「辯」通「辨」，謂辨别，區分。《易·繫辭上》：「辯吉凶者存乎辭。」高亨注：「辯借爲辨，别也。」

〔一八〕目：《唐文拾遺》卷三八作「耳」，形近而誤。

〔一九〕按：《國譯孤雲崔致遠先生文集》誤作「接」。

〔二〇〕嘻：《四部叢刊》本、徐有榘木活字本、《唐文拾遺》卷三八作「噫」。

荅江西王尚書〔一〕

十二月六日某白：閣下遠損長書〔二〕，深貽善諭，一覽而發皇耳目，再窺而驚越神魂。是何詞彩之彬彬，能致言端之懇懇！既知約我以禮，方信起予者商。況乃事徵於羑里聖人，道媿於首陽義士。切磋雖至，刻畫何勝？敬佩良箴，專銘鄙抱〔三〕。然慮虚聲易應，真寶誰知〔四〕。弄脣吻以鑠金，衆皆妙手；拭瞳眸而辨玉，多是清盲。苟非原始要終，則必唱予和汝。是以略陳梗槩，用察根源。匪欲廣援古今，所希暫曉左右。僅同伐善，豈免興慚？君其審之，僕所望也。僕與浙帥周司空〔五〕，早於鳳里相識，亦為鴒原往還。接載笑載言之時〔六〕，展如兄如弟之分。況作建旟交代，真為結綏相知。既睦比隣，罷扃外戶。江南、江北，祇闘行春〔七〕；三楚、三吳，盡喧來暮。方謂憑我友歲寒之節，解吾君宵旰之憂〔八〕。豈料蒼鳥高飛〔九〕，翠華遠狩？僕以久叨重寄，便決專征。偶緣兵力未加，人心尚攝〔一〇〕，遂於春首，先發羽書。仍請都統判官顧雲協律，議共成之事，謀相見之期。固非閱被廬之軍，徵夾谷之會，實欲親謀歃血，方寫痛心。若能接濟師徒〔一一〕，粗得振揚聲勢。而乃周司空却自弃同即異，不能捨短從長。忽疑惑於澠池，謂矜誇於踐土，便見戒嚴城壁，阻塞津途。搆猜嫌而信有小人，遺故舊而曾無大過。僕雖逢彼怒〔一二〕，但守吾真。及至中夏出軍，外方多事，冀安弊鎮，旁倚近隣。又令幕客過江〔一三〕，請為都統副使。豈銜弓旗之禮〔一四〕，邀辟元戎；祇憑鈇鉞之威，撫綏近境。周司空確乎阻意，莞尔興譏。不從固請之言〔一五〕，自惜有餘之刃。頓移曩顧〔一六〕，但積沉猜〔一七〕。見此初屯下瀨之師，未設中流之誓，猶淹水道，久候天風〔一八〕。軍聲既振於四隣，人意自防於兩岸〔一九〕。偶有背軍官健趙公約者，走投浙西，釣以巧言，構為細作〔二〇〕，便移長牒，妄說異端。其書云：「位極上公，權尊都統。別興異見，遽起他謀。以何悔尤，欲為燒劫？」僕以趙襄子之忍辱，念茲在茲；藺相如之慎微〔二一〕，有始有卒。遂馳書牒，具述事情。聞司空尚發怨言〔二二〕，自懷怍色〔二三〕，與宣護景虔貞、徐帥時溥者〔二四〕，暗資積釁，相應密謀，各興梗路之兵戈，遍告沿江之郡邑，以至練成戰陣，鏁斷征途。僕若不辭險阻之虞，必致殺傷之患。坐甲而未期破竹，迴車而用待負荊。尋屬繼奉絲綸，不令離鎮，遂駈組練，却已班師。雖云帝命斯遵〔二五〕，實乃隣兵所阻。彼宣州者，亦有所因。春初寇犯黟川〔二六〕，勢侵句水〔二七〕。況值前廉已去，新帥未來〔二八〕。既無禦捍之權，恐落姦兇之便。遂差押衙馮綬，暫令安撫郡城。蓋緣曾奉詔書，特許便宜從事，凡於制置，得以指麾。景虔貞常侍菽麥不分〔二九〕，蘭蕕莫辨，謂言專輒，遽有侵凌，殺害軍人〔三〇〕，刼掠財物。馮綬幾臨死所，劣得生還。自此隋國怨興，謝城信絕。將投彼鼠，其如有礙之時；欲儥於豚〔三一〕，又是無端之事。且為含忍〔三二〕，未及通和。必知横被織羅〔三三〕，巧成貝錦，傳之于遠，誰曰不然？噫！滔滔者天下皆同〔三四〕，君子所耻；泛泛如水中自樂，壯夫不為。但問事之若何，則知曲之在彼。今則特垂教督，益驗奬憐。自緣有理可申，豈便無辭以對？固非飾過〔三五〕，不敢憑虛。莊生不云乎，「其智適足以知人之過，而不知其所以過」？若非辱殷勤之旨，何以息睚眦之詞？僕也不能嫉惡如讐，唯以用和為貴。但以賢愚共惑，本末未彰，復書而不覺詞繁，比事而終慙理短。身修三省，勉尋曾子之規；心敬一言，永荷伯陽之惠。幸垂鑒志。某頓首。

〔校記〕

〔一〕荅江西王尚書：徐有榘木活字本題作「答江西王尚書書」。

〔二〕損：徐有榘木活字本誤作「捐」。按：《東文選》卷五七、《四部叢刊》本、《唐文拾遺》卷三九、潘仕成海山仙館叢書本均作「損」。「損」是對別人來信的敬辭，意謂損及對方而勞惠贈。

〔三〕鄙：《四部叢刊》本作「鄙」，俗寫體，俗寫方口、尖口不拘。下不另出校。

〔四〕誰：《四部叢刊》本、徐有榘木活字本、《唐文拾遺》卷三九作「難」。

〔五〕帥：底本、《四部叢刊》本作「師」，據諸本改。

〔六〕笑：《四部叢刊》本作「咲」。按：「咲」乃「笑」的古字。《漢書・外戚傳下・孝成許皇后》：「《易》曰：『鳥焚其巢，旅人先咲後號咷。』」顏師古注：「咲，古笑字也。」

〔七〕鬪：徐有榘木活字本、《唐文拾遺》卷三八作「鬭」。按：「鬪」為「鬭」之俗寫，《敦煌俗字典》「鬭」字條收錄此形。《四部叢刊》本作「鬪」，乃同字異構。

〔八〕宵：底本誤作「霄」，據諸本改。

〔九〕鳥：《四部叢刊》本、徐有榘木活字本、《唐文拾遺》卷三九作「烏」。按：「蒼鳥」指鷹。《楚辭・天問》：「蒼鳥羣飛，孰使萃之？」王逸注：「蒼鳥，鷹也。」「蒼烏」乃傳說中的瑞鳥。《宋書・符瑞志中》：「蒼烏者，賢君修行孝慈於萬姓，不好殺生則來。」據文意，當作「蒼烏」。

〔一〇〕攝：徐有榘木活字本、《唐文拾遺》卷三九作「懾」。按：「攝」通「懾」，指畏懼，威脅。《墨子・親士》：「越王句踐遇吳王之醜，而尚攝中國之賢君。」孫詒讓《閒詁》：「攝，當與『懾』通……謂越王之威，足以懾中國賢君也。」

〔一一〕按：《國譯孤雲崔致遠先生文集》作「按」。

〔一二〕逢：《唐文拾遺》卷三九作「逄」，俗寫體。唐顔元孫《干祿字書》：「逄逢：上俗，下正。」《敦煌俗字典》「逢」字條收有此形。下不另出校。
〔一三〕令：《東文選》卷五七作「今」，《四部叢刊》本、徐有榘木活字本作「合」。按：《國譯孤雲崔致遠先生文集》、《唐文拾遺》卷三九、潘仕成海山仙館叢書本亦作「令」，當為原文之舊。
〔一四〕旗：徐有榘木活字本作「旌」。按：「弓旗」、「弓旌」義同，本指古代徵聘之禮，即用弓招士，用旌招大夫。《左傳・昭公二十年》：「昔我先君之田也，旃以招大夫，弓以招士。」《孟子・萬章下》：「敢問招虞人何以？曰：『以皮冠，庶人以旃，士以旂，大夫以旌。』」後泛指招聘賢者的信物。《古文苑・邯鄲淳〈後漢鴻臚陳君碑〉》：「初平之元，禁罔蠲除，四府並辭，弓旌交至。」章樵注：「弓旌，所以招聘賢者。」
〔一五〕從：《東文選》卷五七作「謀」。
〔一六〕頓：底本「屯」旁作「乇」，俗寫體。《四部叢刊》本作「顯」，形近而誤。徐有榘木活字本、《唐文拾遺》卷三九作「頻」。
〔一七〕沉：《東文選》卷五七誤作「他」。
〔一八〕候：底本作「侯」。按：俗寫二者不拘。據文意，當作「候」，兹據《四部叢刊》本、徐有榘木活字本、《唐文拾遺》卷三九改。
〔一九〕防：《國譯孤雲崔致遠先生文集》作「放」。
〔二〇〕構：《四部叢刊》本、徐有榘木活字本、《唐文拾遺》卷三九作「搆」。按：俗寫二者不拘。

〔二一〕微：底本作「微」，《四部叢刊》本作「微」。按：二者均為「微」之俗。《字彙・彳部》：「微，俗微字。」下不另出校。

〔二二〕發：《四部叢刊》本作「發」，異構字。下不另出校。

〔二三〕怍：《唐文拾遺》卷三九誤作「作」。按：「怍色」猶愧色。唐李復言《續玄怪錄・張老》：「其妻躬執爨濯，了無怍色。」一本即作「愧色」。

〔二四〕帥：底本、《四部叢刊》本、《東文選》卷五七、《國譯孤雲崔致遠先生文集》作「師」，據徐有榘木活字本、《唐文拾遺》卷三九改。

〔二五〕斯：《唐文拾遺》卷三九誤作「期」。

〔二六〕黟川：《四部叢刊》本、徐有榘木活字本、《唐文拾遺》卷三九作「黟州」。按：《國譯孤雲崔致遠先生文集》亦作「黟川」。「黟」為縣名，秦置，以地有黟山而得名，唐屬歙州。

〔二七〕句水：《四部叢刊》本、徐有榘木活字本、《唐文拾遺》卷三九作「旬水」。按：《國譯孤雲崔致遠先生文集》亦作「句水」。

〔二八〕帥：底本誤作「師」，據諸本改。

〔二九〕常侍：《國譯孤雲崔致遠先生文集》誤作「常待」。菽麥：潘仕成海山仙館叢書本、《國譯孤雲崔致遠先生文集》作「菽粟」。按：「菽粟不分」，出自《左傳・成公十八年》：「周子有兄而無慧，不能辨菽麥。」喻極易識別的事物。

〔三〇〕害：底本作「害」，俗寫體。下不另出校。

〔三一〕儥：《國譯孤雲崔致遠先生文集》作「㹻」。按：該句出自《左傳·昭公十三年》：「牛雖瘠，儥於豚上，其畏不死？」「儥」謂倒覆，僵仆。

〔三二〕含，底本作「舍」，《四部叢刊》本作「㒚」，皆俗别字。按：「含」又作「㒚」，作「舍」者即其微變。下不另出校。

〔三三〕被：《四部叢刊》本作「彼」，形近而訛，他本均作「被」。

〔三四〕滔：《唐文拾遺》卷三八作「洎」，俗寫體。

〔三五〕固：《國譯孤雲崔致遠先生文集》作「因」，形近而訛，他本均作「固」。

荅徐州時溥書

六月十六日某白：僕射足下特辱長牒，仍移公牒。細詳來旨，頗涉多端。有同戲以前言，無乃驚於衆聽？雖倚兵强力壯，其如作偽心勞？且泗州舊隸仁封〔一〕，新標使額，固非郡守專輒，蓋是朝廷指揮。為在頃年，獨全忠節，遂編名於防禦，永傳賞於驍雄。近者久結隣讐，蓋遵國典。獨行直道，固守危城。嘗膽争先〔二〕，斷頭非苦。此亦古人云寧為忠鬼，不作叛臣之義也。况于尚書有定國恩威，有栗磾武勇，自安疲俗，甚洽群情。每將句踐單醪〔三〕，均沾無黨；不獨臧洪薄粥，分啜有餘。

固當散三年之儲，充一日之費。寡能敵衆〔四〕，安可待勞。豈比於築室反耕，杜門却掃者哉？忽覩來示，云「泗州獨阻淮河，自牢城壘，使四方多阻，諸道莫通，而又每於朝廷妄為訕謗。今有城中將校，潛來計圖，請少振兵戎，即便期開泰」者。大凡人事，莫若自知。足下去年忍儁不禁〔五〕，求榮頗切，暫奮横行之氣，果成順守之權。是以累受國恩，遠膺藩寄，豈可尊身忽物，是己非人？偶致嫌於藺生〔六〕，終歸過於季氏。其於淮河久阻，道路不通，皆因貴府出兵，不是泗濱為梗。是非可辨，遠近所聆。去歲夏初，早蒙侵伐，呼蟻群於漣水〔七〕，拒虎旅於淮山〔八〕。此緣將援親仁〔九〕，難逃善戰，爰謀薄伐，用救倒懸。君異荀吴〔一〇〕，莫振受降之譽；僕慙吕布，有虧觧鬬之言。泗州以實奏陳，豈為謗讟？僕也雖慙知己，嘗敢薦賢，亦曾録詔寄呈，必合垂情見悉。誰料既踰望始，飜起釁端〔一一〕，甲兵繼興，壃埸頻駭。所云「泗州城中將校頻來計圖」，此乃巧飾虚辭。遍行長牒，盡知譎挑〔一二〕，孰肯詭隨？朝廷以足下身處雄城，刃多餘地，委催綱運〔一三〕，冀濟權宜〔一四〕。但自戢斂兵車，必得通流饋輦〔一五〕。今則却云：「奉朝廷意旨，收徐泗封壃。」廣出師徒，難窮事意。必若足下訓戎勇鋭，報主忠勤，何不親揔全軍，往殲巨憝，早立非常之効，以酬不次之恩？而乃知僕再次西征，即謀北渡，便侵泗境，來犯淮壖。負國家之寵榮，構州縣之患害〔一六〕。幸其賊勢，阻此師期。未諭雅懷，何辜聖獎？言但繫於枝葉，事莫究於根源。來示又云：「比皆廬州、海州〔一七〕，皆為背叛，累來投欵，不遣措詞者。」强謂恩情，形於書札〔一八〕。顔雖不厚，心且何安？彼東海、廬江，偶聚奸惡。異端斯起，既非鄭有人焉；同氣相求，盡是跖之徒也。足下已居重任，不徇危謀，自守詔條，何煩飾說？僕累將軍食，頻救臨淮，為分逆順之蹤〔一九〕，令保始終之志。實以泗州曾非杞子之無禮，亦類展禽之有詞。每當告急告窮，唯以行仁行義。唯望足下暫息餘怒，深量遠圖。且先報國之誠，無急伐隣之役。兼覩詔書獎諭，請與忠武協和。足見眷情〔二〇〕，俾銷微憾；在於臣子，合更慎思。永將安撫氓黎〔二一〕，速自追廻士卒。苟或上負君命，下違物情，隔礙征途，侵凌近境，則亦難辭借一，用試當千。必見傷禽易驚，困獸猶鬬。悔須防後，險已居前。矧乃泗州以抱節為名〔二二〕，貴鎮以戢兵為務；泗州則唯遵王化，貴鎮則虛搆牒詞〔二三〕。以較否臧，可知曲直。是敢遠申忠告，冀絕後誣〔二四〕。正當聖主蒙塵，未除禍難，何忍諸侯列土，更起兵戎？猛發忠言，懶為諂笑；勉思大躰，勿暴小瑕。必因此日所箴，却得後時見謝。幸從誠信，無損功名。某官某頓首〔二五〕。

〔校記〕

〔一〕泗州：潘仕成海山仙館叢書本作「泗水」。

〔二〕嘗：底本作「甞」，《四部叢刊》本作「甞」，均俗別體。《敦煌俗字典》「嘗」字條收有「甞」形。下不另出校。

〔三〕句：「勾」之俗寫，俗寫方口、尖口不拘。單醪：《東文選》卷五七作「簞醪」。按：二者同詞異寫，猶言樽酒。《呂氏春秋・察微》「凡戰必悉熟配備」漢高誘注：「古之良將，人遺之單醪，輸之於川，與士卒從下流飲之，示不自獨享其味也。」「勾踐單醪」，見《列女傳・母儀・楚子發母》：「越王勾踐之伐吳，客有獻醇酒一器，王使人注江之上游，使士卒飲其下流，味不及加美，而士卒戰自五也。」

〔四〕寡：《四部叢刊》本作上「亠」下「直」之形，乃「亶」（「寡」之俗字）字之訛變。

〔五〕忍儁不禁：《四部叢刊》本、徐有榘木活字本作「忍携不禁」，《唐文拾遺》卷三九、潘仕成海山仙館叢書本作「忍雋不禁」。按：三者均為「忍儁不禁」（古多作「忍俊不禁」）之異寫，謂熱衷於某事而不能克制自己。唐趙璘《因話錄・徵》：「（州戎）戲作考詞狀：當有千有萬，忍俊不禁考上下。」即其例。《國譯孤雲崔致遠先生文集》訛作「忍辱不禁」。

〔六〕偶：《四部叢刊》本、徐有榘木活字本、《唐文拾遺》卷三九作「偏」。按：《東文選》卷五七亦作「偶」，當為原文之舊。

〔七〕群：《四部叢刊》本、徐有榘木活字本、《唐文拾遺》卷三九作「軍」。按：《東文選》卷五七亦作「群」。

〔八〕淮：《四部叢刊》本作「准」。按：俗寫點畫增減不拘，諸本中亦屢見相亂之例。下文徑改不另出校。

〔九〕此：《東文選》卷五七、《國譯孤雲崔致遠先生文集》作「比」。按：據文意，似當作「比」。「比」謂先前。

〔一〇〕荀吴：徐有榘木活字本訛作「苟吴」。按：「荀吴」，春秋時晉人，平公時大夫。嘗敗無終及群狄於太原，後伐鮮虞，圍鼓。圍三月，待其食盡力竭，不戮一人而取之。又誅滅陸渾之戎。見《左傳・昭公元年》、《昭公十二年》、《昭公十五年》、《昭公十七年》。

〔一一〕飜：底本「番」作「畨」，俗寫體，《敦煌俗字典》「翻」字條收載此形。《四部叢刊》本、徐有榘木活字本、《唐文拾遺》卷三九作「翻」，異構字。

〔一二〕譎挑：《四部叢刊》本、徐有榘木活字本、《唐文拾遺》卷三九作「譎誂」。按：《東文選》卷五七亦作「譎挑」。二者乃同詞異寫，謂譎詐地逗引。《三國志·吴志·周魴傳》：「被命密求山中舊族名帥爲北敵所聞知者，令譎挑魏大司馬揚州牧曹休。」即其例。

〔一三〕催：《四部叢刊》本、徐有榘木活字本作「摧」。《唐文拾遺》卷三九作「推」。按：《東文選》卷五七、潘仕成海山仙館叢書本、《國譯孤雲崔致遠先生文集》均作「催」。據《新唐書》卷一八八、《資治通鑑》卷二五六，黄巢亂，僖宗命時溥為「催遣綱運租賦防遏使」，負責徐州轄境的漕運安全，知「摧」、「推」乃「催」字之誤。

〔一四〕濟：《國譯孤雲崔致遠先生文集》誤作「滿」。

〔一五〕通流：潘仕成海山仙館叢書本作「流通」。

〔一六〕構：《四部叢刊》本、徐有榘木活字本、《唐文拾遺》卷三九作「搆」。按：俗寫二者不拘，下不另出校。

〔一七〕比皆：徐有榘木活字本作「比聞」，《唐文拾遺》卷三九、潘仕成海山仙館叢書本作「此皆」。按：據文意，當作「比聞」（意謂近來聽説），「此」似為「比」之形訛，「皆」則涉下「皆為背叛」之「皆」而誤。

〔一八〕札：底本作「扎」，俗書「扌」、「木」不拘，諸本皆作「札」，因據之改。下文徑改不另出校。

〔一九〕逆順：《唐文拾遺》卷三九、潘仕成海山仙館叢書本作「順逆」。

〔二〇〕眷：徐有榘木活字本作「睿」，《四部叢刊》本、《唐文拾遺》卷三九作「睿」。按：《東文選》卷五七亦作「眷」。「睿」、「睿」乃異構。據文意，當作「眷」，「睿」、「睿」形近而誤。

〔二一〕永：《四部叢刊》本、徐有榘木活字本、《唐文拾遺》卷三九作「求」。按：《東文選》卷五七亦作「永」。

〔二二〕名：《四部叢刊》本、《唐文拾遺》卷三九作「命」，通用字。

〔二三〕搆：《四部叢刊》本作「構」，俗寫二者不拘，下不另出校。

〔二四〕誣：底本作「誙」，俗别字。下徑改不另出校。

〔二五〕某官某顿首：《唐文拾遺》卷三九作「某官頓首」。

荅襄陽郄將軍書

中和二年七月四日，具銜高某謹復書于將軍閤下：某側窺前史，嘗慕古賢。贈人以至言，則老聃垂誡〔一〕；成我者良友，則管仲知恩。但恨季俗寖訛，芳規僅丧。豈期今日，得覩餘風？將軍唯恐掩瑜，欲令磨玷，特勞彩翰，遠辱長牋。初尋歸美之奬詞，汗驚浹背；後覽扶危之箴諭，淚迸沾頤。既乃粲然可觀，焉敢率尔而對？輒憑毫素，直疏血誠〔二〕，終冀恩私，略垂採覽。幸甚幸甚！某自去年春，知寇侵秦甸，帝幸蜀川〔三〕，欲會兵於大梁，遂傳檄於外鎮，練成軍伍，選定行期。便被武寧忽興戎役，先侵泗境，後犯淮壖。聲言則狼顧舊封，實意則鯨吞弊鎮，長駈猛陣，直犯近壃。是以分遣偏裨，果殲兇醜。及當中夏，乃出大軍。既知其北路阻艱，遂决於西征利涉。尋奉詔旨云〔四〕：「卿手下甲兵數少〔五〕，眼前防慮處多，但保淮南之封壃，協和浙右之師旅，為朕全吴越之地，遣朕無東南之憂。言其垂功，固亦不朽。」某以兵機固難自滯，君命有所不從。已事征行，必期進發，占風選日，只欲奮飛。又奉七月十一日詔旨云：「諸道師徒，四面攻討，計度收剋，旦夕可期〔六〕。卿宜式遏寇戎，饋輦粟帛。何必離任，則是勤王？或恐餘孽遁逃，寂要先事布置。」以此再承綸旨，遂駐舟師，唯廣利權，宜供戎費。殊不知進退唯命，始終無虧〔七〕，却被近鎮讒誣，聖朝猜慮。食駃騠之良肉，何敢望焉；絆騏驥之駿蹄，無能為也。遂使忠誠未展，睿獎難期。非敢自辜海內之人心，但養淮邊之兵力。詢之於理，良有所因。將軍以泗州舊屬彭門，謂某妄為占護，必慮未詳狡計，或採浮詞〔八〕。且徐州昨自俶張，更無戢斂，威權既盛，暴虐轉深。見某自五月初再謀征討，已排勁卒，欲援令公，兼差都押衙韓汶先賫一百萬貫〔九〕，救濟都統軍前，盡載舟舡，將臨道路〔一〇〕，又興兵甲，來擾壃陲，把斷淮河〔一一〕，蔟成寨柵。是以行計猶阻，群情莫安。細察徐州所為，是作黃巢外應。不然則何以每見當軍臨發，即將兇黨奔衝〔一二〕，又乃執稱泗濱〔一三〕，阻絕汴路？且臨淮則城孤氣寡，劣保疲羸；彭門則地險兵強，恐行狂悖。以兹斟酌，可見端倪。況無諸道綱舡，曾過泗州本路。今則皆因此寇，却滯諸綱。近即浙東、浙西〔一四〕，遠則容府、廣府，並未聆饋運，何濟急難？某見蔟楚師〔一五〕，俾誅徐孽〔一六〕。一則遵行詔旨，救援隣封。二則得靜長淮，欲登征路。固非貪泗民之租稅，挑徐師之兵戎〔一七〕。盖分曲直之端，將保初終之節。泗州一年閉壘〔一八〕，一境絕煙，織婦停梭，耕夫釋耒。滿城軍食，猶仰給於弊藩；闔郡賦輿〔一九〕，固難徵於疲俗。將軍謂某藉其地利，搆此隣讎。細閱來言，難知深意。泗州不獨咸通之際，得振雄聲；曾於天寶之中，亦遵直道。況于濤尚書政條既舉〔二〇〕，武略兼精，收百姓之歡心，得三軍之死力。將軍便令齐而不問，理復如何？徐州實有大愆，固非少患〔二一〕。若將助虐，豈謂輸忠？某今所俟者，戮當道之豺狼，奮乘秋之雕鶚，星言夙邁，電擊專征。必與王令公腹心見知，首尾相應，齊駈虵陣，豁展豹韜〔二二〕，尅復上京，奉迎大駕。亦不敢負秣陵之節度，爭强弩之功名。所冀得繼前勞，自防後患。使藺相如之謙德，不損雄威；費無極之讒徒，皆歸顯戮。捨此之外，餘無所云。敬佩良箴，豈離愚抱。伏惟鑒察〔二三〕。某再拜。

〔校記〕

〔一〕誠：《國譯孤雲崔致遠先生文集》誤作「誠」。

〔二〕直：《四部叢刊》本、徐有榘木活字本、《唐文拾遺》卷三九作「仰」。䟽：底本、《四部叢刊》本「㐬」旁作「𠫓」，減筆俗字。按：從「㐬」之字如「流」、「旒」等，底本、《四部叢刊》本亦如此作。下徑改不一一出校。

〔三〕幸：《國譯孤雲崔致遠先生文集》作「行」。

〔四〕尋：《東文選》卷五七誤作「辱」。

〔五〕少：《唐文拾遺》卷三九作「多」。按：「多」字誤，他本皆作「少」，「多」蓋涉下句「多」字而誤。

〔六〕旦夕：徐有榘木活字本作「朝夕」。

〔七〕殊不知進退唯命始終無虧：《四部叢刊》本作「殊不知進退唯命，是從無虧」，潘仕成海山仙館叢書本作

「殊不知無虧進退，惟命是從」。

〔八〕採：《唐文拾遺》卷三九作「援」。

〔九〕賫：底本、《東文選》卷五七、《四部叢刊》本作「喪」，形近而誤。按：「喪」，底本、《四部叢刊》本或作「丧」；「賫」，底本、《四部叢刊》亦作「賷」，其字形上部全同，故極易誤錄。又，同卷《告報諸道徵促綱運書》中恰有「仍差都押衙韓汶先賫金帛百萬疋」，可確知「喪」為「賫」之誤，今據他本及異文改。

〔一〇〕臨：底本、《四部叢刊》本作「臨」，俗寫體，《敦煌俗字典》「臨」字條收有此形。下徑改不另出校。

〔一一〕把：底本「巴」旁作「巳」，俗寫體。按：《敦煌俗字典》「把」字條收有「扫」形，可比參。《國譯孤雲崔致遠先生文集》作「抱」。按：俗書二者亦不拘，敦煌寫卷中習見相亂之例。下徑改不一一出校。

〔一二〕即：徐有榘木活字本作「却」。

〔一三〕執稱：《唐文拾遺》卷三九闕此二字。

〔一四〕即：《四部叢刊》本、徐有榘木活字本、《唐文拾遺》卷三九作「則」。按：《東文選》卷五七亦作「即」。二者同詞異寫。

〔一五〕見蔟：徐有榘木活字本、《唐文拾遺》卷三九作「見發」。按：據文意，似當作「見發」。「見」即「現」，「發」指出兵。作「蔟」者，蓋為「發」（俗書作「彂」、「𤼵」）之形誤。

〔一六〕徐：《四部叢刊》本、徐有榘木活字本、《唐文拾遺》卷三九作「餘」。按：《東文選》卷五七、《國譯孤雲崔致遠先生文集》亦作「徐」。據文意，作「徐」義勝。「徐孽」與上句「楚師」對文。

〔一七〕挑：《四部叢刊》本、徐有榘木活字本、《唐文拾遺》卷三九作「排」。按：《東文選》卷五七亦作「挑」，是。「挑」者挑動、挑釁也，與文意密合。師：徐有榘木活字本作「帥」。

〔一八〕閇：「閉」之俗寫體，《敦煌俗字典》「閉」字條收録此形。下不另出校。

〔一九〕闔：《四部叢刊》本誤作「闕」。與：《四部叢刊》本訛作「與」。

〔二〇〕條：《國譯孤雲崔致遠先生文集》作「修」，形近而訛。

〔二一〕少：《四部叢刊》本、徐有榘木活字本、《唐文拾遺》卷三九作「小」。按：《東文選》卷五七、《國譯孤雲崔致遠先生文集》亦作「少」。俗書二者不拘，敦煌寫卷中多見。

〔二二〕展：《唐文拾遺》卷三九作「轉」。

〔二三〕鑒：徐有榘木活字本作「監」。

浙西周司空書〔一〕

昨奉公牒云：當道臨淮叛卒過江來投，集衆廣場，已受降訖。三復來示，言難不酬〔二〕。且降之為名，其理甚大。虞舜之七旬苗格，晉侯之三日原歸，此皆以干紀亂常，起兵動衆。緩之則稔成患害，急之則横致殺傷。遂假小慈，終施大信，能敷德化，俾革奸兇。若有偶聚萑蒲〔三〕，敢為榛梗者〔四〕，共須撲滅，勿使晏安。今相公幸此隣灾，樂其軍禍，莫能嫉惡，翻欲惠奸〔五〕，恐乖杖鉞之威〔六〕，虚衒倒戈之捷。且如去年陳儒徒伴，唐突貴鎮封壃，僅有六萬餘人，宣州日告危急。此時相公何不招諭，致令侵凌，却見瑣瑣頑兇，即自勤勤誘引？莫測高旨，實辜衆心。傳不云乎，「子召外盜〔七〕？」書不云乎，「為逋逃主？」稍詳至理，無信虛詞。昔漢朝匈奴叛黨來附，景帝便欲與之封拜〔八〕。周亞夫曰：「彼背其主而見賞，何以責人臣之節？」以小喻大，可量事情。況臨淮一郡，早從淝上行營〔九〕，及赴淮邊戰敵〔一〇〕，每有優賞，曾無偏頗。自是臨財則競起貪心，遇賊則皆無鬪志。旋為逗撓，猶與矜寬。昨又請換都頭，已依衆請。殊不知犬易興於狂瘈，豕難制於喧豗。未盡誅擒，便謀奔竄。幸且未離近境，固合同塞奸源。在此既已不忠〔一一〕，於彼亦應非利。石祁子所云天下之惡一也，惡於宋而保於我，保之何補？其在兹乎！況凡隣府事宜，一彼一此，互相救援〔一二〕，同致安寧。是以前年六月中，貴鎮有天平潞府元從兵士，背叛奔逃，數僅百人，為患非小。遂蒙移牒，請為追擒。當使差都將梁楚〔一三〕，部領馬軍，所在討襲，并各帖管內諸州，令差精兵，同力捕逐。尋即諸鎮及東塘遊奕使相次收獲三十八人〔一四〕。纔見擒來，便令押送。續得梁楚狀報，到濠州界趂及殘孽〔一五〕，殺得三十餘人。其餘漏網之徒，盡以傷弓而走。所生擒之兇黨，皆就戮於貴藩。能致彼之快心，實賴此之勞力。今則却見臨淮叛卒，特向沿江招呼，便稱受降，仍請補職〔一六〕。累牒咨請，不送過江。蒐慝何多，養奸斯甚。敢言以怨報德，實恐在安忘危。《詩》云：「投我以木瓜，報之以瓊琚。匪報也，永以為好。」此乃《國風》遺訓，昭晰可觀〔一七〕。相公通仁〔一八〕，略賜詳度，無自賈天下之戮笑也〔一九〕。其他已具廻牒〔二〇〕，伏惟俯賜炤察〔二一〕。

【校記】

〔一〕浙西周司空書：《四部叢刊》本、徐有榘木活字本題作「浙西周寶司空書」。

〔二〕難：潘仕成海山仙館叢書本誤作「雖」。

〔三〕藿蒲：徐有榘木活字本作「萑苻」，《四部叢刊》本、《唐文拾遺》卷三九作「萑蒲」。按：「萑苻」指澤名。《左傳・昭公二十年》：「鄭國多盜，取人於萑苻之澤。」杜預注：「萑苻，澤名。於澤中劫人。」一説，凡叢生蘆葦之水澤皆可謂之萑苻之澤，見楊伯峻《春秋左傳注》。後以稱盜賊出没之處。明吴承恩《贈邑侯湯濱喻公入覲障詞》：「盜息萑苻，淨掃鼪鼯之跡；訟清枳棘，坐消雀鼠之風。」清招廣濤《募兵》詩：「不見萑苻中，流劫日縱横。」「藿蒲」亦即「萑蒲」之異寫，本指兩種蘆類植物，因盜賊常聚集于萑蒲所生之地，故亦用以指盜賊出没之處。《陳書・留異傳》：「萑蒲小盜，共肆貪殘。」《舊唐書・高駢傳》：「況自萑蒲盜起，朝廷徵用至多，上至帥臣，下及裨將，以臣所料，悉可坐擒，用此爲謀，安能辦事？」即其例。

〔四〕敢：《四部叢刊》本、《唐文拾遺》卷三九、潘仕成海山仙館叢書本誤作「散」。榛：底本、《四部叢刊》本「秦」旁作「泰」，俗寫體。按：文中「秦」，底本、《四部叢刊》本多作「泰」。下徑改不另出校。

〔五〕飜：底本「番」作「畨」，俗寫體。徐有榘木活字本、《唐文拾遺》卷三九作「翻」，異構字。《四部叢刊》本「翻」所從之「番」亦作俗體「畨」。

〔六〕杖：潘仕成海山仙館叢書本作「仗」。按：俗寫二者不拘。

〔七〕子召外盜：底本、《東文選》卷五七作「召外盜」，《四部叢刊》本、徐有榘木活字本作「召□外盜」，《唐文拾遺》卷三九作「夫召外盜」，《國譯孤雲崔致遠先生文集》作「召致外盜」。按：當作「子召外盜」，語出《春秋左氏傳・襄公二十年》，兹據之補。

〔八〕拜：《四部叢刊》本、徐有榘木活字本、《唐文拾遺》卷三九闕此字。按：《東文選》卷五七亦作「拜」，當為原文之舊。

〔九〕淝：底本「肥」旁作「肥」，俗寫體。《碑別字新編》引隋《元公墓誌》，「肥」即如此作。唐顏元孫《干祿字書》：「肥肥：上通，下正。」下徑改不另出校。

〔一〇〕赴：《四部叢刊》本、徐有榘木活字本、《唐文拾遺》卷三九闕此字。按：《東文選》卷五七亦有「赴」。

〔一一〕已：《國譯孤雲崔致遠先生文集》闕此字。

〔一二〕互：底本作「牙」。按：「牙」乃「互」字之俗訛，參見卷七《滑州都統王令公三首》校注〔三〕。兹據《四部叢刊》本、徐有榘木活字本、《唐文拾遺》卷三九改為正體。

〔一三〕差：《四部叢刊》本作「羌」，俗別字。徐有榘木活字本作「羌」，形近而訛。

〔一四〕奕：《國譯孤雲崔致遠先生文集》作「擊」，《東文選》卷五七作「弈」。按：「奕」、「弈」古通用。「遊奕使」，唐武官名，掌地方巡邏的官員。

〔一五〕趂：《唐文拾遺》卷三九作「趕」。孽：底本作「蘖」，乃「孽」之俗。文中「孽」，底本均如此作。下徑改不另出校。

〔一六〕請：底本原作「詩」。《四部叢刊》本、徐有榘木活字本、《唐文拾遺》卷三九、潘仕成海山仙館叢書本皆闕此字。按：作「詩」亦不協文意，《國譯孤雲崔致遠先生文集》作「請」，注：「或『與』字。」疑為「請」字之誤，今據此本改為「請」。

〔一七〕晰：底本「折」旁作「拆」，俗別體。下徑改不另出校。

〔一八〕仁：潘仕成海山仙館叢書本作「人」。按：二者通用。

〔一九〕笑：諸本均作「咲」。按：「咲」乃「笑」的古字。也：《國譯孤雲崔致遠先生文集》誤作「世」。

〔二〇〕具：底本、《四部叢刊》本作「其」，形近而誤。《國譯孤雲崔致遠先生文集》作「貝」，亦形訛。今據徐有榘木活字本改。

〔二一〕伏惟俯賜炤察：《國譯孤雲崔致遠先生文集》誤作「伏惟俯照案」。伏：底本作「伏」，減筆俗寫。炤：徐有榘木活字本作「照」，異構字。

浙西護軍焦將軍〔一〕

昨有臨淮背叛兵士，誅擒不盡，奔迸過江〔二〕，便蒙貴鎮相公特許歸降，遍加補署，兼移公牒，頗搆虛詞。既乖七縱之謀，誰謂三驅之禮？蓋是幸灾榮禍，固非撫士安人。自古受降之為義也〔三〕，叛而伐之，服而捨之，忠信能敷，德刑乃就。或以賊數則動盈千萬，奸謀則難測二三。若欲戰爭，恐多傷殺。遂有或吹笳感動〔四〕，或書箭招呼。免致膏鋒，俾從肉袒。其或蕞尒兇狡，率然叛離，兔奔崗而終必自顛〔五〕，鼠失穴而欲將安往〔六〕？在於接境，合與同擒。不料豁開叛換之門〔七〕，深作逋逃之藪。慰安螻蟻，雖欲好生；訓練熊羆，有何用處？纔招稔惡之輩，遽銜受降之名。蘊豹韜而略不施張〔八〕，對龍節而恐須慙愧。《魯史》云：「晉、楚設誓〔九〕，無相加戎，同卹災危，備救凶患〔一〇〕。若有害楚，則晉伐之；在晉，楚亦如之。交贄往來〔一一〕，道路無壅。謀其不協，而討不庭。」此則古時敵國，猶保話言；今日善隣，豈傷師律？況晉、楚則各居遠地〔一二〕，揚、潤則只隔長江〔一三〕，曾無交惡之端，豈有相欺之事？實驚衆聽，甚爽遠圖。已無蠶女爭桑，永安兩境；宜効農夫去草，靜剗本根。伏惟將軍遠護兵符，共成王事。必欲和之如響〔一四〕，知而不言。唯望稍使良箴，終除巨獘。永使必誠必信，誰云莫往莫來。此既無噂沓以背憎，彼亦免忸怩於顔厚〔一五〕。幸垂採聽，特惠始終〔一六〕。伏惟云云〔一七〕。

〔校記〕

〔一〕浙西護軍焦將軍：徐有榘木活字本題作「浙西護軍焦將軍書」。

〔二〕奔：潘仕成海山仙館叢書本作「逃」。按：「奔迸」、「逃迸」義同。

〔三〕為：《唐文拾遺》卷三九闕此字。

〔四〕遂有：《四部叢刊》本、徐有榘木活字本、《唐文拾遺》卷三九闕此二字。按：《東文選》卷五七亦有「遂有」二字。

〔五〕崗：徐有榘木活字本作「網」，《東文選》卷五七作「罔」，《四部叢刊》本、《唐文拾遺》卷三九作「岡」。按：

「罔」、「網」古今字。「崗」為「罔」之俗。《集韻・唐韻》：「罔，俗作崗。」據文意，作「崗(罔)」為優，「崗(罔)」與下句「穴」對文。

〔六〕欲將：潘仕成海山仙館叢書本作「將欲」。

〔七〕叛換：潘仕成海山仙館叢書本作「叛奐」。按：二者同詞異寫，亦作「叛渙」，指兇暴跋扈。《文選・左思〈魏都賦〉》：「雲撤叛換，席捲虔劉。」張載注：「叛換，猶恣睢也。」唐李商隱《祭裴氏姊文》：「屬劉孽叛換，逼近懷城。」

〔八〕施：潘仕成海山仙館叢書本誤作「弛」。

〔九〕設誓：《國譯孤雲崔致遠先生文集》作「說誓」，「說」字形近而誤。「設誓」謂立誓。《祖堂集》卷一《第七釋迦牟尼佛》：「善賢曰：『王不得變悔，請王設誓！』」即其例。

〔一〇〕凶：底本作「㐫」，俗寫體。下徑改不另出校。

〔一一〕交：底本、《東文選》卷五七誤作「文」，據諸本改。按：文中《魯史》引文出自《左傳・成公十二年》。

〔一二〕居：《四部叢刊》本、徐有榘木活字本、《唐文拾遺》卷三九作「在」。按：《東文選》卷五七、《國譯孤雲崔致遠先生文集》亦作「居」。

〔一三〕揚：底本原作「楊」，徐有榘木活字本、《唐文拾遺》卷三九作「揚」。按：俗寫二者不拘，據文意與他本改作「揚」。

〔一四〕必欲和之如響：《四部叢刊》本、徐有榘木活字本、《唐文拾遺》卷三九「欲」前有「不」字。

〔一五〕厚：底本、《四部叢刊》本作「厚」，俗寫體。下徑改不另出校。

〔一六〕始終：《四部叢刊》本、徐有榘木活字本、《唐文拾遺》卷三九作「終始」。按：《東文選》卷五七亦作「始終」。

〔一七〕伏惟云云：《東文選》卷五七闕此四字。

桂苑筆耕集卷第十二

委曲二十首

〔校記〕

〔一〕元：底本誤作「無」，茲據《四部叢刊》本、徐有榘木活字本改。

滁州許勍委曲〔一〕

報許勍：得狀知妻劉氏，將從征討，願効勤勞。嘉尚之懷，諭言不及。吾嘗覽《後魏書》〔二〕，見楊大眼者，武伎絕倫，戰功居最。其妻潘氏頗善騎射，至於攻戰遊獵之際，潘亦戎裝，齊鏕並駈〔三〕。及至遠營〔四〕，同坐幕下，對諸寮佐，笑言自得。大眼時指諸人曰：「此潘將軍也。」吾思見若人，為日已久。不期今夕，得舉妙才。此亦可謂劉將軍矣。想彼鼓鼙方振〔五〕，琴瑟相隨；既在同心，可知竭力。教戰則必欺孫武〔六〕，解圍則何假陳平〔七〕。勉致殊功，即行懋賞。悉之不具云云。

〔校記〕

〔一〕滁州許勍委曲：徐有榘木活字本題作「滁州許勍」。

〔二〕嘗：徐有榘木活字本作「常」。按：二者古通用，此指曾經。《荀子・天論》：「夫日月之有蝕，風雨之不時，怪星之黨見，是無世而不常有之。」王先謙集解：「《羣書治要》常作嘗，是也。」《史記・高祖本紀》：「高祖常繇咸陽，縱觀，觀秦皇帝。」唐趙璘《因話錄》卷三：「常躬耕得金一瓶。」均以「常」通「嘗」。

〔三〕鏕：徐有榘木活字本、《唐文拾遺》卷三九作「鑣」，《國譯孤雲崔致遠先生文集》作「鏖」。按：「鏕」、「鏖」

異構字（義指激戰），然「齊鏕」不辭，疑為「鑣」之俗省，俗寫「臕」中「麃」旁可從「鹿」，見《敦煌俗字典》「臕」字條）。「齊鑣」謂並駕。《文選·張衡〈南都賦〉》：「騄驥齊鑣，黃閈機張。」呂延濟注：「齊鑣，齊轡也。」

〔四〕至：《國譯孤雲崔致遠先生文集》作「之」。遠：潘仕成海山仙館叢書本訛作「還」。

〔五〕彼：《四部叢刊》本、徐有榘木活字本、《唐文拾遺》卷三九闕此字。

〔六〕欺：《國譯孤雲崔致遠先生文集》作「期」，形近而訛。按：「欺」指勝過。

〔七〕何假：《四部叢刊》本、徐有榘木活字本、《唐文拾遺》卷三九作「可假」。按：作「何假」義長。

昭義成璘〔一〕

報成璘大夫：《魯史》云：「臣一主二。」《漢書》曰：「一心可以事百君。」則知下有離心，蓋為上無全德。姪孫僕射夙虧家訓，驟荷國恩，累忝藩方，曾微績効，每於撫俗，略不隨時。恩威豈得並行，寬猛無由相濟。況近關西之賊窟，謬持山北之兵權〔二〕，戰伐既勞，緝綏莫至〔三〕。固知軍情潰散，物議喧張。大夫名既超倫，事能從衆，息貔貅之憤怒，慰黎庶之疲羸，實謂有三儁才，誰云犯五不韙？古之所有，今也何疑？遠遣專人，迎取家口。儻或行程齟齬〔四〕，且令彼虜婆娑。如能斷送出來，便與支持發遣〔五〕。一踦墜屨〔六〕，猶能牽念舊之心；百口孤孀，何忍見含愁之色？必應慰暖，免至飢寒。倚望所多，諭言無及。彼但勤修政理，佇荷寵榮，不令外盜侵凌，必見大君委寄。冬寒慎為將息，節級各與安存。悉之。

〔校記〕

〔一〕昭義成璘：《東文選》卷五七題作「與昭義成璘書」。

〔二〕謬：《四部叢刊》本、徐有榘木活字本、《唐文拾遺》卷三九闕此字。按：《東文選》卷五七亦有「謬」字。

〔三〕緝：底本作「縃」，「緝」之俗寫體，他本均作「緝」。按：俗書「咠」因隸變而作「胥」和「肙」。「緝綏」，指整治綏靖。唐韓愈《論淮西事宜狀》：「朕亦本擬與元濟，恐其年少未能理事，所以未便處置，待其稍能緝綏，然擬許其承繼。」前蜀杜光庭《什邡令趙郁周天醮詞》：「鄉里凋荒，緝綏尤切，洗心求瘼，克己徇公。」即其例。

〔四〕齟齬：底本、《四部叢刊》本「齒」旁作「歯」，減筆俗字。下徑改不另出校。

〔五〕支：底本、《四部叢刊》本作「友」，形近而訛，據徐有榘木活字本、《唐文拾遺》卷三九改。

〔六〕踦：《國譯孤雲崔致遠先生文集》作「騎」。按：當作「踦」。漢賈誼《新書·諭誠》：「昔楚昭王與吳人戰。楚軍敗，昭王走，屨決眥而行失之，行三十步，復旋取屨。及至於隋，左右問曰：『王何曾惜一踦屨乎？』昭王曰：『楚國雖貧，豈愛一踦屨哉！思與偕反也。』自是之後，楚國之俗，無相棄者。」即此句所從出。「踦屨」，單隻鞋。

廬江縣令李清〔一〕

報李令：昔有桓榮祖者〔二〕，少曾學武，或曰：「何不學書？」荅云：「上馬橫槊，下馬談經，方可謂不負飲食矣〔三〕。若無自全之伎，何異於犬羊乎？」昨覽所申〔四〕，衆情可獎。昔也一百里之疲俗，託在神君；今則十八呰之義兵，請為軍師〔五〕。若非寬將猛濟，惠與威行，則何以鱺魠懷仁〔六〕，各能遂性；熊羆聚黨，盡得降心？姑抛堂上之琴，便握匣中之劒，所謂文一變而至於武者也。況李令族聯天派，名比水源，才機為一代之雄，心術是萬人之敵〔七〕。足得以指麾鋭卒，掃蕩叛徒。不唯除郡邑之灾〔八〕，亦可定國家之難。然而軍務既常獨理，職銜須有可稱。未見所求，固難抑致。為復願兼知戎役，却守縣曹〔九〕？為復欲改轍從知，乘機立事？察斯二者，决取一途〔一〇〕。專期奏論，早與飛報。且如班超投筆，蒯恩捨蒭，當池蛟得水之秋，有天驥追風之便。古詩云：「寧為百夫長，羞作一書生。」信知倜儻之人，懶守佰佪之節〔一一〕。勉成勳業，永荷寵光。戎務方殷，善自將息。諸寨將士，各與慰問。悉之。

〔校記〕

〔一〕廬江縣令李清：《東文選》卷五七題作「與廬江縣令李清書」。

〔二〕桓榮祖：潘仕成海山仙館叢書本作「垣榮祖」。按：「垣」字誤。《資治通鑑》卷一三二：「榮祖少學騎射，或謂之曰：『武事可畏，何不學書？』榮祖曰：『昔曹公父子上馬橫槊，下馬談詠，此於天下可不負飲食矣。』」即此處所從出。下文亦有此種誤刻，不另出校。

〔三〕負：底本作「貟」，俗寫體。《敦煌俗字典》「負」字條所收兩例，均作「貟」形。下徑改不另出校。

〔四〕覽：《四部叢刊》本、徐有榘木活字本、《唐文拾遺》卷三九作「見」。

〔五〕師：《唐文拾遺》卷三九、潘仕成海山仙館叢書本、《國譯孤雲崔致遠先生文集》作「帥」。按：據文意，當作「師」。

〔六〕魠：底本作「魠」，減筆俗字。下徑改不另出校。

〔七〕是：潘仕成海山仙館叢書本作「乃」。

〔八〕不唯：《四部叢刊》本、徐有榘木活字本、《唐文拾遺》卷三九作「不惟」。按：二者同詞異寫。

〔九〕守：《國譯孤雲崔致遠先生文集》誤作「宇」。

〔一〇〕決：《東文選》卷五七誤作「次」。

〔一一〕伍佪：《四部叢刊》本、徐有榘木活字本、《唐文拾遺》卷三九作「低佪」。按：二者同詞異寫。

淮口鎮李質〔一〕

報李質：覽所申狀，慰愜良多。李再興未革狼心〔二〕，敢張蜂目〔三〕，搆稱虛事，違負本軍。初憑逐寇之名，却設起戎之計。賴質深懷智策，善審兵機，一唱義聲，四圍逆黨，狀疾風之掃危葉〔四〕，如烈火之爇飛蓬。再興將見誅夷，果當懾竄。然既是傷弓之物，必為疊鼓之資。兼知質男裕，黃口小兒，血氣未定，偶虧嚴父之訓，以涉叛夫之謀。質又徇公絕私，捨曲取直，愛而知惡，義以滅親〔五〕。削其舐犢之言〔六〕，遵彼烹梟之理。若非忠勇，何得如斯？古語有之：「蝮蛇在手，則壯士斷其節。」是乃忍小痛而除大患也。況石碏傳芳於《魯史》，日磾載美於《漢書》，故事斯存，令名不朽。足以見質有大丈夫之氣，有真君子之心。權兵而動必成功，鎮境而靜能守節。前勞後効，日就月將，固當榮盛可期〔七〕，勿以滯淹為恨。勉安軍旅，善保勳名。以古況今，惟吾知汝。悉之。

〔校記〕

〔一〕淮口鎮李質：《東文選》卷五七題作「與淮口鎮李質書」。

〔二〕李再興：潘仕成海山仙館叢書本誤作「季再興」。

〔三〕敢：《四部叢刊》本、《唐文拾遺》卷三九作「敦」。

〔四〕葉：底本作「菜」，俗寫體，《敦煌俗字典》「葉」字條收錄此形。下徑改不另出校。

〔五〕以：潘仕成海山仙館叢書本作「而」。按：二者義同，均為連詞。

〔六〕言：《四部叢刊》本誤作「吉」，《國譯孤雲崔致遠先生文集》作「情」。

〔七〕榮：底本誤作「熒」，據諸本改。

光州李罕之〔一〕

報李罕之：成覸有言：「彼丈夫也，我丈夫也。」然則成功立節，不獨古人；杖順輸忠〔二〕，正當今日。近奉勑書手詔，無非激勵衆心。兼除王令公充都統，西門軍容充都監。此乃藩鎮功虧，朝廷計盡〔三〕，遂將大任，專付老儒。雖漫傳聲，必難濟事。此去年齊駈猛鋭，將掃頑兇。尋奉絲綸，俾安淮海。詔書云：「為朕全吴越之地，遣朕無東南之憂。」遂乃旋師，不敢違命。然則審詳物議〔四〕，糸酌軍期，關中有抗斧之徒〔五〕，閫外無枕戈之者〔六〕，誰能竭力，實可痛心！吾若不行，衆將焉往？今欲直趁汴路〔七〕，便入潼關，佇復鳳城，奉迎鑾駕，永使流傳萬代，終能肅静四方。罕之已處分憂，久為養勇，必欲揀精練鋭〔八〕，以期伐叛摧兇。今録勑書手詔自寄往〔九〕。仰窺聖旨，必勵忠誠，便决征行，共圖富貴。時不可失，吾子勉之！故此告知，速宜飛報。悉之。

〔校記〕

〔一〕光州李罕之：《東文選》卷五七題作「與光州李罕之書」。

〔二〕杖：《四部叢刊》本作「扙」，俗別字。徐有榘木活字本、《唐文拾遺》卷三九作「仗」，通用字。按：《國譯孤雲崔致遠先生文集》亦作「杖」。

〔三〕計：《四部叢刊》本作「計」，俗寫體，《敦煌俗字典》「計」字條收有相近之形。

〔四〕審詳：潘仕成海山仙館叢書本作「詳審」。

〔五〕抗：底本「亢」旁作「兂」，俗寫體。下不另出校。《四部叢刊》本、徐有榘木活字本、《唐文拾遺》卷三九作「執」。

〔六〕者：《東文選》卷五七闕此字，《四部叢刊》本、徐有榘木活字本、《唐文拾遺》卷三九作「志」。

〔七〕直：《四部叢刊》本作「𥃭」，俗寫體。按：文中「真」，《四部叢刊》本亦有作「眞」者。此二形他處鮮見，是《四部叢刊》本特色用字之一。下不另出校。

〔八〕鋭：底本作「銳」，俗寫體，俗寫方口尖口不拘。下不另出校。

〔九〕自寄往：《四部叢刊》本、徐有榘木活字本、《唐文拾遺》卷三九誤作「白寄往」，《國譯孤雲崔致遠先生文集》作「同封寄往」。

楚壽兩州防秋廻戈將士

報王承問等：久勞防戍〔一〕，又役戰征，知得遠歸，良多慰愜。《詩》稱東楚，不免怨思；《傳》載及瓜，亦嘗憤恚。古之難事，今見忠誠。况承問限過三年，訓齊一旅，值國家之多難，息鄉井之懷歸。言下忘身，軍前効命。遂得永別伍符之列，高登八座之榮。固知實勤，豈慮虛擲？且徃年被練而去，今日衣錦而廻。孫權弩力之言〔二〕，已成顯驗；王昶實身之誡，更慎操持。深秋遠行，善自將息。節級將士，遍與安存。遣此不具。

〔校記〕

〔一〕戍：底本闕，據諸本補。

〔二〕弩力：諸本均作「努力」，二者義同。按：「弩力」本指弩弓的射力。《淮南子·泰族訓》：「夫矢之所以射遠貫牢者，弩力也。」後引申為努力。《資治通鑒·漢光武帝建武五年》：「馬武爲茂建所敗，奔過王霸營，大呼求救。霸曰：『賊兵盛，出必兩敗，努力而已！』乃閉營堅壁。」

歸順軍孫端

報孫端將軍：自從歸投，久處閑散〔一〕，想多欝悒，不暫弭忘〔二〕。但以端職秩已高〔三〕，官資須稱。使司累具奏薦，朝廷則有指揮。且仰安撫師徒，佇迎恩命。古人貴其晚達，君子誡其速成。王化既無偏無頗，寵章必盡善盡美〔四〕。勉期順守〔五〕，勿念躁求。秋晚其涼，切慎將息。節級遍與慰問。悉之〔六〕。

〔校記〕

〔一〕閑：《國譯孤雲崔致遠先生文集》作「間」。按：「間」、「閒」、「閑」三者同字異構，刻本俗寫常混用。

〔二〕忘：《國譯孤雲崔致遠先生文集》作「志」，形近而訛。

〔三〕秩：《國譯孤雲崔致遠先生文集》作「帙」，形近而訛。
〔四〕必：潘仕成海山仙館叢書本作「則」。
〔五〕順守：潘仕成海山仙館叢書本作「守順」。
〔六〕之：《國譯孤雲崔致遠先生文集》作「知」。

楚州張雄

報張雄中丞：得狀知已點練兵士，兼請出軍西去，逆討賊徒〔一〕。憤氣勃興，忠詞懇切。覽之嘉歎，深寘于懷。且每值寇戎〔二〕，稍侵疆圉，雄必心騰勇略，首唱義聲。去年已建殊功，今日又申丹請。不辭危於馬革，願展用於豹韜。實謂起予者雄，始可與言兵已矣。則帝委之以郡侯〔三〕，吾待之以國士，永揚茂績，固在良時。然彼州司，事力猶困，未可便謀征役，且宜更候指揮〔四〕。兵士各與慰安，秋深善自將息。馳此不具。

〔校記〕

〔一〕逆討：《四部叢刊》本、徐有榘木活字本、《唐文拾遺》卷三九作「討逆」。
〔二〕寇：《國譯孤雲崔致遠先生文集》作「賊」。
〔三〕侯：底本作「候」，俗寫二者不拘，據諸本改為正字。

〔四〕更：《國譯孤雲崔致遠先生文集》闕此字。

楚州張義府

報張義府〔一〕：得狀兼送罰錢。引咎自責，足驗用心。古語有之：「人誰無過，過而能改，善莫大焉。」饋餼之儀〔二〕，春秋所重。在於屬部〔三〕，豈可外交？勿為飢則附人，別欲申於知己。將滅白珪之玷〔四〕，遂以金作贖刑。細覽來詞，似懷他慮。膚受之愬，固不行焉。但慎始終，永圖富貴。悉之。

〔校記〕

〔一〕張：《國譯孤雲崔致遠先生文集》誤作「楚」。

〔二〕儀：《唐文拾遺》卷三九作「義」。按：二者通用。

〔三〕屬部：潘仕成海山仙館叢書本作「屬郡」。

〔四〕白珪：《四部叢刊》本、徐有榘木活字本、《唐文拾遺》卷三九作「白圭」。按：二者同詞異寫。《詩·大雅·抑》：「白圭之玷，尚可磨也。」即此句所從出。「白圭」，古代白玉製的禮器。南朝宋謝靈運《初發石首城》詩：「白珪尚可磨，斯言易爲緇。」即用「白珪」例。

滁州許勍

報許勍：《語》曰：「兵食可去，無信不立。」則知守信之道，乃是立身之本歟！苟若壞隳，自為顛覆。訪知近日浙西周相公，頻差上元鎮使馬暨，專賫書曲，兼將金銀送到和州，說誘秦彥，令帰浙岸，許授霅川。信使繼來，事情甚細，則未知秦彥終欲如何。且浙西素乏勳勞，驟沾恩寵，謂得長久，遽為驕矜。殊不知人盡指楹，鬼多瞰室。惡既天稔，道唯日亡。今更阻絕我通津，動搖我屬郡，已乖衆議，可見前途。以勍直木千尋，精金百鍊，固無憂於邪曲，終不改於貞剛。況乃邦媛相隨〔一〕，家肥是保〔二〕。永除異慮，必享同榮。或恐未審浙西所為，先此告示。悉之。

〔校記〕

〔一〕邦：底本、《四部叢刊》本作「邦」，俗寫體，《敦煌俗字典》「邦」字條收錄此俗形。下不另出校。

〔二〕肥：底本、《四部叢刊》本作「肌」。按：「肥」俗寫作「肥」（唐顏元孫《干祿字書》：「肥肥：上通，下正。」），與「肌」形近易混，茲據徐有榘木活字本、《唐文拾遺》卷三九改。又，《禮記·禮運》：「父子篤，兄弟睦，夫妻和，家之肥也。」即此句所從出，知當作「肥」。

壽州張翱

報張翱：知已部領兵士，將赴令公軍前〔一〕。言念遠征，倍所加念。且杖鉞者皆誇閫外〔二〕，分珪者略滿寰中。而乃頋家產為遠圖，剗國讎為閑事，唯矜肉食，孰肯身先？今則翱首唱義聲，躬提銳卒，騁大丈夫之志氣，副上宰相之指蹤。况知素蘊機謀，久施訓練〔三〕，佇申壯節〔四〕，必樹奇功。當五馬離鄉，遠地之芳聲獨振〔五〕；及六龍歸闕，前程之變化難量。暫此苦辛〔六〕，善為將理。今附衣叚、銀器、茶藥等件，到宜檢領。春寒慎為行李，將士倍與慰安。馳此不具云云〔七〕。

〔校記〕

〔一〕知已部領兵士將赴令公軍前：《國譯孤雲崔致遠先生文集》作「知已部領兵將士，赴令公軍前」。

〔二〕誇：《四部叢刊》本、徐有榘木活字本、《唐文拾遺》卷三九作「誘」。按：潘仕成海山仙館叢書本亦作「誇」。

〔三〕訓練：《四部叢刊》本、徐有榘木活字本、《唐文拾遺》卷三九作「訓鍊」。按：二者同詞異寫。

〔四〕申：《四部叢刊》本、徐有榘木活字本、《唐文拾遺》卷三九作「伸」。按：二者通用。

〔五〕遠地：潘仕成海山仙館叢書本作「遠境」。

〔六〕此：徐有榘木活字本作「且」。

〔七〕此：《國譯孤雲崔致遠先生文集》作「且」。

廬州楊行敏

報楊行敏：使至得狀，送《芝草圖》一軸。覽之嘉歎，喜有餘懷。且草木之祥異也〔一〕，雖自天成，皆因地秀。物有所應，吾何以堪？行敏始假郡符〔二〕，已彰瑞牒〔三〕。天其誠爾〔四〕，爾宜慎之！況鄉號「千年」，村名「穀祿」〔五〕，足驗一百年之壽，與二千石之資，固保前程之富貴矣。將酬美貺，更勵忠誠，非惔獎詞，慮驕銳志。悉之。夏熱切好將息，使迴附此不具云云〔六〕。

〔校記〕

〔一〕且：底本作「旦」，俗書二者不拘，諸本均作「且」，據之改。

〔二〕郡符：潘仕成海山仙館叢書本作「都符」。

〔三〕牒：底本作「諜」，《四部叢刊》本、《唐文拾遺》卷三九作「諜」。按：「諜」乃「諜」之俗書，此二字皆為「牒（牃）」之形訛，茲據徐有榘木活字本改。

〔四〕爾：底本作「尒」，俗別字，《敦煌俗字典》「爾」字條收有此形，茲據他本改為通行字體。

〔五〕穀：《四部叢刊》本、徐有榘木活字本、《唐文拾遺》卷三九作「穀」。按：「穀」從「禾」，「穀」從「米」，二者同字異寫。《太平廣記》卷一一引晉葛洪《神仙傳・泰山老父》：「臣年八十五時，衰老垂死，頭白齒落，遇有道者教臣絶穀，但服朮飲水。」即用「穀」字例。《敦煌俗字典》「穀」字條亦收此形。

〔六〕迴：底本誤作「迵」，據諸本改。

和州秦彦

報秦彦尚書：使至得狀，兼送羊五百口。勤誠斯展，其數實繁。所謂介羊來思，我愛其禮。况彦雖棨建隼，眩効懸魚，遠傳廉愼之名，深舉撫綏之政。而乃特申懇悃，倍所歎嘉。既無慮於觸藩，勉致功於荷箠〔一〕。使迴附此不具。

〔校記〕

〔一〕箠：底本、《四部叢刊》本「垂」旁作「乕」，俗寫體。下不另出校。

盧傳

報盧傳殿中監：裴尚書將到洪州，武寧縣人吏百姓及僧道等狀舉論傳前後戰敵賊徒，保全縣邑功績一十五件。細覽事實，慰愜滿懷。《傳》不云乎，「公侯子孫，必復其始？」傳能資餘慶，無怠聿修。自值危時，便揚壯節。一呼義旅，四討兇徒。兄弟二人，義聲俱唱，遂得疲甿獲賴，廉使見知。始提百里之權，尋假六條之寄。忠誠所至，寵命非遙。勉愼始終，穩圖富貴。所希薦舉，必不弭忘。

悉之。

戴盧

報戴盧殿中監：裴尚書經過彼縣日，得百姓僧道等狀舉論盧自乾符五年主鎮〔一〕，兼知縣事，課績一十三件。事皆摭實，情切舉能，詞理璨然〔二〕，良增慰愜。盧竭誠報國，傾産忘家〔三〕，糺集義軍，訓齊宗族，撫寧羸瘵〔四〕，捕襲寇戎。六年于兹，一邑獲賴。有功不伐，唯善是從。遂領縣曹，永安鄉黨。古者田稱「續命」，邑號「義興」，求之於盧，未足多也。既增嘉歎，不忘薦論。勉保忠誠，終邀美命。悉之。

〔校記〕

〔一〕盧：《四部叢刊》本作「慮」，形近而訛。

〔二〕璨然：《四部叢刊》本、徐有榘木活字本、《唐文拾遺》卷三九作「燦然」。按：二者同詞異寫。

〔三〕忘：《四部叢刊》本訛作「妄」。

〔四〕羸瘵：《國譯孤雲崔致遠先生文集》誤作「羸瘠」。按：「羸瘵」謂病困。前蜀杜光庭《御史中丞劉滉九曜醮詞》：「近屬傷寒，尤增羸瘵。」宋沈括《夢溪筆談·雜誌一》：「宿病盡除，頓覺康健，無復昔之羸瘵。」即其例。文中即用此義。而「羸瘠」指瘦弱。如《荀子·正論》：「庶人則凍餧羸瘠於下。」《北齊書·王昕傳》：「昕體素甚肥，遭喪後，遂終身羸瘠。」此義與文意顯然未合。又，《筆耕錄》卷一五《天王院齋詞》中「疲瘵」一詞，《國譯孤雲崔致遠先生文集》即誤作「疲瘠」，可比參。

光州王緒

報王緒：天不容奸〔一〕，人唯助順。苟違至理，必亂常刑。知緒昨因顔璋久藏禍心，果致衆怒。璋既誅戮，緒乃奔逃。何不束手戎場，投身義域，而敢更謀嘯聚，尚恣喧張？自招相鼠之譏，莫識牽羊之禮。未知尒意，終欲奚為？此乃先惠後誅，武經所重；好生惡殺，王化斯行。豁開誘善之門，俾躡歸仁之路。遂加誨諭，試問端倪。速仰割指本情〔二〕，指陳他望，待詳來狀，即與指麾。《禮》云「志不可滿」，《傳》曰「惡不可長」，緒之今日，其意若何？勿駈齊甿，枉入罪網。秋冷切好將息〔三〕，節級各與慰問。悉之。

〔校記〕

〔一〕奸：《四部叢刊》本作「好」，《國譯孤雲崔致遠先生文集》作「姸」，皆形近而訛。

〔二〕割指：徐有榘木活字本、《唐文拾遺》卷三九作「割捐」，潘仕成海山仙館叢書本作「割捨」，《國譯孤雲崔致遠先生文集》作「割將」。按：據文意，當作「割捐」。「捐」、「捨」義同，「指」乃形誤。「割捐」，猶「割捨」、「割將」（「將」為助詞），言割除、割棄也。姑質疑，不擅改。

〔三〕好：潘仕成海山仙館叢書本作「可」。

楚州營田判官綦毋蘋

報綦毋評事：夫欲均調兵食，固須妙選公才〔一〕。供億既多，料量非易。評事自匡郡政，甚洽物情。剸割而案無滯詞，淬磨而筆有餘力〔二〕。今委兼判順國軍粮料，舉牒同封寄往。孔聖猶為委吏，蕭何亦作功曹。唯託幹能，無辭猥屑。欲令小人懷惠，佇看君子勞心。悉之。

〔校記〕

〔一〕固：潘仕成海山仙館叢書本作「必」。

〔二〕力：《四部叢刊》本、徐有榘木活字本、《唐文拾遺》卷三九作「刃」。

鄆州耿元審

報耿元審：古來名將，多是耿家。恭、賈、秉、弇，徽音相繼。永言苗裔，固贍機謀。元審雖名異雙聲〔一〕，而志能獨立，佇申忠勇，別俟恩榮〔二〕。况逢危難之秋，實建勳勞之日〔三〕。勉存終始〔四〕，慎守行藏。其他並令樊谷面述。今寄衣一副，烏觜茶二斤〔五〕，到宜一一領之〔六〕。秋涼切好將息。悉之。

〔校記〕

〔一〕雙：《四部叢刊》本作「䨇」，俗別字，《敦煌俗字典》「雙」字條收有此形。按：「䨇」取「兩隻為雙」之義，而俗寫「兩」、「雨」不拘，遂成為「䨇」。

〔二〕俟：《四部叢刊》本、徐有榘木活字本、《唐文拾遺》卷三七作「竢」。按：二者古今字。

〔三〕勳勞之日：《四部叢刊》本、徐有榘木活字本作「勳業名望勞之日」，然徐本「名望勞」下有注：「三字疑衍。」《唐文拾遺》卷三九作「勳名之日」，《國譯孤雲崔致遠先生文集》作「勳業之日」。按：潘仕成海山仙館叢書本亦作「勳勞之日」。「勳勞」，《筆耕集》中凡五見，同卷《滁州許勍》中即有「且浙西素乏勳勞」。而「勳名」、「勳業」僅此一見，故原文最可能是「勳勞」。

〔四〕終始：《國譯孤雲崔致遠先生文集》作「始終」。

〔五〕烏：底本誤作「鳥」，據諸本改。

〔六〕一一：底本誤作「二二」，據諸本改。

海陵鎮高霸〔一〕

報高霸：得進奏院狀報，知轉授右散騎常侍。永言欣愜〔二〕，霈然滿懷。昔周盤龍破虜有功〔三〕，繼霑爵賞，齊世祖戲之曰：「卿着貂蟬，何如兜鍪？」對曰：「此貂蟬，乃自兜鍪中出耳。」當時以為名對，前史標之美談。今此官榮，實彰君寵。唯在專勤戍遏，固守邊陲，更俟大來，永揚忠節。

知之。

〔校記〕

〔一〕霸：底本原作「覇」，爲「霸」之俗體。《隸辨・禡韻》：「《説文》『霸』從雨……今俗作『覇』，非是。」敦煌辭書《正名要錄》（斯三八八號）「右字形雖別音義是同古而典者居上今而要者居下」類載「覇」字。「覇」後為日本常用漢字。下徑改不另出校。

〔二〕欣愜：《國譯孤雲崔致遠先生文集》作「欣浹」，同詞異寫。

〔三〕虜：《四部叢刊》本作「膚」，形近而誤。

淮口李質

報李質：得進奏院狀報，知質轉授右衛大將軍。且自數年，君恩溥洽〔一〕，官榮職賞，可謂均沾。然而成功可為，受爵無愧者，屈指而數，能復幾人？唯質久戍淮壖〔二〕，遠防寇孽，勤勞最至，品秩尚卑〔三〕。今授大將軍之名，乃滿烈丈夫之望〔四〕。更宜慎守，無慮湮沉。慰愜歎嘉〔五〕，不離懷抱。遺此不具云云。

〔校記〕

〔一〕溥洽：《四部叢刊》本、徐有榘木活字本作「溥合」。按：「合」為「洽」之省旁字。「溥洽」謂周遍、遍及。《文子・下德》：「覆露皆道，溥洽而無私。」《漢書・匈奴傳下》：「大化神明，鴻恩溥洽。」

〔二〕戎：《四部叢刊》本、徐有榘木活字本、《唐文拾遺》卷三九作「戍」。按：俗寫二者不拘，據文意，似當作「戍」。

〔三〕尚：《國譯孤雲崔致遠先生文集》作「向」，形近而訛。

〔四〕烈：底本作「列」，省旁字，據諸本改為通行字體。

〔五〕歎嘉：《國譯孤雲崔致遠先生文集》作「歎喜」。按：「喜」乃形訛。「歎嘉」謂贊許。同卷《和州秦彦》中即有「而乃特申懇悃，倍所歎嘉」句。宋朱熹《魏國公張公行狀》：「緬思赤忠，益用歎嘉。」亦其例。

桂苑筆耕集卷第十三

舉牒二十五首〔一〕，內行墨勑，牒詞五首

授都將右散騎常侍〔二〕

授盱眙鎮將鄒唐兼御史中丞〔三〕

授楚州刺史張雄將軍

授高霸權知江州軍州事

許勍妻劉氏封彭城郡君

請節度判官李琯充副使〔四〕

請副使李大夫知留後

請高彥休少府充鹽鐵巡官

請泗州于濤尚書充都指揮使〔五〕

王棨端公攝右司馬

右司馬王棨攝鹽鐵出使巡官〔六〕

前邵州録事叅軍顧玄夫攝桐城縣令

海陵縣令鄭杞

前宣州當塗縣令王翺攝楊子縣令

柳孝讓攝滁州清流縣令

前浙西館驛巡官鄉貢三傳張咸乂攝山陽縣丞〔七〕

前婺州金華縣尉李涵攝天長縣尉

前潁上縣主簿鄭綬攝盛唐縣丞〔八〕

諸葛殷知㩁酒務

李昭望充奉國巡官

柴嚴充洪澤雨塘巡官〔九〕

許權攝觀察衙推充洪澤巡官〔一〇〕

王棨端公知丹陽監事　　臧濴知鹽城監事

趙詞攝和州刺史

〔校記〕

〔一〕二十五：《四部叢刊》本、徐有榘木活字本作「卄五」。按：「卄」同「廿」。

〔二〕授都將右散騎常侍：徐有榘木活字本作「行墨勑授散騎常侍」。

〔三〕授盱眙鎮將鄒唐兼御史中丞：徐有榘木活字本作「授盱眙鎭將鄒唐御史中丞」。

〔四〕請節度判官李琯充副使：徐有榘木活字本作「請節度判官李琯大夫充副使」。李琯：下文標題作「李綰」。

〔五〕于：《四部叢刊》本作「千」。按：俗寫二者不拘。

〔六〕右司馬王棨攝鹽鐵出使巡官：徐有榘木活字本作「右司馬王棨端公攝鹽鐵出使巡官」。

〔七〕前浙西館驛巡官鄉貢三傳張咸乂攝山陽縣丞：徐有榘木活字本作「前浙西館驛巡官鄉貢三傳張咸攝山陽縣丞」，且與後一牒順序顛倒。乂：《四部叢刊》本作「又」。按：俗寫二者不拘。

〔八〕潁上：底本、《四部叢刊》本作「穎上」，據徐有榘木活字本改。按：「潁上縣」，隋大業二年置，以地在潁水上游而得名。

〔九〕柴嚴充洪澤雨塘巡官：徐有榘木活字本作「柴嚴充洪澤雨塘巡官楚州營田」。按：「洪」，底本誤作「供」，據《四部叢刊》本、徐有榘木活字本改。

〔一〇〕洪：底本誤作「供」，據《四部叢刊》本、徐有榘木活字本改。

行墨敕授散騎常侍牒詞〔一〕

敕淮南節度、鹽鐵轉運等使，東面都統兼指揮京西、京北神策諸道節度兵馬制置等使牒，某官乞〔二〕，右可檢校右散騎常侍〔三〕，餘如故。如將軍須言員外置同正員〔四〕，牒准今年二月九日詔，應諸州有功刺史及大將軍等如要勸獎者，從監察御史至常侍，便可墨敕授訖，分折聞奏者〔五〕。

大君降命，元帥從權。但云舷立勤勞，特許先申獎勸。漢祖則手無刓印，不阻論功；武侯則心若懸衡，必舷舉職。用示軍中之賞，式資闕下之恩。前件官夙蘊壯圖，久從戎事，將救奔沉之患〔六〕，固憑擒縱之舷〔七〕。桓榮祖之馳名，不唯馬矟；周盤龍之受爵，允稱貂冠。事須准詔授檢校右散騎常侍，乃具申奏，并牒知者〔八〕，故牒〔九〕。

〔校記〕

〔一〕行墨敕授散騎常侍牒詞：徐有榘木活字本作「行墨敕授散騎常侍」，《國譯孤雲崔致遠先生文集》作「行墨敕授都將右散騎常侍牒詞」。墨：底本誤作「黑」，據諸本改。

〔二〕乞：《唐文拾遺》卷四〇、《國譯孤雲崔致遠先生文集》誤作「乙」。

〔三〕右可：《國譯孤雲崔致遠先生文集》作「加」。

〔四〕言：《國譯孤雲崔致遠先生文集》作「請」。

〔五〕分折：徐有榘木活字本作「分析」。按：二者同詞異寫。「分析」謂分開，區分。《漢書·孔安國傳》：「世所傳《百兩篇》者，出東萊張霸，分析合二十九篇以爲數十。又采《左氏傳》、《書敘》爲作首尾，凡百二篇。」即其例。

〔六〕奔沉：徐有榘木活字本作「焚沉」。按：當作「奔沉」，該詞又見卷一八《獻生日物狀三首》。

〔七〕縱：底本原作「縦」，爲「縱」之俗寫體，後為日本常用漢字。下不另出校。

〔八〕知：《四部叢刊》本作「如」，形近而訛。按：牒文中「并牒知者」習見。

〔九〕故牒：徐有榘木活字本後有「云云」二字。

授盱眙鎮將鄒唐兼御史中丞〔一〕

廣明二年六月十二日使兼都統檢校大尉平章事燕國公授盱眙鎮將鄒唐御史中丞〔二〕，牒准詔云云。將軍分閫，大夫出壃，可專未請之權，況奉已成之命。高懸懋賞，用報奇功。前件官術繼白猿〔三〕，名齊赤兔，夙帰信義，俻察忠良。雖遷柱下之官，尚慊軍中之望。宜昇專席，更勵枕戈。爾其心保清廉，好對暎淮之月；力誇驍鋭，無慙破浪之風。事須准詔，行墨勑授御史中丞。

【校記】

〔一〕授盱眙鎮將鄒唐兼御史中丞：底本原以「廣明二年六月十二日使兼都統檢校大尉平章事燕國公授盱眙

鎮將鄒唐御史中丞」為題，有違全書體例，徐本題為「授盱眙鎮將鄒唐御史中丞」，此據本卷目錄補題。

〔二〕廣明二年六月十二日使兼都統檢校大尉平章事燕國公授盱眙鎮將鄒唐御史中丞：此句原為詩題，現據徐有榘木活字本置為首句。十二日：《國譯孤雲崔致遠先生文集》作「二十日」。大尉：即「太尉」，「大」、「太」古今字，諸本均作「太尉」。

〔三〕白猿：底本作「白袁」（「袁」即「袁」之俗寫體）。按：「白猿」典出《吴越春秋》卷九《勾踐陰謀外傳》中越處女與白猿鬥劍故事，《筆耕集》卷八《湖南閔頊尚書》篇亦用此典，知「白袁」應為「白猿」之誤，諸本均作「白猿」，因據之改。

楚州刺史張雄將軍〔一〕

牒准詔云云。

見功必賞，漢高祖之殊恩；承制無疑，鄧司空之故事。前件官材標落落，韻稟錚錚。自假使符，已揚政績。理股肱之名郡，登耳目之高官。信義相從，功名愈振。佇擅外臺之寄，宜昇大樹之資〔二〕。爾其益勵忠規，仰銜成命，用副劉弘之善舉，無嗟李廣之難封。事須准詔，行墨勑轉授右武衛將軍員外置同政〔三〕。

〔校記〕

〔一〕楚州刺史張雄將軍：徐有榘木活字本題作「授楚州刺史張雄將軍」。

〔二〕宜：《國譯孤雲崔致遠先生文集》誤作「宣」。

〔三〕員外置同政：《東文選》卷一〇六闕此五字。政：《唐文拾遺》卷四〇作「正」。按：二字古通用。「右武衛將軍員外置同正」，官名。唐左右武尉各置將軍二人，編制外的將軍稱員外官，加同正員名號者可給全俸，但不判事，用於安置勳臣或作為遷轉官資。

授高霸權知江州軍州事

牒准詔應諸州刺史，如有軍功，卿量加爵賞，如有罪犯，卿宜書罰。別差人知州，具狀申奏者。

大元帥之權〔一〕，既資成命；古諸侯之任，宜選良才。前件官蛟躍池中，虎蹲岸上，用軍以義，守節唯忠。不辭白刃之危，累挫黃巾之衆。或短兵鬪勇，或圓陣呈奇。動有所成，往無不利。今以九江闕牧，一郡思春，將活疲甿，固憑幹吏〔二〕。爾其遏强撫弱，削弊蠲苛。無登庾亮之樓，空知翫月；好抱袁宏之扇〔三〕，且學移風〔四〕。稍展政聲，佇沾恩命。事須准詔，行墨勑差知江州軍州事，仍具事由申奏〔五〕，并牒知者。

〔校記〕

〔一〕帥：底本誤作「师」，据諸本改。

〔二〕固：潘仕成海山仙館叢書本作「命」。

〔三〕抱：《四部叢刊》本、徐有榘木活字本、《唐文拾遺》卷四〇作「把」。按：《東文選》卷一〇六亦作「抱」。俗寫二者不拘。

〔四〕移風：潘仕成海山仙館叢書本作「揚風」。

〔五〕奏：《東文選》卷一〇六作「奉」。

許勍妻劉氏封彭城郡君

牒奉處分。

古者官至大夫，室稱命婦，遂有從夫之貴，乃為處世之榮。而況靜則能慎內言，動則克從外役，躬擐甲冑，志凌雪霜。功名既異於常流，封拜豈拘於成命？以滁州刺史許勍妻劉氏，英才天授，貞節日彰，平欺後魏將軍，洛陽失行；仰慕聖朝公主，司竹興兵。一昨專命良夫，討除叛卒，遽陳丹赤，固願同征。手駈組練之群，遠攻城壘；身脫綺羅之色，久犯氛埃。四德有餘，六韜可試。豈獨家之肥也〔一〕，實謂邦之媛兮！夫既冠其銀璫〔二〕，婦宜榮於石窌。豈可使松標峻影，早致凌雲；蘿抱柔姿，猶嗟委地？先行茂賞，用報前功。軍中之舍爵策勳〔三〕，與人從欲；天上之錦牋鈿軸，待鳳銜來。事須准詔，行墨勑封彭城郡君，仍表次録奏，并牒知者。

〔校記〕

〔一〕肥：底本誤作「妃」，據諸本改。按：《禮記・禮運》：「父子篤，兄弟睦，夫妻和，家之肥也。」因知作「肥」是。

〔二〕銀璫：諸本皆作「銀鐺」，惟潘仕成海山仙館叢書本作「銀璫」。按：當作「銀璫」。《筆耕録》卷八《泗州于濤常侍》：「今則寵換銀璫，威兼鐵柱。」即其例。作「銀鐺」者，蓋涉「銀」字而類化，或受「鋃鐺」（鐵鎖鏈，拘系罪犯的刑具）一詞干擾而誤録，因據改。

〔三〕舍：徐有榘木活字本、《唐文拾遺》卷四〇作「命」，《四部叢刊》本作「含」，潘仕成海山仙館叢書本作「晉」。《國譯孤雲崔致遠先生文集》小注：「或『含』字。」按：《東文選》卷一〇六亦作「舍」。

請節度判官李綰大夫充副使〔一〕

牒大夫：天芝稟秀，霜桂含貞。蔚尒芳猷，每見用和為貴；凜然直氣，終䏻嫉惡如讎。信知賢良，實救凋弊。頃者再握一同之政，曾標三異之名。既發縣花，佇分郡竹。而乃鵾鵬自滯，羔鴈相從，鉅野卑棲〔二〕，劒川遠役。察俗而唯資婉畫，犒師而不乏豐儲。果得入奏玉墀，出懸金印。洎某暫臨江陸，旋鎮海門，永言移節之難，咸假運籌之妙。一來淮甸，四换星霜。判官德以潤身，固為己任；恩饎濟物，不欲人知。莅事實繁，在公匪懈。筆直而吏多畏色，鞭輕而獄絶冤聲。見君子之盡心〔三〕，實古人之用意。十二年之弘益〔四〕，久而彌芳；千萬里之追從，永以為好。雖將徐榻别致〔五〕，猶恐燕臺未高。今已假小秩宗兼大司憲，不遷職位，何稱官榮？幸屈跡於副車，冀揚威於戎幕〔六〕。陳寵宣詔條無失，嘗賴功曹；吕虔致郡俗永安，亦憑别駕。若言今日，彼在下風。事須請攝節度副使，表次録奏。

〔校記〕

〔一〕李綰：本卷目録及徐有榘木活字本均作「李琯」。

〔二〕鉅野：潘仕成海山仙館叢書本作「鉅鹿」。卑：《唐文拾遺》卷四〇誤作「早」。

〔三〕盡心：潘仕成海山仙館叢書本作「用心」。

〔四〕弘：潘仕成海山仙館叢書本避清諱作「宏」。

〔五〕致：徐有榘木活字本作「設」。

〔六〕戎：《東文選》卷一〇六、《國譯孤雲崔致遠先生文集》訛作「戉」。按：「戎幕」謂軍府、幕府。《北齊書·暴顯皮景和等傳論》：「皮景和等爰自霸基，策名戎幕，間關夷險，迄於末運。」唐李白《宣城送劉副使入秦》詩：「寄深且戎幕，望重必台司。」王琦注：「戎幕，節度使之幕府。」

請副使李大夫知留後

牒大夫：劒横天外，珠媚水中〔一〕。雄稜則仰決浮雲，溫潤則旁無枯草。深藏利器〔二〕，久佐遠藩。每施婉婉之謀，共化蚩蚩之俗。五鎮相倚，一紀于兹。嘗於折獄按刑〔三〕，唯遵直道；縱至旬休節假〔四〕，不離公門。敢言知己之難，實荷成人之美。今已三年翫寇，尚恣俜張；十道徵師，迺相逼撓〔五〕。若不專征鈇鉞〔六〕，何因倒載干戈？遂駈養勇之鋒，佇破稔奸之窟。代行拙政，留託長才。慰八郡之疲羸，察四隣之歡敓〔七〕。冀使袁宏黎庶，粗識詠謌；無令陶侃寘僚〔八〕，只耽閑戲。數年卧理，今日出征〔九〕，皆資裨助之功，幸保始終之惠〔一〇〕。事須請知觀察留後。

〔校記〕

〔一〕媚：底本作「媢」，俗寫體，《敦煌俗字典》「媚」字條收載此形。下不另出校。

〔二〕器：底本作「噐」，「器」之俗寫體。唐顏元孫《干禄字書》：「噐器：上通，下正。」《敦煌俗字典》、太田辰夫《唐宋俗字譜·祖堂集之部》「器」字條均收此形。《四部叢刊》本作「兕」，亦俗别字。下不另出校。

〔三〕折獄：底本原作「拆獄」，即「折獄」之異寫（「拆」為「折」之增筆俗字）。他本均作「折獄」，據改。「折獄」謂判決訴訟案件。《易·豐》：「君子以折獄致刑。」孔穎達疏：「斷決獄訟。」唐許渾《新興道中》詩：「芙蓉村步失官金，折獄無功不可尋。」亦其例。

〔四〕假：徐有榘木活字本作「暇」。按：二字古通用。《國譯孤雲崔致遠先生文集》雖錄作「假」，然有小注：「或『暇』字。」

〔五〕逼撓：諸本皆如此作，無異文。然「逼撓」不辭，疑為「逗撓」之誤。「逗撓」亦作「逗橈」，《筆耕錄》中多見，謂因怯陣而避敵，參見卷八《徐州時溥司空三首》校注〔一五〕。

〔六〕鈇：《東文選》卷一〇六作「鉄」。

〔七〕勸敚：《四部叢刊》本、徐有榘木活字本、《唐文拾遺》卷四〇作「劻勷」。按：「勸敚」，辭書未見收載，古籍中也鮮見用例。據上下文意，其義當與「劻勷」相近。「劻勷」謂惶遽不安貌。唐韓愈《劉統軍碑》：「新師不牢，劻勷將逋。」白居易《渭村退居寄禮部崔侍郎翰林錢舍人》詩：「樂天無怨歎，倚命不劻勷。」古又有「敚攘」，義亦近。宋梅堯臣《寄永興招討夏太尉》詩：「守而勿追彼自困，境上未免小敚攘。」元王逢《天門行》：「去年官鑲私敚攘，今年私鹺官價償。」

〔八〕倨：《四部叢刊》本、徐有榘木活字本、《唐文拾遺》卷四〇作「侃」，異構字。《玉篇·人部》：「倨」，同「侃」。

〔九〕征：《四部叢刊》本、徐有榘木活字本、《唐文拾遺》卷四〇作「行」。

〔一〇〕幸：《四部叢刊》本、徐有榘木活字本、《唐文拾遺》卷四〇作「聿」。

請高彦休少府充鹽鐵巡官

牒少府：學麟成角，詞鳳傳毛。偶輕桂客之遊，暫樂梅仙之任〔一〕。鶴唳而月籠寒野，萬里清音；鵬飛而雲籞長天，九霄高躅。幸聯宗黨，得接徽猷。敢興念於維駒，無見辯於絆驥。稍假縱橫之術，終匡幹運之權[二]。雖慙燕國之金臺，願接謝家之玉樹。同姓必親於異姓，今人何讓於古人？事須請攝鹽鐵巡官，表次録奏。

〔校記〕

〔一〕任：徐有榘木活字本、《唐文拾遺》卷四〇作「侶」，《四部叢刊》本作「白」，潘仕成海山仙館叢書本作「曲」。按：《東文選》卷一〇六亦作「任」。《國譯孤雲崔致遠先生文集》小注：「或『界』字。」

〔二〕幹運：徐有榘木活字本、《唐文拾遺》卷四〇作「斡運」。按：二者義近。「幹運」謂運籌幹辦。明文徵明《送周君還吉水敘》：「公以幹運之材，操富民之術，以拓賦財之源。」《續資治通鑑·宋真宗咸平二年》：「自國家有事於西戎，關右之民未能息肩，而一旦薄伐無功，河西路阻，則必幹運飛輓，大興征討以通糧道。」「斡運」謂籌措，措辦。元柯丹丘《荊釵記·迎請》：「（老旦）孩兒，家寒難斡運，謾自心頭悶。」

請泗州于尚書充都指揮使[一]

牒尚書：洞究儒經，旁探武緯。指清途於萬里[二]，牧遠郡於三年[三]。旟看準飛，鞲待鹿挾。慰疲甿以仁政，捍寇盜以智謀。剋歸合浦之珎，曾散曲堤之衆。今者徐戎遺燼，敢恣侵淩；楚卒精鋒，佇期掃蕩。終免致包胥之哭，況非奪晉鄙之軍。但以鷹犬呈功，熊羆就列，須俟指揮之命，仍申搏噬之魼〔四〕。實託威權，遠希統攝〔五〕。俾瞻馬首，皆知進退之宜；永滅梟聲，用審否臧之律。事須充都指揮使，其應援諸都及寧淮、盱眙、淮陰等三鎮將士〔六〕，悉受指揮。

〔校記〕

〔一〕請泗州于尚書充都指揮使：徐有榘木活字本題作「請泗州于濤尚書充都指揮使」。

〔二〕清途：徐有榘木活字本作「清道」。

〔三〕郡：《四部叢刊》本、徐有榘木活字本、《唐文拾遺》卷四〇作「群」。按：「群」乃形近而訛，《東文選》卷一〇六、《國譯孤雲崔致遠先生文集》、潘仕成海山仙館叢書本並作「郡」。

〔四〕申：底本訛作「甲」，據諸本改。

〔五〕希：《東文選》卷一〇六作「備」。

〔六〕諸都：潘仕成海山仙館叢書本作「諸郡」。

王桀端公攝右司馬

牒端公：烏衣茂族，鸛氅清流。早列官榮，頗精吏術。口中金石，常聆直韻之高；手下銅鹽，曾展長才之妙。事既同於外舉，理無愧於旁求。今則秩掛方書〔一〕，職叅典午。雖云承乏，且欲試魼。憲府威稜，他日見豺狼懾伏；郡庭閑散，此時樂魚鳥留連。事須差攝右司馬。

〔校記〕

〔一〕掛：《四部叢刊》本作「挂」，俗寫體。敦煌辭書《正名要錄》（斯三八八號）「掛」字條云：「右不須卜。」

按：此言字的右邊不需要加「卜」而成「卦」。

右司馬王棨端公攝鹽鐵出使巡官

牒奉處分。且權筦之設也，本資戎事，將贍軍須。既當薄伐之期，實籍均輸之利〔一〕。舩成重務，固選良才。端公韻振維山，慶流淮水。靜處五常之域，勤尋六義之門。每覽緣情，偹知守節。繼委當仁之任，皆傳幹吏之名。已為歷試諸難，可謂多舩鄙事。今以仰裨國用，旁濟兵儲，權課方殷〔二〕，句稽匪易。官居典午，既已優閑；志在推公，無辭冗屑。佇縻幕職〔三〕，立展籌謀。雖見王晞，長寄心於方外；何妨裴楷〔四〕，暫勞力於俗中。事須請攝塩鐵出使巡官，句勘當司錢物。

〔校記〕

〔一〕籍：《四部叢刊》本、徐有榘木活字本、《唐文拾遺》卷四〇作「藉」，通用字，下同，不一一出校。

〔二〕權：《東文選》卷一〇六作「推」，形近而訛。

〔三〕縻：《四部叢刊》本訛作「糜」。

〔四〕裴楷：底本原作「裴揩」，《四部叢刊》本、徐有榘木活字本、《唐文拾遺》卷四〇作「裴楷」。按：俗書

「才」、「木」多無別。「裴楷」，晉河東聞喜人，字叔則。美容儀，精《老》、《易》，官至中書令。

前邵州録事叅軍顧玄夫攝桐城縣令〔一〕

牒前件官：善水無壅，謙山自高。腹飽詩書，口含鋒刃。厚利唯勤於耕道，閑情素懶於釣名。為踈奔競之門，尚處卑栖之地。既𦨶潔己〔二〕，何惜愛人？州主簿之提綱，昔嘗留意；邑大夫之制錦〔三〕，今可呈功。永言不憚勤勞，方謂克承闕乏。稍念時危而慎守，勿云俗弊而難除〔四〕。一門多詠雪之才，衆推儒慶〔五〕；百里渴象雷之理，勉振政聲。事須差攝舒州桐城縣令。

〔校記〕

〔一〕顧玄夫：潘仕成海山仙館叢書本避清諱作「顧元夫」。

〔二〕潔：底本、《四部叢刊》本作「潔」，俗寫體，《敦煌俗字典》「潔」字條收有相近之形。下不另出校。

〔三〕制：《四部叢刊》本、徐有榘木活字本、《唐文拾遺》卷四〇作「製」。二者異寫。錦：《東文選》卷一〇六作「禁」。按：當作「製錦」。「製錦」一詞出自《左傳・襄公三十一年》：「子皮欲使尹向爲邑。子産曰：『少，未知可否。』子皮曰：『願，吾愛之，不吾叛也。使夫往而學焉，夫亦愈知治矣。』子産曰：『不可……子有美錦，不使人學製焉。大官、大邑，身之所庇也，而使學者製焉，其爲美錦不亦多乎？』」後因以「製錦」為賢者出任縣令之典。《金石萃編》卷四九引隋無名氏《洺州南和縣澧水石橋碑》：「又有宣威將軍縣令馬君，以美譽清風，製錦斯邑。」宋盧炳《滿江紅·送趙季行赴金壇》詞：「製錦才高書善最，鳴琴化洽人歡懌。」

〔四〕弊：底本作「弊」，訛俗字，《敦煌俗字典》「弊」字條收有此形。下不另出校。

〔五〕儒：潘仕成海山仙館叢書本作「餘」。

海陵縣令鄭杞

牒奉處分。字人之政，為吏所難。欲俟三年有成，固須一日必葺〔一〕。永言委任，實籍賢能。前件官深於詩，敏於行。不近劉輿脂膩〔二〕，唯資謝朏膏腴。累假一同，備彰三善。睠彼東吴之近境，實為南兗之奥區。昔也承乏多勤〔三〕，去思猶在。今可以舉舊令尹之政，修真君子之誠。均調政刑，遍慰黎庶。展驥終希於得路，割雞無憚於發硎。行乎敬哉，勿隳乃力〔四〕！事須請攝海陵縣令。

〔校記〕

〔一〕固：《四部叢刊》本、徐有榘木活字本作「同」，形近而誤。按：「一日必葺」，謂雖暫時居住亦必修補牆、屋，語出《左傳·昭公二十三年》：「叔孫(叔孫婼)所館者，雖一日，必葺其牆屋，去之如始至。」

〔二〕輿：《四部叢刊》本誤作「與」。膩：底本「弋」旁作「戈」，訛俗字。

〔三〕勤：潘仕成海山仙館叢書本作「歡」，形近而誤。

〔四〕力：潘仕成海山仙館叢書本脱此字。

前宣州當塗縣令王翺攝楊子縣令〔一〕

牒奉處分。宰字之術，若駈群雞，緩之則散，急之則亂。此言雖小，其理甚中。知者非難，行之不易。況乃隋城近邑，楚岸通津。螟蝗則久待消除，鱦魹則每思養育。前件官相門積慶，儒室推賢。早登廉孝之科，嘗歷句稽之任。雖棲下位〔二〕，不墜令名。果逢連帥之知〔三〕，再假字人之秩。雉誰忍捕〔四〕，鵲自停喧。陶潛之要腹暫伍〔五〕，孔奮之膏腴下潤〔六〕。今以揚子一同繁劇，四達要衝。每當使命交馳，實託宰僚勤幹。遂重責成之寄，況逢多事之秋。而乃有令患風，請告踰月。若言考秩，亦合替移。固選長才，俾修闕政。其在上瞻夏日，下視春氷〔七〕，宜無憚於徒勞，佇有成於歷試。苟有經年沉醉，必虧莅事之能；如將終夕清談，亦失相時之理。勉於二說，慎自三思。事須差攝楊子縣令。

〔校記〕

〔一〕前宣州當塗縣令王翺攝楊子縣令：《四部叢刊》本、《唐文拾遺》卷四〇題作「前宣州當塗縣令王翺攝楊子」。「楊」：潘仕成海山仙館叢書本作「揚」。按：俗書二者不拘。據文意，當作「揚」。「揚子縣」，本屬江都縣地，隋末為揚子鎮。唐永淳元年（六八二）析置揚子縣，治今江蘇邗江南揚子橋附近，屬揚州。同篇另有作「楊」者，不一一出校。

〔二〕棲：底本原作「捿」，爲「棲」之俗寫體，他本多作「棲」，據改。《國譯孤雲崔致遠先生文集》作「捷」，形近而誤。下不另出校。

〔三〕帥：《四部叢刊》本誤作「師」。

〔四〕捕：《唐文拾遺》卷四〇誤作「補」。

〔五〕要：《四部叢刊》本、徐有榘木活字本、《唐文拾遺》卷四〇作「腰」。按：「要」、「腰」古今字，《東文選》卷一〇六亦作「要」。伍：「低」之俗寫體，《東文選》卷一〇六即作「低」。《國譯孤雲崔致遠先生文集》作「勞」。《四部叢刊》本、徐有榘木活字本、《唐文拾遺》卷四〇闕。

〔六〕下：潘仕成海山仙館叢書本作「不」，形近而訛。

〔七〕春氷：《四部叢刊》本訛作「春水」。按：「春氷」亦作「春冰」，指春天的冰。因其薄而易裂，多喻指危險的境地或容易消失的事物。《書·君牙》：「心之憂危，若蹈虎尾，涉於春冰。」孔傳：「春冰畏陷。」南朝齊王融《三月三日曲水詩序》：「念負重於春冰，懷御奔於秋駕。」均其例。

柳孝讓攝滁州清流縣令

牒奉處分。今世之奬邑大夫也，多以河陽花、彭澤柳為美士〔一〕，永言至理，我則不然。唯某在其視人如傷，潔己以仕，能懷氷蘗之操〔二〕，迴掩花柳之名。實難其才，得副吾意。前件官展禽苗裔〔三〕，言偃政能。曾宰濟陰，克安屬邑；久依江徼，靜守窮居。數年而雖甚食貧，直道而未嘗改節。今將歷試，俾假缺員。無興喧鵲之機〔四〕，勉致馹雞之術。事須差攝滁州清流縣令〔五〕。

〔校記〕

〔一〕美士：《唐文拾遺》卷四〇、潘仕成海山仙館叢書本作「美事」。《國譯孤雲崔致遠先生文集》「士」下小注：「或『事』字。」按：據文意，當作「美事」。

〔二〕操：底本作「橾」，俗寫體，《敦煌俗字典》「操」字條收錄此形，諸本均作「操」。下不一一出校。

〔三〕裔：底本作「裦」，俗別字。《正字通·衣部》：「裦，俗裔字。」《敦煌俗字典》、太田辰夫《唐宋俗字譜·祖堂集之部》「裔」字條均收此形。又，宋磧砂版大藏經《法苑珠林》中此形亦多見，書中「苗裔」的「裔」多如此作。下徑改不另出校。

〔四〕機：《四部叢刊》本、徐有榘木活字本、《唐文拾遺》卷四〇作「譏」。

〔五〕須：潘仕成海山仙館叢書本脱此字。

前浙西館驛巡官鄉貢三傳張咸乂攝山陽縣丞〔一〕

牒奉處分。前件官族資鵲印〔二〕，業練麟經。未躬壯圖〔三〕，嘗從碎職。既精簡牘之事，寧辭州縣之勞？習傳之體有三，卻詳正義；在公之心無二，宜慎尒官。往矣敬哉，賞罰斯在。事須差攝山陽縣令〔四〕。

〔校記〕

〔一〕前浙西館驛巡官鄉貢三傳張咸乂攝山陽縣丞：徐有榘木活字本題作「前浙西館驛巡官鄉貢三傳張咸攝山陽縣丞」，且與後一牒順序顛倒。乂：《四部叢刊》本作「又」。按：俗寫二者不拘。

〔二〕印：《國譯孤雲崔致遠先生文集》作「卯」，形近而訛。

〔三〕躬：《國譯孤雲崔致遠先生文集》作「窮」。

〔四〕縣令：《四部叢刊》本、徐有榘木活字本作「縣丞」。

前婺州金華縣尉李涵攝天長縣尉

牒奉處分。夫縣尉之設也，其官雖卑，其務甚重。動則推詳滯獄，靜則慰撫疲甿〔一〕。是以佐僚能振其直聲〔二〕，宰尹亦懷其畏色。永言至理，實繫長才。前件官性習五常，身資一命。嘗佐金華劇邑，頗傳玉潔高名。久見退修，誠思進取。俾助養鱦之政，且昇化鮪之資。其在蘗作朝飡，冰為夕飲，高懸曹棒，靜和宓琴〔三〕。譽胠息於鵲喧〔四〕，勢必登於鴻漸云云。

〔校記〕

〔一〕慰：《國譯孤雲崔致遠先生文集》作「尉」，通用字。

〔二〕振：《四部叢刊》本、徐有榘木活字本作「無」。《唐文拾遺》卷四〇、《國譯孤雲崔致遠先生文集》作「憚」，潘仕成海山仙館叢書本作「慕」。

〔三〕宓琴：底本作「密琴」，據諸本改。按：「宓琴」，典出《呂氏春秋・察賢》，謂孔子弟子宓子為單父縣令，彈鳴琴於公所，身不下堂而單父大治，後多引此典以贊縣令。

〔四〕鵠：潘仕成海山仙館叢書本作「鴻」。按：「鴻」字蓋涉下句「鴻」字而訛。

前潁上縣主簿鄭綏攝盛唐縣丞舅韋緘評事薦〔一〕

牒奉處分。凡城一邑，皆列六曹。雖云具體而微〔二〕，豈可從心所欲？況縣丞之佐理也，令長憚其糺摘〔三〕，胥吏稟其規程〔四〕。苟能自强，何患不立？前件官康成求己，季智奉公。曾申潁上之勤勞，遂見渭陽之論舉。桓譚貳政，且宜肅彼奸豪；殷浩吟詩〔五〕，無用傷其貧賤。事須差攝壽州盛唐縣丞。

〔校記〕

〔一〕潁：底本、《四部叢刊》本誤作「穎」，據徐有榘木活字本改。按：「潁上縣」，隋大業二年置，以地在潁水上游而得名。下徑改不另出校。主簿：徐有榘木活字本作「主薄」，俗寫「簿」、「薄」不拘。「縣丞」下「舅韋緘評事薦」六字，徐有榘木活字本闕。舅：底本、《四部叢刊》本誤作「勇」，據《唐文拾遺》卷四〇改。

〔二〕具體而微：《國譯孤雲崔致遠先生文集》作「具禮而微」，「禮」字形近而訛。
〔三〕令：徐有榘木活字本誤作「貪」，潘仕成海山仙館叢書本訛作「舍」。
〔四〕胥：《四部叢刊》本、徐有榘木活字本、《唐文拾遺》卷四〇作「猾」。
〔五〕浩：《國譯孤雲崔致遠先生文集》誤作「活」。

諸葛殷知榷酒務

牒奉處分。榷酤之權起於漢代〔一〕，會計之利著在周經〔二〕。既當預備闕懸，難可不從改作。將成重務，固選良才。前件官隱豹含章，卧龍襲慶。潔己則隋珠無纇〔三〕，在公則庖刃有餘。昨分孔僅之重司，已成歷試；今躡魯匡之良策，何憚專勤？無辭鄭驛之卑捷，早致卓爐之餘利〔四〕。䏻資美禄，必贍雄師。所期百姓無譁，非阻三軍告醉。事須差攝舘驛巡官專知榷酒務。

【校記】

〔一〕酤：《國譯孤雲崔致遠先生文集》誤作「酒」。
〔二〕計：《四部叢刊》本作「訃」，俗刻形近而訛。
〔三〕纇：底本、《四部叢刊》本、《東文選》卷一〇六、《國譯孤雲崔致遠先生文集》誤作「類」，據徐有榘木活字本、《唐文拾遺》卷四〇改。

〔四〕卓爐：徐有榘木活字本作「卓壚」。按：二者同詞異寫。「卓爐（壚）」，漢臨邛大富商卓王孫女卓文君，好音律，新寡家居。司馬相如過飲于卓氏，以琴心挑之，文君夜奔相如，同馳歸成都。因家貧，復回臨邛，盡賣其車騎，置酒舍賣酒。相如身穿犢鼻褌，與奴婢雜作、滌器於市中，而使文君當壚。卓王孫深以為恥，不得已而分財産與之，使回成都。事見《史記・司馬相如列傳》。

李昭望充奉國巡官

牒奉處分。昔孔子誡伯魚學曰：「其先祖不足稱，其族姓不足道。然而大以流聲後裔者，豈非學之所致乎〔一〕？」若然，則先祖之與族姓也，不唯時世所榮，亦乃聖人所重。前件官搢紳上品，結綬中朝。方襲芸香〔二〕，遽飄蓬跡。遠逃虎口，猶絆驥蹄。今以一言為賢，三代可數。烜赫渭陽之族〔三〕，坐振重名；漂流淮徼之居，来求碎職〔四〕。遂茲嚮應，用試才能。既知各有司存〔五〕，唯在聿修厥德。事須補充楚州營田奉國巡官〔六〕。

〔校記〕

〔一〕「其先祖」至「學之所致」：語出自《孔子家語・致思》：「其先祖不足稱也，其族姓不足道也，終而有文名，以顯聞四方，流聲後裔者，豈非學之效也。」文字略有不同。

〔二〕芸香：《國譯孤雲崔致遠先生文集》誤作「藝香」。按：「芸香」，香草名，花葉香氣濃鬱，有驅蟲之用。古以之施於宮廷藏書處，故「芸香閣」遂爲秘書省的別稱。唐盧照鄰《雙槿樹賦》：「蓬萊山上，即對神仙；芸香閣前，仍覩秘寶。」亦省作「芸閣」。唐劉知幾《史通・忤時》：「芸閣之中，英奇接武。」

〔三〕烜赫渭陽之族：《四部叢刊》本作「但渭陽之族」，徐有榘木活字本、《唐文拾遺》卷四〇作「但□□渭陽之族」，潘仕成海山仙館叢書本作「豈但渭陽之族」，《國譯孤雲崔致遠先生文集》作「但□渭陽之族」。按：底本最近原文。《東文選》卷一〇六作「烜赫渭陽之旄」，「旄」乃「族」之訛。

〔四〕求：《四部叢刊》本訛作「永」，潘仕成海山仙館叢書本作「承」。

〔五〕各：底本誤作「名」，據諸本改。按：「各有司存」，乃古代習見之語。《隋書・劉行本傳》：「臣聞設官分職，各有司存。」明謝肇淛《五雜俎・地部二》：「東方主生，西方主殺，各有司存，豈宜並用？」均其例。「司存」謂執掌，職掌。

〔六〕補充：潘仕成海山仙館叢書本作「充補」。

柴巖充洪澤雨塘巡官楚州營田〔一〕

牒奉處分。三農就稔，一溉推功。苟非權降雨之渠〔二〕，何以致如雲之稼？俾無隳惰，固籍專勤。前件官壯志不渝，公才可任。承乏而善叅軍事，慎終而益見吏能。今以洪澤近封，雨塘美号，徵小喻大，昇高自卑。爾其靜勗氷心，潛窺水脉。勉稟龔、黄之令，遠繼田曹；無慙鄭、伯之名〔三〕，有虧地利。高懸賞罰，用試否臧〔四〕。事須差充楚州營田院洪澤雨塘專知官。

〔校記〕

〔一〕巖：徐有榘木活字本作「嚴」。按：他本均作「巖」，然底本、《四部叢刊》本卷首標題皆作「嚴」，未知孰是，姑存疑待考。

〔二〕權：《四部叢刊》本、徐有榘木活字本、《唐文拾遺》卷四〇闕此字，《國譯孤雲崔致遠先生文集》作「資」，潘仕成海山仙館叢書本作「決」。按：《東文選》卷一〇六亦作「權」。

〔三〕伯：《四部叢刊》本、徐有榘木活字本、《唐文拾遺》卷四〇作「白」。按：二者古通用。據文意，此處當作「白」。「鄭白」乃戰國時築鄭國渠的鄭國與漢武帝時築白渠的白公的並稱。《晉書·苻堅載記上》：「堅以關中水旱不時，議依鄭白故事，發其王侯已下及豪望富室僮隸三萬人，開涇水上源，鑿山起堤，通渠引瀆，以溉岡鹵之田。」亦其例。

〔四〕臧：底本作「𠨹」，《四部叢刊》本作「𤻞」，均俗寫體。下不另出校。

許權攝觀察衙推充洪澤巡官

牒奉處分。撫俗所先，勸農為最。是以鄭渾則奪其獵具，溫嶠則請置田曹。仰順天時，俯徵日力，俾督耕夫之業，須憑幹吏之才。前件官歷試已多，忠勤可獎。令尹之功成制錦，督郵之政克提綱〔一〕。但承闕乏之時，皆有緝綏之譽。今以山陽沃壤，淮畔奧區，地占三巡，田逾萬頃。非乏決渠為雨，尚虧多稼如雲。蓋為編甿〔二〕，不勤功於藨蓘〔三〕；縱當稔歲，皆失利於稻粱。知尒奉公，勸民務本。若使耰而不輟，必期敏則有功。委以農時，假之使職，永言從政，實可與權。無取潤於膏腴〔四〕，苟徇私於毫髮。勉施乃力，廣諭衆心。事須差攝觀察衙推充洪澤巡官兼都巡勘指揮奉國謝陽等巡務者〔五〕。

〔校記〕

〔一〕郵：底本作「郵」，俗寫體。按：「督郵」為官名，漢置，郡的重要屬吏，代表太守督察縣鄉，宣達教令，兼司獄訟捕亡。唐以後廢。《漢書・尹翁歸傳》：「延年大重之，自以能不及翁歸，徙督郵。」《後漢書・何敞傳》：「立春日，常召督郵還府。」唐盧綸《送鮑中丞赴太原》詩：「專幙臨都護，分曹制督郵。」

〔二〕為：潘仕成海山仙館叢書本作「謂」。按：二者古通用。

〔三〕藨蓘：《國譯孤雲崔致遠先生文集》誤作「薦衮」。按：「藨蓘」即「穮蓘」，指耕耘和培育。「藨」通「穮」。《左傳・昭公元年》：「是穮是蓘。」是其始見之例。《文選・張華〈勵志〉詩》：「藨蓘致功，必有豐殷。」李善注引杜預曰：「藨，耘也，壅苗爲蓘。」宋陸游《戊申嚴州勸農文》：「服勞南畝，各終藨蓘之功。」亦其例。「蓘」，底本「衮」作「衣」，俗寫體。

〔四〕取：《東文選》卷一〇六、《國譯孤雲崔致遠先生文集》作「敢」，形近而訛。

〔五〕謝：底本闕，據諸本補。

王棨端公知丹陽監事

牒前件官，蹈氷守節，飲水安貧。靜吟而篋有新詩，寂坐而門無雜客〔一〕。卓爾君子，宛然古人。今以將濟軍須，誠資吏術，少輟琢磨之業，俾專鼓鑄之權。想夷甫之不言，無虧祖德；思仲宣之未遇，勉俟官榮。事須差知丹陽監事。

〔校記〕

〔一〕寂：底本「叔」作「𣏟」，俗寫體，《敦煌俗字典》「寂」字條收載此俗形。雜：底本作「雜」，亦俗體，《敦煌俗字典》「雜」字條收錄。

臧澣知鹽城監事

牒奉處分。若官無直道，則利有多門。凡歷任於牢盆，或成資於潤屋〔一〕。而乃就此繁劇，守其潔廉？心珠則不惹脂膏〔二〕，智刃則胠分髖髀。嘗聆斯語，罕覩其人。前件官雅淡裝懷，清勤綰務，嘗握由拳之擢課〔三〕，唯遵止足之規摸〔四〕。休替未遙〔五〕，功勞可驗。更資歷試，必濟重難〔六〕。展才於近鹽之鄉〔七〕，守節於作鹹之地〔八〕。不須對雪空中，吟謝朗之詩〔九〕；只在熬波言下，見張融之賦。事須補充權粜使巡官知鹽城監事〔一〇〕。

〔校記〕

〔一〕成：《唐文拾遺》卷四〇作「咸」。按：「咸」字形近而訛，蓋涉上字「或」而致誤。「成資」，謂任職滿期。宋曾鞏《襄州乞宣洪二郡狀》：「臣今任至今年九月成資。」是其例。

〔二〕心珠：《四部叢刊》本、徐有榘木活字本作「心誅」。按：《東文選》卷一〇六、《唐文拾遺》卷四〇亦作「心珠」，是，「心誅」則不辭。「心珠」為佛教語，喻指眾生之心性。眾生之心性本來清淨，猶如明珠一般，故稱「心珠」。南朝梁簡文帝《釋迦文佛像銘》：「心珠可瑩，智流方普。」《景德傳燈錄》卷三〇韶山和尚《心珠歌》：「山僧自達空門久，淬煉心珠功已構。」又，《宗鏡錄》卷一《宗鏡錄序》：「以自覺之智刃，剖開纏內之心珠；用一念之慧鋒，斬斷塵中之見網。」此例「心珠」與「智刃」對言，恰和本句相同，尤可為證。脂，底本作「脂」，俗體字。《碑別字新编》引唐《遊石室新记》，「脂」即作此形。

〔三〕嘗：徐有榘木活字本作「常」。按：二者古通用，此指曾經。參見卷十二《滁州許勍委曲》校注〔二〕。

〔四〕規摸：即「規模」之異寫，他本均作「規模」。

〔五〕未：《唐文拾遺》卷四〇作「末」。

〔六〕難：《唐文拾遺》卷四〇作「艱」。

〔七〕鹽：底本作「鹽」，異構字。《四部叢刊》本、徐有榘木活字本、《唐文拾遺》卷四〇作「監」，簡俗字。

〔八〕鹹：底本「鹵」旁作「卤」，俗省。徐有榘木活字本作「醎」，異構字。

〔九〕朗：《東文選》卷一〇六作「娘」，形近而誤。

〔一〇〕補充：潘仕成海山仙館叢書本闕此二字。粜：《四部叢刊》本、徐有榘木活字本、《唐文拾遺》卷四〇作「糶」，繁簡字。鹽：底本作「塩」，俗寫體。唐顏元孫《干祿字書》：「塩鹽：上通，下正。」《廣韻·鹽韻》：「塩，俗。」他本皆作「鹽」。下不另出校。

趙詞攝和州刺史

牒奉處分。昔張緒子充，少好遊獵，右臂鷹，左牽犬，緒見而謂曰：「一身兩役，無乃勞乎？」充跪荅曰：「丈夫三十而立，今二十九矣，請至來歲。」緒曰〔一〕：「過而能改，顏氏子焉。」其後折節修身，終為賢達。則古之豪儁，今可規模。前件官脫跡迷途，投身義路〔二〕，永除惑志，可奬悛容。既能資父事君，是得居官理務。俾忝上佐，用試忠誠。况當榮養之時〔三〕，好縱安居之樂。詞其勉輸後効，善補前愆，已銷九族之憂，無起一朝之忿。事須差攝和州刺史。

〔校記〕

〔一〕曰：《國譯孤雲崔致遠先生文集》作「日」。按：俗書二者不拘。

〔二〕路：《四部叢刊》本闕，潘仕成海山仙館叢書本作「域」。按：「義路」乃《筆耕錄》中習見之語，如卷一四《宋再雄差充水軍都知兵馬使》中即有「深遵義路」。

〔三〕况當榮養之時：《四部叢刊》本、徐有榘木活字本、《唐文拾遺》卷四〇作「况當□榮之時」，《國譯孤雲崔致遠先生文集》作「況當顯榮之時」。按：《東文選》卷一〇六亦作「況當榮養之時」，當為原文之舊。「榮養」，指兒女贍養父母。《晉書·文苑傳·趙至》：「(至)聞父耕叱牛聲，投書而泣。師怪問之，至曰：『我小未能榮養，使老父不免勤苦。』師甚異之。」唐徐夤《贈楊著》詩：「藻麗熒煌冠士林，《白華》榮養有曾參。」五代王定保《唐摭言·及第後隱居》：「前進士費冠卿……歸不及於榮養，恨每積於永懷，遂乃屏蹟邱園，絶蹤仕進，守其至性十有五年。」皆其例。

桂苑筆耕集卷第十四

舉牒二十五首

淮口鎮將李質充沿淮應接使
淮陰鎮將陳季連充沿淮應接副使
宋再雄差充水軍都知兵馬使
蘇聿補衙前虞候
曹威轉補散兵馬使
許勍授廬州刺史
孫端權知舒州軍州事
朱鄘補討擊使
郝定補衙前兵馬使
客將哥舒瑺兼充樂營使〔一〕
王虔順充鹽城鎮將〔二〕
張晏充廬州軍前催陳使〔三〕
歸順軍補衙前兵馬使
安再榮管臨淮都
呂用之兼山陽都知兵馬使〔四〕
獬豸都將
宿松縣令李敏之充招討都知兵馬使
張雄充白沙鎮將
安再榮充行營都指揮使
徐莓充擢酒務專知
柳孝讓知白沙擢酒務〔五〕
行營都虞候

曹鵬知行在進奏補節度押衙〔六〕　　朱祝大夫起復

上都昊天觀聲讚大德賜紫謝遵符充淮南管內威儀指揮諸宮觀制置

〔校記〕

〔一〕營：《四部叢刊》本作「榮」，形近而訛。

〔二〕鎮將：《四部叢刊》本、徐有榘木活字本作「鎮使」。按：底本下文標題亦作「鎮使」。

〔三〕陳：徐有榘木活字本作「陣」。按：「陳」為「陣」之古字。

〔四〕呂用之兼山陽都知兵馬使：《四部叢刊》本、徐有榘木活字本「兼」後有「管」字。按：底本下文標題亦有「管」。

〔五〕柳孝讓知白沙榷酒務：《四部叢刊》本、徐有榘木活字本「讓」作「謙」。徐有榘木活字本「白沙」後有「場」字。

〔六〕曹鵬知行在進奏補節度押衙：徐有榘木活字本「補」後有「充」字。

淮口鎮將李質充沿淮應接使

牒奉處分。用兵之難，擇利而動。不論遠者近者，須賴掎之捔之〔一〕。在安思危，有備無患。前件官名超廣利，勇繼雄飛。自提外戍之軍〔二〕，每審中權之要。彼徐寇以屢侵吾圉，莫戢其鋒〔三〕。

急之則鼠竄彭墟，緩之則豕豗楚岸。遂徵衆旅，俾剗群兇。豈從援溺之權，將助焚枯之勢。爾其指呼順命，擒縱成功。終令入海之波，偏餂流惡；乃使暎淮之月，早見洗兵。茂賞高懸，良時倏徃〔四〕。勉思委寄，勿負初終〔五〕。事須差充沿淮都應接使。便仰量出兵士，討除賊徒。

〔校記〕

〔一〕掎：底本作「掎」，潘仕成海山仙館叢書本作「犄」。按：「掎」乃「掎」之俗，「掎」、「犄」古通用。捔：《四部叢刊》本、徐有榘木活字本、《唐文拾遺》卷四〇作「角」。按：「捔」乃「角」字涉「掎」而類化。該句語本《左傳·襄公十四年》：「譬如捕鹿，晉人角之，諸戎掎之，與晉掊之。」孔穎達疏：「角之謂執其角也，掎之言戾其足也。」後指分兵牽制或夾擊敵人。《三國志·吴志·陸遜傳》：「掎角此寇，正在今日。」唐陳子昂《上西蕃邊州安危事》：「今欲掎角亡叛，雄將邊疆，惟倚金山諸蕃，共爲形勢。」亦作「犄角」。南朝梁江淹《北伐詔》：「某官某甲等，並率義勇之衆，牙制犄角之機。」唐杜甫《為華州郭使君進滅殘寇形勢圖狀》：「大軍不可空勤轉輸之粟，諸將宜窮犄角之進。」

〔二〕戎：《四部叢刊》本、徐有榘木活字本、《唐文拾遺》卷四〇作「戍」，《國譯孤雲崔致遠先生文集》誤作「戍」。

〔三〕鋒：《國譯孤雲崔致遠先生文集》誤作「錚」。

〔四〕倏徃：徐有榘木活字本作「倏往」。按：二者同詞異寫。

〔五〕初終：《四部叢刊》本、徐有榘木活字本、《唐文拾遺》卷四〇作「利終」。按：當作「初終」。「初終」即始終，《筆耕錄》中習見。宋曾鞏《祭歐陽少師文》：「維公平生，愷悌忠實，內外洞徹，初終若一。」亦其例。

淮陰鎮將陳季連充沿淮應接副使

牒前件官，勇於戰賊，樂在從軍。操戈而只待春喉，發箭而曾無曠目。自居遠戎〔一〕，久練雄兵。每聆捍弊之勞〔二〕，飫息奔衝之患。今則未殲彭孽，猶役楚軍。將資首尾之權，是成虵陣；固籍爪牙之利，共展豹韜。爾其跡脫伍符〔三〕，身居貳職，專防險道，佇靜長淮。雖云迴遶之川〔四〕，未是縈紆之地。坐思前哲，猶傳袴下之蹤〔五〕；立取奇功，好豁胷中之氣。勉期竭節，實謂逢時。事須差充沿淮都應接副使。便仰量出兵士，討除賊徒。

〔校記〕

〔一〕戎：《四部叢刊》本、徐有榘木活字本、《唐文拾遺》卷四〇作「戍」。按：俗寫二者不拘，據文意，當作「戎」。「遠戎」指遠方的少數民族。三國魏何晏《景福殿賦》：「彰天瑞之休顯，照遠戎之來庭。」唐張九齡《酬趙二侍御史西軍贈兩省舊寮之作》詩：「顧己塵華省，欣君震遠戎。」

〔二〕捍弊：《四部叢刊》本、徐有榘木活字本、《唐文拾遺》卷四〇作「捍蔽」。按：二者同詞異寫。「捍蔽」猶屏藩。唐吳兢《貞觀政要・安邊》：「置匈奴於五原塞下，全其部落，得爲捍蔽，又不離其土俗，因而撫之。」又，同卷《宋再雄差充水軍都知兵馬使》中亦有「捍蔽」一詞。

〔三〕伍符：潘仕成海山仙館叢書本作「五符」。按：「伍」、「五」古通用。「伍符」本指古代軍中各伍互保的符信，亦泛指軍隊中的簿册，進而指軍隊。唐元稹《酬樂天東南行詩》：「重喜登賢苑，方日佐伍符。」宋曾鞏《節相制》：「逮後王之更造開阡陌以居民，隸伍符者，身不受於一廛，仗齊鉞者，位不連於九棘。」

〔四〕遶：《國譯孤雲崔致遠先生文集》誤作「撓」。

〔五〕袴：《四部叢刊》本、徐有榘木活字本、《唐文拾遺》卷四〇作「胯」。按：二者古通用。該句出自《史記・淮陰侯列傳》：「信能死，刺我；不能死，出我袴下。」裴駰集解引徐廣曰：「袴，一作胯。胯，股也。」

宋再雄差充水軍都知兵馬使

牒奉處分。舟檝施利，干戈騁威〔一〕，自古為難，在今所急。固託縱横之略，始成捍蔽之功。前件官學劒有成，彎弧自許。嚼毚而當年遈雋〔二〕，曳牛而是處争雄。高列軍門，深遵義路；久居江戍〔三〕，妙練舟師。今以泗上流災，淮中聚寇，既犯觀風之境，頗昏暎月之流。爾其揔握雄兵，遠張秘策，陸殲蛇豕〔四〕，水截蛟螭，早令賊壘皆平，永使驚波不起。用官物而討官賊，吾不為難；探虎穴而拔虎雛〔五〕，爾當自勗。事須差充水軍都知兵馬使，部領諸兵馬討除淮内賊徒。

〔校記〕

〔一〕騁：底本作「騁」，俗寫體。《東文選》卷一〇六作「聘」，形近而訛。

〔二〕嚼：徐有榘木活字本作「啗」，《國譯孤雲崔致遠先生文集》作「爵」。按：「嚼」、「啗」義同，「爵」為「嚼」之省旁字。逞：底本作「逞」，當為俗寫體（此形字典未載，然俗寫「廴」、「辶」不拘，如敦煌寫卷中「迴」亦可從「廴」，即其例），他本均作「逞」，可為證。雋：《四部叢刊》本、徐有榘木活字本、《唐文拾遺》卷四〇作「俊」。按：「雋」通「俊」。

〔三〕戎：《四部叢刊》本、徐有榘木活字本、《唐文拾遺》卷四〇作「戍」。按：俗寫二者不拘，據文意，當作「戎」。

〔四〕殲：潘仕成海山仙館叢書本誤作「纖」。

〔五〕拔：潘仕成海山仙館叢書本作「得」。

蘇聿補衙前虞候〔一〕

牒奉處分。古之有言：以小諭大，則祁奚之請老也〔二〕。既當問嗣，魼自舉親。情不涉於阿私，事何妨於委用？前件官早從吏役，久習武才。父也暮年既思休退，子之壯氣可代勤勞。且令職在於早趁〔三〕，乃欲功歸於歷試。無爽聿修之訓，勉成負荷之規。事須補充衙前虞候。

〔校記〕

〔一〕候：《國譯孤雲崔致遠先生文集》作「侯」。按：俗書二者不拘。

〔二〕祁奚：徐有榘木活字本作「祈奚」。按：「祈」、「祁」古通用。「祈奚」，春秋晉國人，其行跡見《左傳·襄公三年》、《襄公十六年》。

〔三〕早：底本原作「甲(卑)」。按：「早」為「卑」之譌俗字。唐張文成《遊仙窟》有「觸事卑微」句，「卑」，元祿刻本即作「早」。今據諸本改為通行字體。

曹威轉補散兵馬使

牒前件官，勇而好禮，勤以從戎。比者逞陳衆之言詞，傳郭維之訊問，果驅險浪，皆赴順風。尋值沛戎，來侵楚壤。首登鶴列，深挫貔牙。摩壘而每飫率先，殷輪而不欲言病。忠誠勵己，壯節驚人。今則郡守論功，材官受賞。俾昇峻級，用報前功。事須轉補散兵馬使。

許勍授廬州刺史

牒奉處分。良二千石，古難其人。屬郡之中，吾有所試，勤修靜理，今得人焉。前件官自舉六條，已踰四載，邑無吠犬，境絕飛蝗。外令丘井乂安〔一〕，內致閨門肅睦。政聲則有口者謳詠，仁譽即無翼而奮飛〔二〕。遠達宸聰，果霑殊寵。美秩已題於龍劍，雄威愈振於隼旟。既銷滁水之灾〔三〕，来作廬江之福〔四〕。分憂救瘼，瓺諧聖主之心；紅旆碧幢，豈落他人之手？事須准勑授廬州刺史。

〔校記〕

〔一〕丘井：《唐文拾遺》卷四〇作「邱井」。按：二者同詞異寫，此指鄉村，鄉邑。《魏書·張彝傳》：「伏願昭覽，敕付有司，使魏代所採之詩，不堙於丘井，臣之願也。」《舊唐書·懿宗紀上》：「編甿失業，丘井無人，桑柘枌榆，鞠爲茂草。」亦其例。

〔二〕即：底本原作「郎」，實為「即」之增筆訛俗字。按：此訛俗字又見卷一八《前湖南觀察巡官裴璙》、卷一九《謝周繁秀才以〈小山集〉見示》。今據《四部叢刊》本、徐有榘木活字本、《唐文拾遺》卷四三等改正字。

〔三〕銷：潘仕成海山仙館叢書本作「消」，通用字。

〔四〕来：《東文選》卷一〇六作「永」。

孫端權知舒州軍州事

牒奉處分。昔李弼有言：「大丈夫生世，須履鋒刃，以取功名，安可碌碌依階求仕？」是乃蓄志瓺壯，謀身克成。夕脫羔裘，朝驅熊軾。不慙往哲，其在茲乎！前件官族繼興公，術傳武子。瓺揚雋氣〔一〕，久練雄師。常安仡仡之徒〔二〕，果就循循之誘。今則委之郡政，試以公才，既逢豹變之秋，善守龍舒之境。為邦致理，必見三年有成；向國輸忠，勉令百姓無患。即迎帝賞，更峻官榮。事須差權知舒州軍州事。

〔校記〕

〔一〕雋氣：《四部叢刊》本、徐有榘木活字本、《唐文拾遺》卷四〇作「俊氣」。按：二者同詞異寫，此指英俊氣概。南朝宋劉義慶《世説新語·文學》：「王（王逸）本自有一往雋氣，殊自輕之。」《太平廣記》卷四九〇引唐王洙《東陽夜怪錄》：「吾少年時，頗負雋氣，性好鷹鸇，曾於此時畋遊馳騁。」唐李益《輕薄篇》詩：「天生俊氣自相逐，出與鵰鶚同飛翻。」

〔二〕仡：底本原作「仡」，俗寫體。唐顏元孫《干祿字書》：「乞乞：上俗，下正。」按：「仡仡」，壯勇貌。《書·秦誓》：「仡仡勇夫，射御不違，我尚不欲。」孔傳：「仡仡壯勇之夫，雖射御不違，我庶幾不欲用。」

朱鄘補討擊使納助軍錢，遂加職賞

牒奉處分。漢有卜式者，輸家財助軍費，遂乃出自牧羊豎子，終為司憲大夫。忠誠所施，其利甚愽〔一〕。前件官石非硌硌，鐵實錚錚。知義重而財輕，願忘家而報國〔二〕。天龍地馬，不藏私室之中；尺籍五符〔三〕，可列軍門之下。俾昇峻級，以諷頑甿。既有賴於金多，無自驚於銅臭。事須補充討擊使。

〔校記〕

〔一〕慱：潘仕成海山仙館叢書本作「溥」，《國譯孤雲崔致遠先生文集》作「薄」。按：「慱」同「博」。《正字通・心部》：「慱，俗博字。」「慱」、「溥」義同，「薄」字誤。

〔二〕願：潘仕成海山仙館叢書本作「遂」。

〔三〕五符：《唐文拾遺》卷四〇作「伍符」。按：「伍」、「五」古通用。同卷《淮陰鎮將陳季連充淮應接副使》中亦有「伍符」，潘仕成海山仙館叢書本即作「五符」。

郝定補衙前兵馬使 能手射七十步

牒奉處分。弧矢之利，武藝所先。號猿而永播嘉聲，落鴈而胠傳妙伎〔一〕。況乃只憑五指，胠伐六鈞〔二〕。豈惟邁古超今〔三〕，可謂神功聖術。前件官早攻手射，善應心機，不彎三百斤弓〔四〕，能發七十步箭。紀昌若見，必想弢弦〔五〕；呂布相逢，固慙撚筈。既抱非常之伎〔六〕，佇成可久之功，換滑臺之舊資，陟隋苑之高級〔七〕。事須補充衙前兵馬使。

〔校記〕

〔一〕妙伎：《四部叢刊》本作「妙技」，徐有榘木活字本、《唐文拾遺》卷四〇作「妙技」。按：三者同詞異寫。

〔二〕伐：《唐文拾遺》卷四〇、潘仕成海山仙館叢書本作「代」，俗寫二者不拘。鈞：徐有榘木活字本作「勻」，通用字。

〔三〕豈惟：《四部叢刊》本作「豈非」，徐有榘木活字本、《唐文拾遺》卷四〇作「豈唯」。

〔四〕不：徐有榘木活字本作「必」。

〔五〕弢：底本原作「弢」，俗寫體，亦作「弢」，字典收「弢」而未載「弢」，兹據徐有榘木活字本、《唐文拾遺》卷四〇改為通行字體。按：「弢」本指弓袋，引申為用袋子套起來。《史記·樂書》：「車甲弢而藏之府庫而弗復用。」《新唐書·王忠嗣傳》：「有漆弓百五十斤，每弢之，示無所用。」即其例。

〔六〕伎：《四部叢刊》本作「伎」。按：「伎」字典釋曰：「同『侮』。」此處則應為「伎」之異構。上「妙技」之「技」，《四部叢刊》本作「技」，亦其比。

〔七〕苑：底本作「苑」，俗寫體。按：書中從「艹」之字，如「若」、「草」、「苦」、「萬」、「荷」、「莫」、「藩」、「華」、「藏」、「著」、「芳」、「董」、「莫」、「英」、「蘊」等，底本、《四部叢刊》本多作「艹」形。下不一一出校。

客將哥舒瑲兼充樂營使

牒前件官，動彰毅勇〔一〕，靜保謙中〔二〕。早成學劒之功，不墜為裘之業。頗經歷試〔三〕，無怠聿修。久委賔司，既見與言之可使；俾兼樂職，必期飾喜之克諧。尒其有禮為先，無荒是誡。迎送於燕臺鄭驛，指蹤於廻雪遏雲〔四〕。勿使英賢，或發養痾之誚；須令艷麗〔五〕，先緘笑躄之聲。事須兼充樂營使。

〔校記〕

〔一〕勇：《四部叢刊》本作「勇」，俗寫體。《隸辨・董韻》：「勇……《說文》作勈，從甬從力，變隸作勇，與從男之字無別。」《俗書正誤》：「勇，從用，從田非。」「勇」後為日本常用漢字。下不另出校。

〔二〕謙中：徐有榘木活字本作「謙沖」，《唐文拾遺》卷四〇作「謙沖」，《四部叢刊》本、潘仕成海山仙館叢書本作「兼中」。按：諸詞同義，「兼」為「謙」之省旁字，其義猶言謙虛。三國魏曹操《報荀彧書》：「前後謙沖，欲慕魯連先生乎？」宋蘇軾《賜皇叔改封徐王顥上表辭免册禮允詔》之一：「雖莫稱朕所以極褒崇之心，而將使卿庶幾獲謙沖之福。」均其例。

〔三〕歴：《四部叢刊》本作「歷」，《唐文拾遺》卷四〇作「厯」。按：「歴」為「歷」之俗。《隸辨・錫韻》：「《說文》歷從厤，厤從二禾，碑變從林。今俗因之。」作「厯」者，異構字，是清人為避高宗名諱而改用此字。

〔四〕指：潘仕成海山仙館叢書本作「揮」。

〔五〕艶：「豔」之俗寫體。《玉篇・豐部》：「豔，俗作艶。」《敦煌俗字典》「豔」字條收有此形。下不另出校。

王虜順充鹽城鎮使

牒奉處分。夫藩鎮之為制也〔一〕，中屯銳師，外列諸戎〔二〕，用備腹心之患，固憑牙爪之勤〔三〕。前件官深蘊壯圖，挺生勇氣。姜維若在，未占雄兒〔四〕；焦度相逢，應饒健物。每展報恩之節，累申伐叛之功。眷彼塩城，居于海岸。苟或一同失理，實為四遠多虞，遂徵虜順之名，俾守防奸之任。爾其劾勇夫之重閈，致危俗之安居。暫固封疆，無念及瓜之限；但逢寇孽，勉揚破竹之聲。事須補充塩城鎮使〔五〕。

〔校記〕

〔一〕夫：底本、《四部叢刊》本、《東文選》卷一〇六作「大」，實乃「夫」字之形訛，兹據徐有榘木活字本、《唐文拾遺》卷四〇改。按：「夫」為發語辭，《筆耕集》卷一三《前婺州金華縣尉李涵攝天長縣尉》即有「夫縣尉之設也」，可資比證。

〔二〕戎：《四部叢刊》本、徐有榘木活字本、《唐文拾遺》卷四〇作「戍」。按：二者俗書不拘，據文意，當作「戎」。

〔三〕牙爪：《四部叢刊》本、徐有榘木活字本、《唐文拾遺》卷四〇作「爪牙」。

〔四〕雄兒：《東文選》卷一〇六誤作「稚兒」。

〔五〕鎮：《國譯孤雲崔致遠先生文集》脱此字。

張晏充廬州軍前催陣使

牒奉處分。師克在和，兵貴在速。若許緩其善陣，誠為挫彼奇鋒。用之則行，時不可失。前件官志軲傳略，名可止啼。待逢盤錯之難，願展縱横之術。今則舒猶叛楚，衛已伐邢。雨雖潤於興師，雲未銷於結陣。遂使魚麗猛勢，阻掃氛埃；蟻聚頑徒，敢安窟穴。尒其驅之以馬箠，訓之以豹篇。事唯託於一麾，功必成於百勝。將迎軍賞，佇送捷書。事須差充廬州軍前催陣使。

歸順軍補衙前兵馬使

牒奉處分。前件官身榮豹飾，志習龍韜。奮心於擊鼓其鏜，騁力於挾輈以走。早歸信義，無憚勤勞。去年寇據屬城[一]，兵徵諸郡，共誅微孽[二]，各誓前驅。既遵令於牙璋，宜陟名於甲騎。聊遷職秩，用報軍功。尒其勿替忠誠，更邀上賞。事須補充衙前兵馬使。

〔校記〕

〔一〕年：《四部叢刊》本、徐有榘木活字本、《唐文拾遺》卷四〇訛作「正」。

〔二〕誅：《四部叢刊》本、徐有榘木活字本訛作「諫」，《唐文拾遺》卷四〇作「殲」。按：潘仕成海山仙館叢書本亦作「誅」。

安再榮管臨淮都

牒奉處分。西魏王羆率衆拒寇，乃杖白挺[一]，大呼而詬曰：「老羆當道卧[二]，貛子郍得過？」歘見威勇，果自驚奔。則知猛將之名，能奪叛徒之魄。前件官夙精韜略，歷試機謀。嘗犯重圍，决成獨戰。實可謂神出鬼沒，豈唯衒左旋右抽〔三〕。今之武力雖衰〔四〕，壯心益勵。臨事而猶餘强飯，即戎而寧欲素飡。蠢彼頑兇，騷然侵擾。雖徵衆旅，未建奇功。眷彼臨淮，處于要地。其在訓之以三令，激之以一呼。審詳於彼竭我盈，成就於先難後獲。老驥免嗟於伏櫪，無令駑馬爭先；秋鷹既遂於下韝，勿使妖狐得便。事須差管臨淮都。

〔校記〕

〔一〕白挺：徐有榘木活字本作「白梃」。按：二者同詞異寫，指大木棍。《呂氏春秋·簡選》：「鉏櫌白挺，可以勝人之長銚利兵，此不通乎兵者之論。」《漢書·諸侯王表》：「陳吴奮其白梃。」顔師古注引應劭曰：「白梃，大杖也。」又，句中「白挺（梃）」，《北史·王羆傳》作「白棒」，義同。

〔二〕老：《東文選》卷一〇六誤作「光」。

〔三〕衒：《四部叢刊》本、徐有榘木活字本、《唐文拾遺》卷四〇闕此字。按：《國譯孤雲崔致遠先生文集》亦作「衒」。

〔四〕今：《國譯孤雲崔致遠先生文集》誤作「衒」。

呂用之兼管山陽都〔一〕

牒奉處分。仲尼云：「寬則得衆，信則任人焉〔二〕。」嘗聆斯語，今見其人。前件官慶襲玉璜，業精金版。遵直道而利有攸往，奉公家而知無不為。是以晉作新軍，權資虜右；齊行勇爵，衆許居先〔三〕。乃裨察俗之規，動叶安民之策。遂得晨羊罷飲〔四〕，夜犬停喧。永除奸濫之源，深得撫綏之道。今以屬城多難，散卒無依。窮猿既切於投林，飛鳥猶思於擇木。群情所附，戎略可嘉。俾安其瞀瞀然來〔五〕，實倚其多多益辦。無辭兩役，用展長才。事須兼充山陽軍都知兵馬使。

〔校記〕

〔一〕呂用之兼管山陽都：底本卷首題作「呂用之兼山陽都知兵馬使」，徐有榘木活字本題作「呂用之兼管山陽都知兵馬使」。按：《東文選》卷一〇六作「呂用之兼管山陽都」。

〔二〕任人：潘仕成海山仙館叢書本作「人任」。按：引語出自《論語·陽貨》，亦作「人任」。

〔三〕衆：《四部叢刊》本、潘仕成海山仙館叢書本誤作「象」。

〔四〕罷：潘仕成海山仙館叢書本作「能」，省旁字。

〔五〕瞀瞀：徐有榘木活字本作「貿貿」。按：二者同詞異寫。該句出自《禮記·檀弓下》：「有餓者蒙袂輯屨貿貿然來。」鄭玄注：「貿貿，目不明之貌。」

獬豸都將〔一〕

牒奉處分。凡標軍額，須警衆心〔二〕。如指喻之非宜，則訓齊而何在。況乃均需好爵，共荷殊恩。跡雖限於柳營，秩盡昇於栢署。宜加一等，俾異三行。前件官壯氣挺生，忠誠卓立。彉弩則前無强敵〔三〕，荷戈則動有成功。累建戎勳，遂沾爵賞。今以狼星未滅，鯨浪猶翻，將申戮暴之能，用示觸邪之号。爾其勉思一角，永息二心。佇銷封豕之灾，勿失神羊之性。事須補充獬豸軍都知兵馬使。

〔校記〕

〔一〕獬：底本「解」旁作「觧」，俗寫體。按：文中從「解」之字，如「懈」、「廨」、「邂」、「澥」等，底本、《四部叢刊》本亦如此作。下不另出校。

〔二〕須：《四部叢刊》本「彡」作「彳」，俗寫體。按：此形他處鮮見，《四部叢刊》本則極為常見。

〔三〕彉弩：《四部叢刊》本、徐有榘木活字本、《唐文拾遺》卷四〇作「彍弩」。按：二者同詞異寫，謂張弓將射。《漢書・吾丘壽王傳》：「民不得挾弓弩。十賊彍弩，百吏不敢前。」《北史・崔亮傳》：「今勳人甚多，又羽林入選，武夫崛起，不解書計，唯可彍弩前驅，指蹤捕噬而已。」即其例。

宿松縣令李敏之充招討都知兵馬使

牒奉處分。昔來護者，立性卓犖〔一〕。初讀《詩》至「擊鼓其鏜，踴躍用兵」、「羔裘豹飾，孔武有力」，乃捨書歎曰：「夫人在世，固當如是。會因滅賊〔二〕，以取功名。安能區區專事筆硯？」其後果申壯志，累建殊勳[三]。則知奇才所爲，何代不有？前件官精詳吏道，旁習戎機。假百里之威，則疲甿獲賴；作萬夫之長，則義旅知歸。遂得縣道肅清，隣藩倚賴。欲破蘄春之狡窟，遥分江夏之兵權。罷從役於驅雞，佇承乏於建隼。聊加職賞，俾振軍聲。是乃丈夫雄飛，君子豹變。勉驅甲騎，遠應羽書。既設援於他邦，必保安於吾國。事須補充節度衙前兵馬使，兼充西南招討都知兵馬使。

〔校記〕

〔一〕犖：底本原作「㷀」，俗寫體。據他本改正字。

〔二〕會：《國譯孤雲崔致遠先生文集》作「曾」。

〔三〕建：《四部叢刊》本、徐有榘木活字本誤作「逢」。

張雄充白沙鎮將

牒奉處分。昇高自卑，君子所以勵素志；辭大就小，古人所以傳令名。但能守節不虧，固在相時而動。前件官忞懷義勇，深貯謙和。頒條而政有嘉聲，馭衆而軍無愠色。今以新恩未降，鋭旅何安，眷彼古津，實爲要路。是成鎮務，乃在江壖。既居使府之要衝，宜假公才而管轄。況兼場貨[一]，可贍軍須。且卷豹韜，共養斬蛟之勇；佇迎鳳詔，别遷建隼之榮。事須差權句當白沙鎮務，兼知場司公事。

〔校記〕

〔一〕貨：潘仕成海山仙館叢書本作「課」。

安再榮充行營都指揮使

牒奉處分。昔曹公為樂府歌云：「老驥伏櫪，志在千里。烈士暮年，壯心不已〔一〕。」今猶古也，我得人焉。前件官百戰成功，一麾出守。曾安海俗，永振風聲。而乃不求更握虎符，唯願終申豹略。豈覺老之將至，每俟用之則行。今以大憝未殲，外方多難。諸藩命將，無非竹簡探名；遠道徵師，或是葵丘代戎〔二〕。苟虧忠勇，何蕩妖兇？遂付重權，佇觀奇策。其在身先行伍，頣指軍兵〔三〕，勉揚矍鑠之名。無致遷延之役。時不可失，往矣敬哉！事須差充行營都指揮使，赴壽州西面備禦，討逐黄巢徒黨者。

〔校記〕

〔一〕不：《唐文拾遺》卷四〇作「未」。

〔二〕代戎：徐有榘木活字本作「仗義」，《唐文拾遺》卷四〇、《東文選》卷一〇六、《國譯孤雲崔致遠先生文集》、潘仕成海山仙館叢書本作「代戍」。按：據文意，似當作「代戍」。

〔三〕頣：底本作「頣」，「頣」之俗字，《四部叢刊》本、徐有榘木活字本、《唐文拾遺》卷四〇作「顧」。按：據文意，當作「頤」。《東文選》卷一〇六、《國譯孤雲崔致遠先生文集》亦作「頤」。「頤指」亦作「頤旨」，謂以下巴的動向示意而指揮人。《漢書·賈誼傳》：「今陛下力制天下，頤指如意，高拱以成六國之旣，難以言智。」宋王以甯《水調歌頭·裴公亭懷古》詞：「孫郎前日豪健，頤指五都雄。」即其例。

徐莓充㩲酒務專知

牒奉處分。前件官發跡戎行，研心吏道，忠勤所至，幹濟可觀。今則舉漢代之權宜，搜杜康之利潤。贍吾軍用，籍爾公才。既非若處先登，無與衆人皆醉。事須差句當天長縣㩲酒務。

柳孝讓知白沙場㩲酒務〔一〕

牒奉處分。前件官直道立身，公途勵志，學已窺室家之富，任曾致州縣之勞。今以倫食三行，搜資六物，豈使弊歸於下〔二〕，只令利在其中。勉稟條章，早申績効。俾不欺於釀具，無自陷於醉鄉。事須差知白沙場㩲酒務。

〔校記〕

〔一〕柳孝讓知白沙場㩲酒務：潘仕成海山仙館叢書本題作「柳孝謙知白沙場榷酒」。柳孝讓：徐有榘木活字本、《國譯孤雲崔致遠先生文集》、潘仕成海山仙館叢書本誤作「柳孝謙」。按：《東文選》卷一〇六、

《四部叢刊》本、《唐文拾遺》卷四〇均作「柳孝讓」，另參見卷一三《柳孝讓攝滁州清流縣令》。

〔二〕獘：底本「敝」旁作「敞」，訛俗字。據他本改正字。

行營都虞候〔一〕

牒奉處分。前件官勇而好禮，敏則有功，膂力甚强，腹心可委。今以齊驅勁卒，俾剗群兇。爾其糺摘行間，防虞境外。宜拘小節，善事上官。勿謂忠貞，有乖輯睦。能成勤効，不悋甄酬〔二〕。事須補充行營都虞候。

〔校記〕

〔一〕候：《國譯孤雲崔致遠先生文集》作「侯」。按：俗書二者不拘。

〔二〕悋：同「吝」。《正字通・心部》：「悋，本作吝。」又，句中「甄酬」謂表彰賞賜。宋王禹偁《雲州節度使加使相麻》：「雖匈奴畏憚，已知域外之雷霆；而黔首燋熬，更作人間之霖雨，詎云優異，姑示甄酬。」

曹鵬知行在進奏補充節度押衙

牒奉處分。藩侯所任，邸吏為先〔一〕。能傳萬里之音，不墜九霄之命。固憑幹濟，方付重難。前件官魯剸長材，魏仁雄族。雖處干戈之列，早閑刀筆之能。遂使遠赴行朝，專司遞務。覩六龍之仙蹕，每審巡遊；傳九鳳之王言〔二〕，曾無阻滯。以茲歷試，深可獎酬。今已秩亞憲卿，官昇典午，身得趍於輦路，職未稱於轅門。俾假牙璋，遙分甲騎。慎達上天之旨，以安外地之心。爾能竭誠，吾不恡賞。事須改補攝節度押衙，依前知行在進奏。

〔校記〕

〔一〕邸：底本作「邛」，異構字。唐慧琳《一切經音義》卷三三引《蒼頡篇》：「邛，舍也。」《字彙補·邑部》：「邛，與邸同。」今據《四部叢刊》本、徐有榘木活字本、《唐文拾遺》卷四〇改為通行字體。

〔二〕王：《四部叢刊》本訛作「三」。

朱祝大夫起復

牒奉處分。事繁金革，禮奪苴麻，魯公制之於前，晉侯行之於後。蓋乃從權順變，是為移孝就忠。苟不忘家，將何報國？前件官方從戎役，每籍公才〔一〕。遽鍾風樹之悲，永違霜槿之養。能勤泣血，唯懼奪情〔二〕。然以群寇未殲，列藩多事，確執三年之愛〔三〕，仰辜萬乘之恩。況承勑命指揮，已許軍前驅使。出如綸之睿旨〔四〕，既俟成功；衣夫錦之格言，豈同前哲？時異事異，念茲在茲。揚名顯親，竭力從命，孝之終也，往矣敬哉！事須牒舉起復差往五嶺已來類會軍前公事〔五〕。

〔校記〕

〔一〕籍：《四部叢刊》本、徐有榘木活字本、《唐文拾遺》卷四〇作「藉」，通用字。

〔二〕懼：潘仕成海山仙館叢書本作「恐」，二者義同。

〔三〕磪：「確」之俗寫體，徐有榘木活字本「隺」旁作「隺」，亦俗寫。《敦煌俗字典》「確」字條收有「磪」。下不另出校。

〔四〕睿：底本原作「沓」，俗寫體，他本多作「睿」，據改正字。按：字典未收「沓」字。

〔五〕類：徐有榘木活字本作「領」。

上都昊天觀 聲贊大德賜紫謝遵符充淮南管内威儀指揮諸宮觀制置〔一〕

牒大德：真璞混成，靈源廣潤。淘俗態於心水，瑩仙姿於面氷〔二〕。蓬島神仙，應待銜杯之樂〔三〕；茅家兄弟，敢攀執袂之遊。猶思救苦於寰中，尚阻追歡於物外。屬以陣虵出穴，戎馬生郊，每勤齋敬之心，深假護持之力。達聖聰而有謂，施醮禮以無虧。今則秦嶺烟昏，難尋四老；楚淮月皎，幸伴八公。但以桂苑繁華，楊都壯麗，既見星壇月殿，處處荒摧；難期鶴駕霓旌，時時降會。欲設精嚴之倫，須資攝統之權〔四〕。白馬將軍方役大朝之元帥〔五〕，青牛道士暫充下界之仙官。此時既遂於攀留〔六〕，他日必同於輕舉。事須請充淮南管内威儀，兼指揮諸宮觀莊田等務〔七〕。

〔校記〕

〔一〕上都昊天觀聲贊大德賜紫謝遵符充淮南管內威儀指揮諸宮觀制置：《東文選》卷一〇六僅題作「上都昊天觀」。上都：徐有榘木活字本誤為「上覩」。威儀：底本、《四部叢刊》本誤作「成儀」，玆據他本徑改。管內：潘仕成海山仙館叢書本闕此二字。

〔二〕姿：《四部叢刊》本作「女」。

〔三〕銜：底本作「啣」，《四部叢刊》本作「銜」，皆俗寫體，玆據諸本改為正體。

〔四〕須：《國譯孤雲崔致遠先生文集》誤作「順」。攝：《四部叢刊》本、徐有榘木活字本、《唐文拾遺》卷四〇作「揚」。按：「揚統」不辭，當作「攝統」，《東文選》卷一〇六、《國譯孤雲崔致遠先生文集》亦作「攝統」。「攝統」指總攬，總理。《後漢書・李固傳》：「皇太后聖德當朝，攝統萬機。」即其例。

〔五〕役：徐有榘木活字本作「設」。大朝：《東文選》卷一〇六作「天朝」。

〔六〕此時：《四部叢刊》本、徐有榘木活字本、《唐文拾遺》卷四〇作「比年」。按：《東文選》卷一〇六亦作「此時」。

〔七〕莊：底本作「疰」，《四部叢刊》本作「庄」，皆俗寫體，《敦煌俗字典》「莊」字條兩形並收，玆據他本改正體。等：《國譯孤雲崔致遠先生文集》誤作「筆」。

桂苑筆耕集卷第十五　齋詞一十五首

應天節齋詞三首〔一〕
上元黃籙齋詞
中元齋詞
下元齋詞二首
上元齋詞
中元齋詞
齋詞〔二〕
黃籙齋詞
禳火齋詞〔三〕
天王院齋詞
故昭義僕射齋詞二首〔四〕

〔校記〕

〔一〕三：底本誤為「二」，據《四部叢刊》本、徐有榘木活字本及正文標題改。

〔二〕齋詞：底本、《四部叢刊》本闕，據正文補。徐有榘木活字本作「下元齋詞」。

〔三〕禳：底本作「穰」，俗書「ネ」、「禾」不拘，據徐有榘木活字本改。

〔四〕故昭義僕射齋詞二首：徐有榘木活字本作「為故昭義僕射齋詞二首」。

應天節齋詞三首

道士某乙言：伏以聖人降生，王者嘉應，苞天地之大德〔一〕，啓日月之殊祥。是以電繞虹流，克符龍質；握乾披震，允叶龜書。伏惟聖神聰睿仁哲明孝皇帝〔二〕，紫府真宗，丹陵寶命。孝理而勤修一德，化成而胥悦萬方〔三〕。偶以犬吠堯威，熊驚漢御，猶軫泣辜之念〔四〕，暫勞展義之行。今者風振南薰，方在長嬴之節〔五〕；星瞻北極〔六〕，乃當誕慶之辰。莫不山靈供萬歲之歡聲，河伯獻千年之瑞色。仰資聖壽，敢設仙齋。廣成子之微言，既傳衆妙；華封人之善祝，實繫群誠。伏願德乃日新，禍當天悔，暫興時雨，遍洗妖氛，高整鑾旗，早廻鳳輦。然後搜濟汾之詠，撰封岱之儀。傳芳於玉葉金枝，積慶於天長地久。使蠻戎率服，蠢植咸蘇，仰沐華胥之風，齊登仁壽之域。普天率土，永賀昇平。

又

道士某乙言：伏以父天母地〔七〕，帝道所以為尊；貫月繞星，靈符於是乎在。况覩一人有慶，固知萬壽無疆〔八〕。伏惟皇帝陛下，龍握丕圖，鳳資聖紀，播休聲於里社，標盛禮於高禖〔九〕。今者風調舜琴，日緩羲轡〔一〇〕，曆草舒芳於八葉，丹陵降瑞於千齡。謹設仙齋，仰陳善祝。伏願塵銷九野，波息四溟，早廻西幸之儀，便舉東封之禮。一千年之休運，高建武功；三十世之昌期，倍延卜祚〔一一〕。

允諧大定，永賀中興。

又

伏以瀨鄉白鹿〔一二〕，既掛仙蹤；函谷紫雲，果資王氣。積慶於天長地久，傳華於聖子神孫〔一三〕。耀玉京而我李長春，演金籙而莊椿永茂〔一四〕。伏惟皇帝陛下，三無稟德，萬有覃恩。叶感星夢日之祥，掩四乳八眉之瑞。上天降聖，爰乘解慍之風；列土修齋〔一五〕，況值晏陰之月〔一六〕。伏願峒山順軌〔一七〕，汾水迴鑾，迎萬歲之巖音〔一八〕，歸九重之天闕。享七百年之休運，寰宇中興；守五千字之格言，兵戈大定。仰祈玄鑒，永護皇居。

〔校記〕

〔一〕苞：《四部叢刊》本、徐有榘木活字本、《唐文拾遺》卷四一作「包」。按：《東文選》卷一一四亦作「苞」。「苞」、「包」通用。

〔二〕仁：潘仕成海山仙館叢書本作「化」。帝：《國譯孤雲崔致遠先生文集》誤作「常」。

〔三〕胥：底本作「肙」。按：「肙」乃「胥」之俗。唐顔元孫《干祿字書》：「肙胥：上通，下正。」《敦煌俗字典》「胥」字條收錄此形。《正字通·肉部》云：「肙，古文胥。」似未確。今據諸本改為正體。下不另出校。

〔四〕辜：底本「辛」旁作「幸」，俗寫體。下不另出校。

〔五〕長嬴：底本、《四部叢刊》本、《東文選》卷一一四、《國譯孤雲崔致遠先生文集》均誤作「長羸」，玆據徐有桊木活字本改。按：「長嬴」乃夏天之别稱。北齊劉晝《新論・履信》：「夏之得炎。炎不信，則卉木不長；卉木不長，則長嬴之德廢。」亦作「長贏」，《唐文拾遺》卷四一即作「長贏」。《樂府詩集・隋五郊歌・徵音》：「長嬴開序，炎上爲德。」亦其例。

〔六〕北極：潘仕成海山仙館叢書本作「北斗」，二者義同。

〔七〕母：底本、《四部叢刊》本作「毋」。按：俗書二者不拘。下不另出校。

〔八〕疆：底本作「彊」，省旁字，兹據諸本改為正體。

〔九〕高禖：《東文選》卷一一四作「高謀」。按：當作「高禖」。「高禖」指媒神。「高」，通「郊」。王引之《經義述聞・禮記上》：「高者，郊之借字，古聲高與郊同，故借高爲郊……蓋古本《月令》本作郊禖也。」唐陳子昂《為豐國夫人慶皇太子誕表》：「塗山之慶，既裕於夏臺；高禖之祠，未陪於殷薦。」

〔一〇〕義：底本作「羲」，俗寫體，《敦煌俗字典》「義」字條收録此形。兹據諸本改為正體。

〔一一〕卜：《四部叢刊》本、徐有桊木活字本、《唐文拾遺》卷四一作「福」。按：《東文選》卷一一四亦作「卜」。

〔一二〕瀨：底本原作「瀬」，為「瀨」之俗。《龍龕手鏡・水部》：「瀨，音頼，湍瀨也。」「瀬」後為日本常用漢字。下不另出校。

〔一三〕華：徐有桊木活字本作「葉」。

〔一四〕椿：徐有桊木活字本作「春」，省旁字。

〔一五〕土：底本作「圡」，增筆俗寫。按：從「土」之字，如「杜」、「社」、「壯」、「吐」等，底本均作此形，徑改不另出校。《四部叢刊》本、徐有榘木活字本作「士」。按：俗寫二者不拘，據文意，當為「土」，「列土」與「上天」對文。齋：《四部叢刊》本、徐有榘木活字本、《唐文拾遺》卷四一作「齊」，通用字。

〔一六〕晏陰：《唐文拾遺》卷四一作「宴陰」，二者同詞異寫。按：「晏陰」指夏至。宋曾鞏《與定州韓相公啟》：「屬晏陰之在序，當嚴氣之方升。」即其例。

〔一七〕軌：「軌」之俗，《敦煌俗字典》「軌」字條所收三例均如此作。下從略，不另出校。

〔一八〕巖：底本原作「巖」，「巖」之俗，後為日本常用漢字。下徑改不另出校。

上元黃籙齋詞

年月朔啓請如科儀。伏以有德不德，無名可名。自施倏忽之功〔一〕，莫究希微之旨。是以紫府乃修心可到，玄關非用力能開〔二〕。臣志慕真風，躬行正道。但以漢良前筋，猶勞戰伐之謀〔三〕；越蠡扁舟，未遂優閑之望。既策人爵〔四〕，須報主恩。誓殲無賴之徒，久練不祥之器。動拘俗役，慮犯玄科。今則節已及於上元，灾未銷於下界，謹修常醮，仰貢精誠〔五〕。所願梟覆頑巢，鳳廻仙駕。帝座與三台永耀，王畿與九牧皆安。雷驚而蟄戶全開，風掃而妖氛靜息。俾臣靈根日茂〔六〕，至業天成。虎符提閫外之權〔七〕，終安澤國；虹節指壺中之境，得認家山。臣無任虔肅禱祠懇悃之至，謹辭。

〔校記〕

〔一〕倏忽：徐有榘木活字本作「儵忽」。按：二者同詞異寫。

〔二〕玄：潘仕成海山仙館叢書本避清諱作「元」。

〔三〕戰：底本原作「戦」，俗寫體。下徑改不另出校。

〔四〕策：底本原作「筞」，俗寫體。《四部叢刊》本、徐有榘木活字本、《唐文拾遺》卷四一作「筞」。按：《東文選》卷一一四亦作「筞」。

〔五〕仰：《東文選》卷一一四作「似」，形近而訛。精誠：《四部叢刊》本、徐有榘木活字本、《唐文拾遺》卷四一作「微誠」。按：《東文選》卷一一四亦作「精誠」。二者義近。

〔六〕靈：底本原作「霊」，俗寫體，《敦煌俗字典》「靈」字條收錄此形，下徑改不另出校。

〔七〕虎：底本原作「乕」，俗寫體。下徑改不另出校。

中元齋詞

年月朔啓請如科儀。伏以道本强名，固絕琢磨之理；身為大患，深驚寵辱之機。能審自然而然，必知無可不可。是以雕詞贊美，則乖妙旨於混成〔一〕；矯志求真，則爽奇功於積學。冀標玉籍，在守金科。臣才謝半千，雖慙賢路；心凝正一，早扣玄關〔二〕。齋誠於八節三元，鍊志於龍緘鳳蘊。但屬鯨翻逆浪，蜮噴毒沙，數年興蠚螫之災〔三〕，萬姓抱瘡痍之苦。三尺劍高提在手，須救危時；六銖衣輕掛於身〔四〕，未諧夙願。今謹因中元素節，大慶良辰〔五〕，依寶壇而醮設常儀，企仙闕而拜申精懇。伏願真風蕩滌，玄澤滂流，吾君亨萬歲於巖音〔六〕，賢相耀六符於渭訣。調舜絃之美化，永復昌期〔七〕；漏湯網之兇徒〔八〕，咸歸顯戮。然後戴髮含齒〔九〕，鱗潛羽翔，不知日用之功〔一〇〕，各遂天成之樂。俾臣代勳善繼，真位高遷。留形於煙閣雲臺，縱賞於芝田蕙圃。鑄金追想，終榮聖主之恩；叱石閑遊，得効仙人之術。儻非過望，敢不精修〔一一〕。臣某無任祈恩謝過虔禱懇悃之至，謹辭。

〔校記〕

〔一〕旨：徐有榘木活字本作「音」。

〔二〕扣：潘仕成海山仙館叢書本作「叩」，通用字。玄：潘仕成海山仙館叢書本避清諱作「元」。

〔三〕蠚螫：諸本均作「蠹螫」。按：「蠚」謂毒蟲咬刺，螫痛。《漢書・田儋傳》：「蝮蠚手則斬手，蠚足則斬足。何者？爲害於身也。」顔師古注引應劭曰：「蠚，螫也。」「蠚螫」猶「蠹螫」，二者同義連文，亦可逆序作「螫蠚」，參卷三《謝秦彦等正授刺史狀》校注〔一〕。

〔四〕掛：《東文選》卷一一四作「揚」。

〔五〕大：《四部叢刊》本作「太」。按：「大」、「太」古今字。

〔六〕亨：諸本均作「享」。按：「亨」、「享」古今字。《易・大有》：「公用亨于天子，小人弗克。」《隸釋・漢張公神碑》：「振鱗尾兮遊旰旰，時釣取兮給亨獻。」即以「亨」表「享」。

〔七〕昌：潘仕成海山仙館叢書本作「歲」。

〔八〕湯：底本「昜」旁作「易」，訛俗字，茲據他本改為通行字體。

〔九〕齒：底本、《四部叢刊》本作「歯」，減筆俗字。下徑改不另出校。

〔一〇〕知：《國譯孤雲崔致遠先生文集》作「如」，形近而訛。

〔一一〕敢：《國譯孤雲崔致遠先生文集》作「散」，形近而訛。

下元齋詞

年月日啓請如科儀。伏以教資妙用，無為而無不為；道在勤行〔一〕，不猒是以不猒〔二〕。苟得捧持三寶，必䏶極護萬靈〔三〕。須憑善建之根株，始覩混成之閫閾。故曰大丈夫處其厚而不處其薄，居其實而不居其華者也。臣雖塵役拘身，而雲裝掛志，大成是望，上達為期。每依郭璞詩中，精調五石〔四〕；願向葛洪傳上，得寄一名。所以仰欽象帝之先，豈在他人之後？聽爛柯翁之說，則倍惜光陰；覽抱朴子之言，則不虧忠信。但以卑棲俗累，深握兵符，政刑之得失難調，賞罰之重輕易忒〔五〕。

暗堆愆咎〔六〕，莫補精修。況叨真位之榮，恐負玄科之責。是以三元八節，顯醮遙祠。唯期致力於九層，未曾妨功於一簣〔七〕。今則天吏扣應鍾之候〔八〕，水官攬玄轡之時〔九〕。月數就盈，日辰在望，仰投靈地，敬設寶壇。俻儀於琳几瓊盤，注想於金臺銀闕〔一〇〕。冀感通於良夕，䑦濟拔於危時〔一一〕。伏乞大上三尊〔一二〕，十方衆聖，曲垂玄鑒，俾遂丹誠。早廻翠輦於長安，復振皇風於正始。秉陶鈞者，永諧德化；仗節鉞者，共戢兵戎。波濤靜寢於四溟，氛霧豁開於九野。樹下有推功之將，草間無求活之徒。至於翔翼躍鱗〔一三〕，跂行喙息〔一四〕，偕登仁壽之域，不躡昏迷之途。使臣深結道緣，遙申齋願，望三清於通路，資一溉於良田。此時枕越石之戈，暫妨高卧；他日把浮丘之袂，豈訝後來？臣某無任瀝懇投辭虔禱惶切之至〔一五〕，謹辭〔一六〕。

又

年月日啓請如科儀。臣伏以側管窺天〔一七〕，雖乖曠望；揮戈駐日，蓋感精誠。苟為山之力不虧，則至海之期何遠？仰玄門之善閈，遵妙道以勤行。但以為子為臣，曰忠曰孝，既增榮於國禄，願無忝於家勳。手握玉符，且救寰中之難；志捿金籙，唯思象外之遊。每慮政失務三，法虧晝一。雖慎撫綏於南袞，尚多愆咎於北鄷〔一八〕。況當剪寇為期，弭兵未暇。今則月就盈數，日臨下元，遙仿真儀，敬陳齋法。儼星壇而稽首，想風馭以馳魂。伏乞大上三尊〔一九〕，十方衆聖，玄慈見蔭〔二〇〕，良願克諧。翠華早耀於秦雲，皇祚永興於漢日。百官多慶，八裔同懽。寇戎則銷燧象之灾，幽滯則假燭龍之照。然後使臣世官貞吉，道業滋成，遺榮待泛於五湖，企想潛通於三島。作人間之都尉，蒯訓無心；拜天上之侍郎，沈羲有望〔二〕。唯願在家必達，終鮚直道而行。臣無任祈恩懺罪虔切惶恐之至，謹辭。

〔校記〕

〔一〕勤：《四部叢刊》本作「勤」，減筆俗字。下不另出校。

〔二〕不猒是以不猒：徐有榘木活字本作「不厭是以無厭」。猒：「厭」之古字，他本皆作「厭」。

〔三〕極：徐有榘木活字本作「拯」。

〔四〕五石：《四部叢刊》本、《唐文拾遺》卷四一作「玉石」。按：據上下文意，當作「五石」。「五石」指五種石料，後被道教用以煉丹。《史記·扁鵲倉公列傳》：「中熱不溲者，不可服五石。」晉葛洪《抱朴子·金丹》：「五石者，丹砂、雄黃、白礬、曾青、慈石也。」唐李邕《葉有道碑序》：「捃五石之髓，擷三芝之英。」

〔五〕忒：底本「弋」旁作「戈」，訛俗字。按：文中「膩」，底本「弋」旁亦作「戈」，與此同例。下徑改不另出校。

〔六〕堆：徐有榘木活字本作「惟」，《唐文拾遺》卷四一、《國譯孤雲崔致遠先生文集》作「推」。按：同卷《上元齋詞》有「寧知暗積愆殃」句，《黃籙齋詞》中亦有「愆違暗積於玄司」，知當作「堆」，「堆」、「積」義同。咎：底本作「咎」，俗寫體。按：此形未見字典、俗字典收錄，底本則習見。下不另出校。

〔七〕曾：底本作「曽」，「曾」之形誤，據諸本改。

〔八〕扣：潘仕成海山仙館叢書本作「叩」，通用字。

〔九〕攬：《四部叢刊》本作「欖」，按：俗寫「扌」、「木」不拘。玄：潘仕成海山仙館叢書本避清諱作「元」。

〔一〇〕想：潘仕成海山仙館叢書本作「賞」。

〔一一〕濟拔：《四部叢刊》本、徐有榘木活字本、《唐文拾遺》卷四一作「濟援」，按：《東文選》卷一一四亦作「濟拔」。「濟拔」指拯救。

〔一二〕大：他本均作「太」，二者古今字。

〔一三〕躍鱗：《國譯孤雲崔致遠先生文集》作「鱗躍」。

〔一四〕跂：《東文選》卷一一四誤作「鼓」。按：「跂行喙息」，亦作「喙息跂行」，本謂蟲豸爬行呼吸，借指用腳爬行用嘴呼吸的蟲豸，亦泛指人和動物。跂，通「蚑」。詳見卷九《都統王令公三首》校注〔一〇〕。

〔一五〕瀝：底本「歷」旁作「歴」，俗寫體。

〔一六〕謹：底本原作「謹」，減筆俗字。下徑改不另出校。

〔一七〕側：《四部叢刊》本、徐有榘木活字本、《唐文拾遺》卷四一作「測」。

〔一八〕酆：「酆」之俗寫體，他本均作「酆」。按：文中「豐」旁字，底本亦刻作「豊」旁。

〔一九〕大：他本均作「太」，二者古今字。

〔二〇〕玄：潘仕成海山仙館叢書本避清諱作「元」。

〔二一〕沈羲：《東文選》卷一一四作「沉羲」。按：「沈羲」，南朝齊人，《萬姓統譜》卷八九有載。

上元齋詞〔一〕

年月日啓請如科儀。臣仰察玄經，乃見道資衆甫；俯稽聖典，則知神應至誠。是以早詳病病之言，每勵賢賢之行。五音五色，實除耳目之娛；六甲六丁，潛致爪牙之役。願躡輕飛之路，常敲衆妙之門。但屬戎馬生郊，陣蛇奔穴〔二〕，無苟免而臨難，不得已而用兵。盖報主恩，慮虧臣節。只誓顯誅寇孽，寧知暗積愆殃？雖軍律克申，而真科是懼。今以日延和景，月滿初元，遇吸新吐故之辰，懺啄腐吞腥之罪〔三〕，儼陳醮禮，敬薦齋誠〔四〕，燈耀九光，爐焚百和〔五〕。寂寥塵外，幡幢靜設於星壇〔六〕；髣髴雲中，環珮似傳乎風馭。冀銷妖祲，仰告威靈。伏乞大降玄慈，下從丹懇。萬乘永資於萬壽，百官皆荷於百祥。戰場則荊棘藁生〔七〕，農壤則麥禾花茂〔八〕。凡云蠢動〔九〕，盡獲昭蘇。然後俾臣援溺功成，奉身以退。冲虛道遂〔一〇〕，鼓腹而遊。飽瓊蘂之餱粮〔一一〕，就瑤臺之蹊徑〔一二〕。遇圯上者終諧素志，自有前蹤；入壺中者盖感專心〔一三〕，寧無後望？既殊捕影，敢憚勞形？臣無任悔過祈恩虔切惶恐之至，謹辭。

【校記】

〔一〕詞：底本誤作「祠」，據諸本改。

〔二〕陣：《四部叢刊》本、徐有榘木活字本、《唐文拾遺》卷四一作「陳」。按：「陳」、「陣」古今字。

〔三〕啄：《唐文拾遺》卷四二、潘仕成海山仙館叢書本誤作「喙」。

〔四〕薦：底本作「廌」。按：「廌」乃「薦」之俗省，底本經見，今據諸本改為正體。

〔五〕爐：《四部叢刊》本、徐有榘木活字本、《唐文拾遺》卷四一作「爐」。按：當作「爐」，「爐」與上句「燈」相對舉。焚：《四部叢刊》本作「焚」，俗寫體，《敦煌俗字典》「焚」字條收錄此形。

〔六〕幢：底本作「幢」。按：「幢」乃「幢」之俗，底本經見，今據諸本改為正體。

〔七〕場：底本作「場」，訛俗字，今據諸本改為正體。棘：底本作「棘」，俗別字。藂：「叢」之俗體。《廣韻・東韻》：「叢，聚也。徂紅切。藂，俗。」《敦煌俗字典》「叢」字條收有此形。下不另出校。

〔八〕花：徐有榘木活字本作「苗」。

〔九〕動：《四部叢刊》本誤作「勳」。

〔一〇〕冲虛：《四部叢刊》本、徐有榘木活字本作「冲靈」，《唐文拾遺》卷四一作「冲靈」。

〔一一〕藻：「藻」之俗體，《敦煌俗字典》「藻」字條收有此形。下不另出校。

〔一二〕臺：底本原作「堂」，俗寫體，他本均作「臺」，據改。按：此形鮮見，字書、俗字典未見收錄。

〔一三〕壷：《國譯孤雲崔致遠先生文集》作「囊」。盖：《唐文拾遺》卷四一作「益」。

中元齋詞

啓請如科儀。域中之四大難名，字之曰道〔一〕；物外之三清在想，心以為齋。豈圖滋福於一身，唯願洽恩於萬彙。臣生逢聖日，志慕真風，寧貪久視之門，有覬輕飛之路？但以行先不殆，德貴有餘。每虔一氣以存思，非止三元而展敬。今則雲摧火影，風戛金聲。當中元積慶之辰，謹修常醮；以下界罹災之事，仰告玄慈。一昨夏景既闌，秋成甚迩。而乃曠野則飛羊歛翅〔二〕，深泉則黑螟藏鱗。嗷嗷之黔庶何依，烈烈之蒼穹莫訴。雖近沾美澤，而尚慊農郊。伏乞太上三尊，十方衆聖，下從精懇，大庇生靈，使風雨常調，烟塵永息。興聖祚於千秋萬歲，振歡聲於四海九州。然後俾臣功名則與國同休，道業則在家必達。水中泛泛，謝時態之澆浮〔三〕；雲外飄飄，逐仙蹤而騫翥。既探珠而有望，寧種玉以無因？臣不任祈恩救災懇禱虔惕之至，謹辭。

〔校記〕

〔一〕曰：底本、《四部叢刊》本作「日」。按：俗寫二者不拘，今據他本改為正體。

〔二〕歛：底本原作「斂」，《四部叢刊》本「殳」旁作「欠」，均「斂」字之異構。

〔三〕澆：底本、《四部叢刊》本作「浇」，俗寫體。按：「浇」後為日本常用漢字。下不另出校。

齋詞〔一〕

啓請如科儀。伏以混成至道，本在勤行；衆妙玄門〔二〕，唯資善閈。故曰修之身則其德乃貴，修之國則其德有餘。既飫事小功多〔三〕，可謂暫勞永逸。臣雖手提金鉞，而心寄瑤壇。飄飄然自有良期，擾擾者誰知積學？是以三元致敬，一氣存思。佇天上之雞聲，潛懸素望；待海中之鶴信，每瀝丹誠。終巽用之則行，豈言深不可識？今者謹賫薄禮，仰黷玄慈，所願轉茂靈根〔四〕，漸拋俗界。餌崦嵫之奇草，飲沆瀣之仙漿。漢代淮王，終遂仙遊之樂；周時柱史，何妨吏隱之名？苟保天成，奚言日損〔五〕？景仰於其中有象，願知於此外無求。臣無任投辭懇迫虔禱兢越之至〔六〕，謹辭。

〔校記〕

〔一〕齋詞：徐有榘木活字本題作「下元齋詞」。

〔二〕玄：潘仕成海山仙館叢書本避清諱作「元」。

〔三〕小：徐有榘木活字本作「少」。

〔四〕轉：潘仕成海山仙館叢書本作「漸」。按：二者義同。

〔五〕奚：潘仕成海山仙館叢書本作「何」。按：二者義同。

〔六〕投：《四部叢刊》、《國譯孤雲崔致遠先生文集》本作「授」。越：底本、《四部叢刊》本作「越」，俗寫體，《敦煌俗字典》「越」字條收。按：同篇「鉞」底本原作「鉞」，亦其例。下不另出校。

黃籙齋詞

啓請如科儀。臣身拘俗網，志仰真筌。雖窈窈冥冥〔一〕，至道則無形可扣〔二〕；而勤勤懇懇，精心則有感必通。是以每勵焚修，敢安晷刻？所冀學海而終歸巨海，好龍而不懼真龍。豈貪輕舉之名，但効勤行之旨。然以早分相印，久握兵符，當扶危靜亂之秋，有戮暴誅奸之役。伏慮政條失所，刑律乖宜，愆違暗積於玄司，殃咎難逃於黑籍。今則景銷木德，節啓火威，稽首昊天，叩心靈地，跼蹐而謹陳薄奠，禱祠而仰獻微誠。伏乞太上三尊，十方衆聖，俯矜丹慊〔三〕，深降洪慈。使雹滅千灾，雲興百福，永資玄蔭，漸茂靈根。掃閫外之烟塵，早成勳業；玩壷中之日月，免役夢思。臣無任悔過祈恩懇迫惶恐之至，謹辭。

〔校記〕

〔一〕冥：底本、《四部叢刊》本作「⿱宀具」，俗寫體，《敦煌俗字典》「冥」字條收録此形。按：俗寫亦作「㝠」。唐顔元孫《干禄字書》：「㝠冥：上通，下正。」作「⿱宀具」者，乃其減筆。又，從「冥」之字如「暝」、「溟」、「螟」等，底本、《四部叢刊》本亦作「⿱宀具」。下不另出校。

〔二〕扣：潘仕成海山仙館叢書本作「叩」，通用字。

〔三〕丹：《四部叢刊》本作「丹」，俗寫體。《廣碑別字》引唐《文林郎夫人張氏墓誌銘》，「丹」即如此作。按：俗寫筆劃的增減每多不拘，如文中「舟」，底本、《四部叢刊》本其下便作「丹」之形，可比證。丹慊：徐有榘木活字本作「丹悃」。按：二者義同，猶言丹誠、丹心。南朝梁任昉《為齊明帝讓宣城郡公第一表》：「钜平之懇誠必固，永昌之丹慊獲申。」唐陳子昂《為副大總管蘇將軍謝罪表》：「白骨再榮，丹慊未泯。」劉禹錫《賀收蔡州表》：「不獲稱慶闕庭，陳露丹悃。」前蜀杜光庭《又本命日醮詞》：「是敢於本命之辰，備河圖醮禮，虔披丹悃，冀降玄慈。」即其例。

禳火齋詞〔一〕

年月日啓請如科儀。於紫極宫內，修建洞淵妙齋。三日四夜，轉經行道。為禳當府火災，祈恩投辭，上詣虚無元始天尊〔二〕。伏以波蕩四溟，塵昏九野，遂見綿區匝宇，未能滅祲消氛。臣雖志悦道風，而身沾睿澤。早託山河之誓，久臨淮海之封。每慎撫綏，不遑寧息；粗安一境，已涉五年。齋誠仰貢於上玄，妖氣願銷於下界。豈料天心悔禍，必俟時期；地分罹殃，難逃曆數。方當暮月，始起融風，遽興鄭國之灾，難施瓘斝〔三〕；將救成都之急，誰噀酒杯〔四〕？所焮既多〔五〕，俱焚是慮。衆力猶勤於撤屋〔六〕，群心免駭於燎原。今則每念傷人，唯知罪己。仰投靈宇，敬醮寶壇。祓禳夐異於四鄘〔七〕，寧拘古禮；祈禱遠瞻於三島，但獻精誠。伏乞太上三尊，十方衆聖，曲流玄澤，大挫陽精〔八〕，使回禄知非，祝融請罪。閭閻撲地，皆除火宅之灾；道路生風，永作水鄉之福。蒸黎樂業，師旅懷安。搆陰謀者自就消亡，歸善化者各資榮泰〔九〕。齊登壽域，仰望仙鄉。臣無任歸罪乞恩虔禱懇迫惶恐之至，謹辭。

〔校記〕

〔一〕禳：底本、《東文選》卷一一四作「攘」，本卷卷首目録又作「穰」，今據諸本改作「禳」。按：攘：底本「襄」

旁刻作「襄」，從「襄」之字如「壤」、「穰」、「讓」、「禳」等，亦多作此形。或作「衺」，亦減筆俗書。下略，不另出校。

〔二〕詣：《四部叢刊》本、徐有榘木活字本誤作「諧」。

〔三〕瓘：徐有榘木活字本作「爟」，形近而訛。斝，「斝」之俗寫，他本皆作「斝」。《左傳·昭公十七年》：「若我用瓘斝玉瓚，鄭必不火。」杜預注：「瓘，珪也。斝，玉爵也。瓚，勺也。欲以禳火。」

〔四〕柸：底本作「抷」，俗寫「扌」、「木」不拘。「柸」同「杯」，他本皆作「杯」。

〔五〕焮：潘仕成海山仙館叢書本誤作「燃」。

〔六〕撤：《國譯孤雲崔致遠先生文集》誤作「撒」。

〔七〕祓：底本原作「祓」。按：「祓」乃「祓」之俗寫，他本均作「祓」。《龍龕手鏡·示部》：「祓，俗；祓，正。」鄘：《四部叢刊》本、徐有榘木活字本、《唐文拾遺》卷四一作「郊」。按：作「鄘」義長。「四鄘」，同「四墉」。《左傳·昭公十八年》：「郊人助祝史，除於國北，禳火于玄冥回祿，祈於四鄘。」杜預注：「鄘，城也。」

〔八〕大：《四部叢刊》本誤作「火」。

〔九〕各：潘仕成海山仙館叢書本誤作「名」。

天王院齋詞

唐中和二年大歲壬寅正月望日〔一〕，具銜某敬請僧某乙設齋于法雲寺天王院，謹白言舍利弗大慈大悲觀音菩薩〔二〕：伏以欲界將傾，魔軍競起，九野塵昏於刼燼，四溟波蕩於狂飈。諸侯志慕於宋公〔三〕，星無三徙〔四〕；聖主德齊於漢帝，日未再中。不知天養鴟梟〔五〕，地容螟蟘。力鬪之群兇得便，義征之衆旅摧威。某也手握兵符，心包將略〔六〕，欲展焚枯之力，願成拯溺之功。是以景仰三敀〔七〕，勤行十善，深憑護念，敢啓邀迎。宇內瘡痍〔八〕，略可醫王之術〔九〕；世間疲瘵〔一〇〕，遍希慈父之恩。今則幸遇初元，精修美供。春露灑瑠璃之境〔一一〕，曉風吹薝蔔之香。想其舍衛城中長老，盡携弟子；水晶宮裏天王，便作主人。伏願舍利弗大慈大悲觀世音菩薩，教既東流〔一二〕，跡韷西降，遠救閻浮之地，暫離兜率之天。問疾語言，不競維摩之說；稱名功德，可逃羅刹之灾。唯願共泛慈航，齊揮智劍，寢驚濤於苦海〔一三〕，掃妖氣於昏衢。則乃慧燈照天帝之心，法鼓破波旬之膽〔一四〕。靜銷諸惡，暫開方便之門；廣庇衆生，無惜慈悲之室。謹疏。

〔校記〕

〔一〕大歲：即「太歲」，「大」、「太」古今字。

〔二〕舍利弗：《四部叢刊》本、徐有榘木活字本、《唐文拾遺》卷四一作「舍利佛」。按：二者同詞異寫。「舍利弗（佛）」為佛十大弟子之一，以智慧第一著稱。下不另出校。

〔三〕侯：底本原作「候」，俗寫二者不拘，兹據諸本改為正字。

〔四〕徙：《東文選》卷一一四誤作「從」。

〔五〕鴟：底本原作「鵄」，俗寫體。《四部叢刊》本「氐」旁作「氏」，減筆俗寫。茲據諸本改為正字。

〔六〕包：《四部叢刊》本、徐有榘木活字本、《唐文拾遺》卷四一作「抱」。

〔七〕敀：「歸」之俗寫體，亦作「皈」。

〔八〕痍：《四部叢刊》本「夷」旁作「𡗝」，俗寫體。

〔九〕可：《四部叢刊》本、徐有榘木活字本、《唐文拾遺》卷四一作「假」。

〔一〇〕疲瘵：《國譯孤雲崔致遠先生文集》誤作「疲瘠」。按：「疲瘠」指土地不肥沃，貧瘠。如清黃六鴻《福惠全書・莅任・入境》：「地方疲瘠，先之以撫恤。」即其例。此義與文意未合。而「疲瘵」謂困乏疲弱之人，與文意密合。唐白居易《授武元衡門下侍郎平章事制》：「信及夷貊，恩加疲瘵。」薛能《春日重游平湖》詩：「官職已辜疲瘵望，詩名空被後生傳。」亦其例。又，同書卷一二《戴盧》中「羸瘵」，《國譯孤雲崔致遠先生文集》即誤作「羸瘠」，可比參。

〔一一〕春露：《國譯孤雲崔致遠先生文集》誤作「春靈」。

〔一二〕教：《東文選》卷一一四誤作「政」。

〔一三〕寑：底本原作「寝」，俗寫體。按：「寑」同「寢」，諸本均作「寢」。苦海：底本誤作「若海」，據諸本改。

〔一四〕波旬：《四部叢刊》本、徐有榘木活字本、《唐文拾遺》卷四一作「波臣」。按：當作「波旬」。《東文選》卷一一四、《國譯孤雲崔致遠先生文集》均作「波旬」。「波旬」，佛教語，為欲界第六天之主，常以憎恨佛法、殺害僧人為事。《永明智覺禪師唯心訣》：「神光赫赫，威德巍巍。尼乾魄消，波旬膽碎。」知被震「破」「膽」

的應是「波旬」，而非「波臣」。作「波臣」者，顯為誤刻，或是不明佛教語意而臆改。

為故昭義僕射齋詞二首

中和二年七月二十三日，為故昭義姪孫僕射及二孫子敬設齋于法雲寺。聊憑法疏，用寫悲詞。以昭義姪孫幼蘊壯圖，長居重任，不掃一室，有志四方。手運豹韜，既是吾家之事；身持龍節，累沾聖代之恩。至於越海征蠻，對河分陝，立戰功於遐徼，傳理化於近藩，慎守詔條，餂譖物議，遂移上黨，實委外權。尋屬戎馬生郊，陣虵出穴，遽聆寇孽〔一〕，直犯京華。頻興伐叛之師，稍急訓戎之令〔二〕。上將則雖期侚難，欲竭忠誠；小人則多是幸灾，潛興狡計。叛徒忽至，横禍斯侵。弘演納肝，其誰餂繼？鄸舒傷目，所不忍言。噫！道則日彰，志惟天奪。征旌永卷，飛旐員來〔三〕，言念凋零〔四〕，莫勝悲慟。但以推尋佛理，抑割俗情，既知前世因緣，粗解此時冤痛〔五〕。况乃父立忠節，子揚孝名，古賢所稱，今我何恨？俾資冥福，敬設妙齋。所願慧炬照迷，慈航援溺，早推誠於貫日〔六〕，終致樂於生天。子子孫孫，永絕怨讎之本；生生世世，常逢安泰之期。謹疏。

又

中和二年七月二十七日，某官某乙奉太尉處分，為故昭義僕射於法雲寺設三百僧齋，并寫《金光明經》五部，《法華經》一部，永充供養。盖聆佛修慧力，普濟群迷；人發信心，終成善願。苟得影從至教，必䏻響荅虔誠。伏以昭義僕射夙振雄圖，繼分重寄。將軍投袂，練兵而方切專征；天子剪衣，飛詔而唯憑妙略。佇建彀中之勳業〔七〕，忽罹意外之灾殃。不吊昊天，奪我良胤〔八〕。今則敬投蓮宇，虔設桑門，仍尋貝葉之真蹤〔九〕，仰奉《法華》之妙義。伏願乘兹功德，解彼冤讎。灾星昔照於豫州〔一〇〕，已推定分；慧日今懸於覺路，永結良緣〔一一〕。謹疏。

〔校記〕

〔一〕聆：徐有榘木活字本作「令」，省旁字。

〔二〕稍：《唐文拾遺》卷四一作「消」，形近而誤。

〔三〕員：徐有榘木活字本、《唐文拾遺》卷四一作「遠」，潘仕成海山仙館叢書本作「爰」。

〔四〕凋零：《四部叢刊》本、徐有榘木活字本、《唐文拾遺》卷四一作「彫零」。按：二者同詞異寫。

〔五〕冤：底本、《四部叢刊》本「寃」，俗寫體。

〔六〕早：底本誤作「旱」，據諸本改。

〔七〕彀：底本「殳」旁作「攵」，俗寫體。

〔八〕胤：潘仕成海山仙館叢書本誤作「允」。

〔九〕尋：《四部叢刊》本、徐有榘木活字本、《唐文拾遺》卷四一闕此字。按：《東文選》卷一一四、《國譯孤雲崔致遠先生文集》亦作「尋」。《國譯孤雲崔致遠先生文集》小字注：「或『攝』字。」

〔一〇〕豫州：《四部叢刊》本、徐有榘木活字本作「預州」。按：「預」、「豫」可通用，「豫」乃「豫」之俗。「豫」之作「豫」，猶「預」之作「預」。

〔一一〕永：《東文選》卷一一四作「求」。結：《四部叢刊》本、徐有榘木活字本、《唐文拾遺》卷四一作「絕」。按：《東文選》卷一一四、《國譯孤雲崔致遠先生文集》作「結」，當為原文之舊。

桂苑筆耕集卷第十六

祭文、書、疏、記一十首〔一〕

【校記】

〔一〕祭：底本作「⿱癶示」，訛俗字，《敦煌俗字典》「祭」字條收錄此形，又見《正字通·示部》。下不另出校。

〔二〕札：底本作「扎」，俗書二者不拘，據諸本改。
〔三〕川：《四部叢刊》本、徐有榘木活字本誤作「州」。
〔四〕二首：底本原誤作「一首」，據後文及他本改。

祭五方文

年月日具銜某謹以清酌庶羞量幣之奠〔一〕，敢昭告于五方之神靈〔二〕。《傳》不云乎，「五行之官，是謂五官。封為上公，祀為貴神。社稷五祀，是尊是奉。木正曰勾芒，火正曰祝融，金正曰蓐收，水正曰玄冥，土正曰后土？」是以《禮》云：「共工氏之霸九州也〔三〕，其子曰后土，能平九州，故祀以為社。」然則神主順天，靈功莫測；諸侯列土〔四〕，祀典宜行。惟夫人寔統陰祇〔五〕，廣含坤德〔六〕。身為萬物之母〔七〕，首冠五方之君。職奉軒皇，功標國社〔八〕。殷湯罷改遷之議，漢武陳祠祭之誠。是知神鑒則無偏無頗，物情則以享以祀。昔平九土，既能踈决江河；今處一方〔九〕，豈不庇安淮海？靈其調和於金木水火，驅役於風雨雪霜。使春夏秋冬，永息災殃之氣；東西南北，靜除氛祲之源。牢幣具陳，庶羞甚潔，致敬不虧於中霤，施恩幸滿於大藩。唯俟豐穰〔一〇〕，冀伸報賽〔一一〕，尚饗。

〔校記〕

〔一〕羞：底本原作「着」，乃「羞」之訛俗字，今據諸本改為正體。幣：底本「敝」旁作「敞」，亦訛俗字。

〔二〕五方之神靈：《四部叢刊》本、徐有榘木活字本、《唐文拾遺》卷四一作「五方神之靈」。
〔三〕共工氏：《四部叢刊》本、《唐文拾遺》卷四一作「共公氏」。
〔四〕侯：《國譯孤雲崔致遠先生文集》作「候」，二者俗寫不拘。
〔五〕寔：《唐文拾遺》卷四一作「實」。按：「寔」同「實」。《詩·召南·小星》：「肅肅宵征，夙夜在公，寔命不同。」朱熹集傳：「寔與實同。」
〔六〕含：潘仕成海山仙館叢書本誤作「合」。
〔七〕毋：底本、《四部叢刊》本作「毋」，俗寫體。按：「毋」後為日本常用漢字。下不另出校。
〔八〕國：《四部叢刊》本、徐有榘木活字本、《唐文拾遺》卷四一闕此字，《國譯孤雲崔致遠先生文集》作「夏」。按：《東文選》卷一〇九亦作「國」。
〔九〕一方：《四部叢刊》本、徐有榘木活字本、《唐文拾遺》卷四一作「五方」。按：《東文選》卷一〇九亦作「一方」。
〔一〇〕唯：《東文選》卷一〇九、《國譯孤雲崔致遠先生文集》誤作「准」。俟：《四部叢刊》本、徐有榘木活字本、《唐文拾遺》卷四一作「候」，二者義同。
〔一一〕巽伸報賽：《四部叢刊》本、徐有榘木活字本、《唐文拾遺》卷四一作「冀報神塞」。伸：潘仕成海山仙館叢書本作「申」，通用字。

築羊馬城祭土地文

年月日具銜某，以兵戎未息，禦備是勤，乃命修築羊馬城，遂遣某官某乙，告于土地之神曰：夫城郭之設，邑居所憑，陋之則狡者或窺〔一〕，美之則寡餂固守。况今豺聲競發，虺毒遍吹。易動難安，何處能為樂境；暫勞永泰，此時須建良功。遂乃揣高卑，議遠近，便令百堵皆作，終可三旬而成。徽名於伏櫪觸藩〔二〕，接勢於長雲斷岸。不假龜行之跡，豈須龍見之期？衆既叶心〔三〕，事無費力。神其德惟博載，道實流謙，勿辭板築之喧，勉致金湯之固。使雲鍬雷杵，遠振懽聲；烏堞隼墉，高標壯觀。北吞淮月，南吸江烟，平欺鐵瓮之名，迥壓金甌之記。有備無患，神其聽之。

〔校記〕

〔一〕窺：底本作「窺」，俗寫體。《四部叢刊》本、徐有榘木活字本、《唐文拾遺》卷四一皆闕此字。按：《東文選》卷一〇九、《國譯孤雲崔致遠先生文集》亦作「窺」。

〔二〕觸藩：《四部叢刊》本、徐有榘木活字本、《唐文拾遺》卷四一作「觸楹」。按：《東文選》卷一〇九、《國譯孤雲崔致遠先生文集》亦作「觸藩」，是。「觸藩」謂以角抵撞藩籬。《易·大壯》：「羝羊觸藩，羸其角。」「伏櫪觸藩」即「徽名」於「羊馬」。

〔三〕叶：《四部叢刊》本作「叫」。按：「叫」同「叫」，此處乃「叶」字之訛，「叶」，合也。

祭楚州陣亡將士〔一〕

尔等尺籍從軍，寸心報國。羔裘武飾，既以力稱；馬革雄圖〔二〕，早將身許。爰有徐孽，來侵楚封。舂喉之壯氣未申〔三〕，失手之冤聲遽起。始見荷戈就列，翻為復矢成行。然而功其可稱，死且不朽。有狼瞫之君子，無羊斟之小人。昔時之重義輕生，不求苟活；今日之名存身喪，豈貯遺悲？魂其有知，各歆薄酹。

〔校記〕

〔一〕祭楚州陣亡將士：徐有榘木活字本題作「祭楚州陣亡將士文」。

〔二〕革：底本原作「草」，減筆俗書。下徑改不另出校。

〔三〕舂：《四部叢刊》本作「舂」，俗別字。徐有榘木活字本、《唐文拾遺》卷四一作「摏」，通用字。

寒食祭陣亡將士〔一〕

嗚呼！生也有涯，古今所歎；名之不朽，忠義為先。尔等彍弩勞身，蒙輪逞力〔二〕。奮氣於熊羆之列，亡形於鶤鸛之前〔三〕。魼衍勇於干戈〔四〕，固免慙於牀第。今也野草綠色，林鶯好音。杳杳逝川，空流恨而無極；累累荒塚，誰驗魂之有知。我所念兮舊功勞，我所傷兮好時節。俾陳薄酹，用慰冥遊。共謀抗敵於杜回〔五〕，無效懷歸於溫序。觥成壯志，是謂陰功。

〔校記〕

〔一〕寒食祭陣亡將士：徐有榘木活字本題作「寒食祭陣亡將士文」。

〔二〕蒙輪逞力：《東文選》卷一〇六誤作「蒙逞輪力」。按：「蒙輪」語出《左傳·襄公十年》：「狄虒彌建大車之輪而蒙之以甲以爲櫓，左執之，右拔戟，以成一隊。」後因以「蒙輪」指衝鋒陷陣。隋祖君彥《為李密檄洛州文》：「復有蒙輪挾輈之士，拔距投石之夫，冀馬追風，吳戈照日。」唐虞羽客《結客少年場行》：「蒙輪恒顧敵，超乘忽爭先。」均其例。

〔三〕亡：《四部叢刊》本、徐有榘木活字本、《唐文拾遺》卷四一作「忘」。按：二者通用。《詩·邶風·綠衣》：「心之憂矣，曷維其亡！」鄭玄箋：「亡之言忘也。」

〔四〕勇：底本、《四部叢刊》本均作「勇」，俗寫體。按：「勇」後為日本常用漢字，下徑改不另出校。

〔五〕敵：徐有榘木活字本作「賊」。

移浙西陳司徒廟書

滔滔逝水，幽顯雖殊；凜凜雄風，古今何讓？苟或同心立事，必觥異代論交。司徒壯節奇功，俻載外孫之碣；靈恩顯驗，高傳泰伯之鄉〔一〕。譚揚而不假再三，徵引而難窮萬一。今則鼻動玄鑒，直書素誠。既當可舉而行，固在不言而信。且此誓除國難，齊命舟師，將泛西江，即離北岸。練鋪一水，指疆界以雖分；黛列千山，望威靈而如在。今於獘境〔二〕，已立嚴祠〔三〕。敬迓來儀，迺酬前願。幸移玉趾，無戀石頭。桂檝蘭橈〔四〕，早決遷居之計；鸞絲鳳管，佇中迎奉之儀。況乃近境無虞，芳筵不絕。但得禍淫福善，何妨捨舊從新？北渚烟花，休起別離之恨〔五〕；東塘風月，好追歌舞之歡。必觖依統帥指揮〔六〕，永可振司徒勳業。特差專介〔七〕，用啓至誠。昔之青骨標奇，已謂陰陽不測；今也赤眉稔惡，豈宜征戰無功？將申烈烈之威，實假冥冥之助。所冀八公山上，遍設雄師；五里霧中，觖呈異術。則必陰子春之破賊，吴大帝之封王，共立功名，若合符契。無誤會稽之軍偹，有慙即墨之神謀。早詳禴祭之言，永副里仁之義。某白〔八〕。

〔校記〕

〔一〕泰伯：《四部叢刊》本、徐有榘木活字本、《唐文拾遺》卷四一作「太伯」。按：二者同詞異寫。

〔二〕獘：《唐文拾遺》卷四一作「敝」，通用字。

〔三〕祠：徐有榘木活字本作「祀」。

〔四〕橈：底本原作「橈」，俗寫體。《四部叢刊》本、徐有榘木活字本、《唐文拾遺》卷四一作「檣」。

〔五〕離：《四部叢刊》本作「離」，俗別字。按：北齊顏之推《顏氏家訓・書證》中所舉「鄙俗字」，其中就有「『離』則配『禹』」。此形又見《敦煌俗字典》「離」字條、《龍龕手鏡・隹部》「離」字條。下不另出校。

〔六〕統帥：底本誤作「統師」，據諸本改。

〔七〕介：徐有榘木活字本作「价」。按：二者義同，均指送信或傳遞消息的人。南朝梁劉勰《文心雕龍・書記》：「春秋聘繁，書介彌盛。」范文瀾注：「書介，猶言書使。」宋洪邁《容齋四筆・大觀元夕詩》：「開封尹宋喬年不能詩，密走介求援于其客周子雍。」蘇軾《與潮守王朝請滌書》之二：「承諭欲撰韓公廟碑，萬里遠志，不敢復以淺陋爲詞，謹已撰成付來价。」即其例。

〔八〕某白：《東文選》卷五八作：「某自此欲劒拂妖星，旗迎聖日，必期大捷，永致中興。幸其來助陰兵，共成王事。目極東流之雪浪，心馳北顧之煙峯。神兮移來哀江南。某白。」蓋誤將下面《手札》文字錯植。

手札〔一〕

風烟雖迩，雲霧難披。景仰靈威，遙申誠願。今已靜搜勝地，高創壽宮〔二〕，永可安居，謹令咨迓。便請挈家速至，專當掃席相迎。且鐵瓮城伍〔三〕，金陵地狹，⿰舟去施百福，無滯一方。此欲劒拂妖星，旗迎聖日，必期大捷，永致中興。幸其來助陰兵〔四〕，共成王事。目極東流之雪浪，心馳北顧之烟峰。神兮移來哀江南。某白。

〔校記〕

〔一〕札：底本原作「扎」，即「札」之俗寫。

〔二〕宮：潘仕成海山仙館叢書本誤作「官」。

〔三〕鐡：「鐵」之異構字。《集韻・屑韻》：「鐵，古作鐡。」《篇海類編・珍寶類・金部》：「鐡，同鐵。」他本均作「鐵」。瓮：諸本均作「甕」，異構字。敦煌辭書《正名要錄》（斯三八八號）釋「甕瓮」：「右字形雖別，音義是同。古而典者居上，今而要者居下。」仾：「低」之俗寫體，他本多作「低」。下不另出校。

〔四〕其：《國譯孤雲崔致遠先生文集》誤作「共」。

《西川羅城圖》記〔一〕

西川羅城，四仞高，三尋闊，周三十三里，乃今淮海太尉燕公所築也〔二〕。粵若梁州別壤，蜀國雄都。內跨犍牂，外聯蠻蜑，左臨百濮，右挾六戎。咽喉之控引寔繁，脣齒之輔依難保。自昔鼈靈流異，龜跡標奇，藩籬始建其一城，扃鐍猶虧於四郭〔三〕。莒子則既忘重閉〔四〕，衛人則唯慮徙居〔五〕。蠢彼狗封，恣其狼戾〔六〕。每至草乾僰道，浪縮瀘河，則必推紒橫侵，撥群駈隊。編甿懾竄，巷哭街號〔七〕。戍兵以拔旆為中權〔八〕，府尹以閉關為上策。稔成氛祲，積有歲時。洎乾符初，偶絕羈縻，大興叛換〔九〕，白虎之狂災漸盛〔一〇〕，黃龍之舊約難尋。兵力莫申，帝心有寄。以公慶傳渭夢〔一一〕，業練圯書。交趾銘勳，則永威八詔；鄆城報政，則不待三年。屬蠻寇加嚚，王師告老〔一二〕，遂飛急詔，請救倒懸。由是自東徂西，以晝繼夜〔一三〕，走單車於外境，豈煩龔遂獻書〔一四〕；受戎輅於中塗，夐掩晉侯稱伯〔一五〕（公鄆行次咸陽除授西川節制〔一六〕）。遙銜睿略，倏達成都。于時驃信屯兵，逼郊隧而纔踰一舍〔一七〕；黔黎失業〔一八〕，焚里閭而何啻萬家。彼則舉國以濟師〔一九〕，此則闔城而受弊〔二〇〕。外熾崑崗之焰〔二一〕，噀酒無能；內枯疏勒之源，指梅何益？莫非枕倚牆壁，誰堪擐執甲兵？公至止之日，豁啓城扉，若開籠檻。威振而寧勞利器，邪膽皆摧；化行而如嗅神香〔二二〕，驚魂盡返。蠻王以鏤耳飽聆其異略〔二三〕，鏤膚畏掛於嚴誅。恟然觀電懼雷〔二四〕，欻尔鳥飛魚散〔二五〕。公尋令選銳，暫使追逃，乘其垂翅之時，展我燎毛之勢。數俘莫記，執馘居多。尔後因閱地圖，得搜天險。是猿狖養高之窟〔二六〕，為豺狼伺隙之蹊。乃令一挒雄關，一標巨防（修功峽關〔二七〕，置平夷鎮，蠻賊要路，固守無虞）。危堞則憑巒助峻〔二八〕，長溝則導澗資深〔二九〕。宛成善閇之機，實扼間行之徑。丸泥可固，斷知無得而踰；爟火罷驚，坐見不争而勝。仍尋水道，別建河營（大渡河側置防河營）。遠方猾夏之徒，難謀航葦；均發戍申之卒，免詠流薪。疆陲永保於覆盂，壥閈唯矜於列鼎。卿雲邦彥，閑吟搜吐鳳之詞；阜鄭鄉豪，靜坐貯蹲鴟之利。公以寢處戎閫，夢想扁舟，將申遠慮於無窮，豈立空言為不朽〔三〇〕。乃曰：彼蠻之習也，外癡內黠，朝四暮三〔三一〕。雖莊叔此時〔三二〕，功已成於長狄；而季孫他日，憂必在於顓臾〔三三〕。詎可虛号錦城，尚無羅郭；守民之制，非我而誰？啓抱而神欽至誠，飛章而帝允丹請。時有賓寮進難〔三四〕，將校獻疑，皆云：「公孫述躍馬雄臨，非無意也〔三五〕；諸葛亮卧龍崛起，亦有志焉。但以曩築子城，猶資客土，九年方就，百代所難（蜀山無土〔三六〕，昔張儀築子城，輦土於學射山〔三七〕，日役往返，九載始成〔三八〕）。況今將興廓落之基，恐致遷延之誚。」公曰：「術已先定〔三九〕，事當速成。必能終簡天心，豈謂虛穿地脉？」於是郡侯奔告，邑尹樂從。乃使揣高卑，議遠迩〔四〇〕，慮材用，量事期，採時候於魯書，佚規模於周令〔四一〕。引長江而剫長塹〔四二〕，夏禹慙能；對高巘而劃高墉，秦皇失色。矧乃命五丁而嘯侶，運六甲以驅神〔四三〕。天吴則謬水於寒泉〔四四〕，地媪則變沙為美土（蜀地穿未盈尺，泉源漲起〔四五〕，至是土出沙中〔四六〕，城畢如舊也〔四七〕）。實謂百靈幽贊〔四八〕，萬姓悅隨。鍤聚雲鋒〔四九〕，杵騰雷響。不見烈風淩雨〔五〇〕，又令簞飽觴酣〔五一〕。登登而只競歡呼，屹屹而便如踴出〔五二〕。百堵皆作，三旬而成。然後郢匠勞功，素材變質；優人展妙〔五三〕，頳壤凝華〔五四〕。攢空而烽櫓高排，架險而闉闍聳起。樓分八戶〔五五〕，結雕甍而彩鳳聯飛；檻徹四隅，擁繡堞而晴虹直掛。罩一川之佳景，籠萬戶之歡聲。遠而望焉，則巍巍峩峩若雲中之疊嶂〔五六〕，錦霞縠霧隱映乎其上〔五七〕；迫而察也，則赫赫燡燡想海畔之仙山〔五八〕，金臺銀闕焜燿乎其間。始自庀徒，終於觧役。不假朽緡於官稅，無資剖粒於軍租（版築所費錢一百五十六貫〔五九〕，米一十九萬石，皆由智計，不破上供〔六〇〕），皆聚羨財，儼成壯觀。遂使蠻酋褫魄〔六一〕，賨旅歸心。不敢言摩壘而旋，無因致入郛之役。爰徵繪事，仰貢九重；旋降綸言，過褒一字。宣睿旨於翰林才子，綴妍辞於黃絹外孫（《築城碑》今租庸王相公承旨撰詞〔六二〕）。公雖迎金鳳銜書，未議石龜戴版〔六三〕。蓋乃謙冲自牧，耻其功伐驟稱。及蒼鳥高飛，翠華遠狩，儼仙遊於玉壘，安聖慮於金墉〔六四〕。故得親覽宏規，益欽忠節。特傳瑤檢，徵進碑詞〔六五〕。遂命雕鐫，永揚威烈〔六六〕。實萬古未聆之事，乃四方無比之榮。美矣哉！龍以雲興，魚因水樂。誰不仰公智周物表，事照機先？凡施權謀，若合符契。則昔全蜀未城也〔六七〕，天留盛績，日待英才。所謂有非常之人，然後有非常之事；有非常之事，然後有非常之功。是以非常者，固非常人之所覬也。致遠雖丘堂覩奧〔六八〕，師冕何知；而秦國斂賢〔六九〕，由余不弃。謹成實錄，敢紀殊庸〔七〇〕。所冀四海梯航，閲雄圖而稽顙〔七一〕；九州旄鉞，望法駕而安心。中和三年龍集癸卯八月二十五日記。

〔校記〕

〔一〕西川：徐有榘木活字本、《國譯孤雲崔致遠先生文集》、潘仕成海山仙館叢書本誤作「西州」。

〔二〕尉：潘仕成海山仙館叢書本作「守」。

〔三〕扃：「扃」字之俗，《敦煌俗字典》「扃」字條所收兩例均作此形。按：「扃」之寫作「扃」，猶「迴」之寫作「逈」。

〔四〕忘：《東文選》卷六四、《國譯孤雲崔致遠先生文集》誤作「志」。

〔五〕徙：《四部叢刊》本、《韓國文苑》卷四誤作「徒」。

〔六〕戾：底本原作「戾」，「戾」之減筆俗書，他本皆作「戾」。《示兒編》謂「戾近戾」為「畫之相近而訛也」。

〔七〕哭：底本、《四部叢刊》本作「哭」，減筆俗書。

〔八〕戍：《四部叢刊》本、徐有榘木活字本、《唐文拾遺》卷四一作「戎」。按：《東文選》卷六四、《國譯孤雲崔致遠先生文集》亦作「戍」。

〔九〕叛换：《東文選》卷六四、《國譯孤雲崔致遠先生文集》作「叛涣」，潘仕成海山仙館叢書本作「伴奐」。按：三者同詞異寫，指兇暴跋扈。詳參卷一一《浙西護軍焦將軍》校注〔七〕。

〔一〇〕盛：潘仕成海山仙館叢書本作「熾」。

〔一一〕渭：《四部叢刊》本、《韓國文苑》卷四誤作「溜」。

〔一二〕老：《韓國文苑》卷四作「危」。

〔一三〕晝：《韓國文苑》卷四誤作「畫」。

〔一四〕遂：《韓國文苑》卷四作「受」。

〔一五〕敻：徐有榘木活字本、《唐文拾遺》卷四一誤作「莫」。按：《東文選》卷六四、《四部叢刊》本亦作「敻」。侯：《韓國文苑》卷四作「候」。按：俗寫二者不拘。

〔一六〕鄲：底本誤作「鄲」，據諸本改。又，文中小字注《國譯孤雲崔致遠先生文集》「鄲」前有「自」字。

〔一七〕郊隧：《四部叢刊》本、徐有榘木活字本、《唐文拾遺》卷四一誤作「郊隊」，潘仕成海山仙館叢書本作「郊遂」。按：「郊隧」義同「郊遂」，本指郊野。《文選·張衡〈西京賦〉》：「便旋閭閻，周觀郊遂。」高步瀛義疏：「《周禮·地官·序官》『遂人』注：鄭司農曰：『遂，謂王國百里之外。』」亦指國都周圍地區或泛指邊遠之地。晉左思《吴都賦》：「徒觀其郊隧之内奥，都邑之綱紀，霸王之所根柢，開國之所基趾。」《三國志・魏志・李典傳》：「征戍未息，宜實郊遂之內，以制四方。」均其例。

〔一八〕黔黎：底本原作「黔梨」，《四部叢刊》本作「黔黎」，同詞異寫，「梨」、「黎」乃「黎」之俗，今據諸本改為通行字體。

〔一九〕以：《四部叢刊》本、徐有榘木活字本、《唐文拾遺》卷四一作「而」。按：《東文選》卷六四、《韓國文苑》卷四亦作「以」。「以」、「而」均連詞，義同。

〔二〇〕闉：《四部叢刊》本、徐有榘木活字本、《唐文拾遺》卷四一作「闉」。按：《東文選》卷六四、《韓國文苑》卷四亦作「闉」。「闉城」、「闉城」義同。

〔二一〕崑崗：底本原作「崐崗」，異構字。《四部叢刊》本、徐有榘木活字本、《唐文拾遺》卷四一作「崑岡」，亦同詞異構。

〔二二〕神香：《四部叢刊》本、徐有榘木活字本、《唐文拾遺》卷四一作「新香」。按：《東文選》卷六四亦作「神香」。

〔二三〕鑢：《四部叢刊》本、《韓國文苑》卷四誤作「攄」。

〔二四〕恂：潘仕成海山仙館叢書本誤作「洵」。

〔二五〕欻尔：《四部叢刊》本、徐有榘木活字本、《唐文拾遺》卷四一作「歘爾」，同詞異寫。烏飛：《四部叢刊》本、徐有榘木活字本、《唐文拾遺》卷四一作「烏飛」。

〔二六〕高：潘仕成海山仙館叢書本誤作「窩」。

〔二七〕功：潘仕成海山仙館叢書本作「防」。

〔二八〕戀：《四部叢刊》本誤作「蠻」。

〔二九〕導：《四部叢刊》本、徐有榘木活字本、《唐文拾遺》卷四一作「導」，俗別體。《法苑珠林》卷七七《引證部第二》：「我於今者如何所導？」「導」，高麗藏本即作「導」。《敦煌俗字典》「導」字條亦收此形。下不另出校。

〔三〇〕朽：底本原作「朽」，《敦煌俗字典》「朽」字條收錄此形，下不另出校。

〔三一〕暮：《四部叢刊》本作「暯」。《集韻・入鐸》：「暯，冥也。」

〔三二〕莊：底本作「疰」，俗寫體，《敦煌俗字典》「莊」字條收有此形。《東文選》卷六四作「臧」。

〔三三〕臾：底本、《四部叢刊》本作「史」，俗寫體。《敦煌俗字典》「臾」字條收有此形。

〔三四〕寮：《四部叢刊》本作「睿」，俗寫體。按：此形他處鮮見，是《四部叢刊》本特色用字之一。

〔三五〕意：《韓國文苑》卷四作「疑」，二者義同。《漢書・梁孝王劉武傳》：「於是天子意梁，逐賊，果梁使之。」顏師古注：「意，疑也。」

〔三六〕山：《四部叢刊》本、徐有榘木活字本、《唐文拾遺》卷四一等皆闕，《國譯孤雲崔致遠先生文集》作「田」。

〔三七〕軰：《四部叢刊》本誤作「輩」。按：「軰」、「輩」異構字。漢孔融《與曹操論盛孝章書》：「今之少年，喜謗前輩，或能譏評孝章。」一本作「輩」。

〔三八〕九載始成：《四部叢刊》本、徐有榘木活字本、《唐文拾遺》卷四一作「九載後始成」。

〔三九〕已：《四部叢刊》本、徐有榘木活字本、《唐文拾遺》卷四一闕。按：《國譯孤雲崔致遠先生文集》亦作「已」，《韓國文苑》卷四作「有」。

〔四〇〕迩：《韓國文苑》卷四作「近」，二者義同。

〔四一〕佚：徐有榘木活字本誤作「倣」。按：「佚」通「軼」，超越，超過。《文選・鮑照〈蕪城賦〉》：「故能奓秦法，佚周令。」即本句所從出。

〔四二〕剠：底本「犬」作「天」，《四部叢刊》本、徐有榘木活字本「犬」作「大」，皆訛俗字。按：《玉篇・刀部》：「剠，俗列字。」其義為割。《東文選》卷六四作「刻」，潘仕成海山仙館叢書本作「劚」，義近。

〔四三〕以：《韓國文苑》卷四作「而」。神：《東文選》卷六四、《四部叢刊》本、《韓國文苑》卷四作「種」，徐有榘木活字本、《唐文拾遺》卷四一作「僮」。按：《國譯孤雲崔致遠先生文集》、潘仕成海山仙館叢書本亦作「神」，當為原文之舊。

〔四四〕謲：底本、《四部叢刊》本「參」作「糸」，異構字。徐有榘木活字本作「燥」，潘仕成海山仙館叢書本作「滲」，《國譯孤雲崔致遠先生文集》作「讓」。寒：《國譯孤雲崔致遠先生文集》作「塞」。

〔四五〕源：《四部叢刊》本模糊，字似「源」，又似「湧」。

〔四六〕至：《國譯孤雲崔致遠先生文集》置於「蜀」前。

〔四七〕城畢如舊也：《四部叢刊》本、徐有榘木活字本、《唐文拾遺》卷四一作「城□如舊」，《東文選》卷六四作

「城異如舊也」，《國譯孤雲崔致遠先生文集》作「城如舊」。

〔四八〕謂：《東文選》卷六四、《國譯孤雲崔致遠先生文集》作「為」。按：二者古通用。

〔四九〕鍤：底本、《四部叢刊》本作「鍤」，俗別字。鋒：潘仕成海山仙館叢書本作「濃」。

〔五〇〕淩雨：潘仕成海山仙館叢書本作「淫雨」。

〔五一〕觴：《韓國文苑》卷四誤作「觸」。

〔五二〕踴：《四部叢刊》本、徐有榘木活字本、《唐文拾遺》卷四一作「湧」，通用字。

〔五三〕優：《東文選》卷六四、《國譯孤雲崔致遠先生文集》作「憂」，省旁字。

〔五四〕頳：諸本作「赬」，異構字。

〔五五〕樓分八戶：《四部叢刊》本、徐有榘木活字本、《唐文拾遺》卷四一作「横分八尺」。按：《東文選》卷六四、《國譯孤雲崔致遠先生文集》亦作「樓分八戶」。

〔五六〕巍巍峩峩：徐有榘木活字本作「巍巍峨峨」，二者同詞異寫。

〔五七〕縠：《東文選》卷六四、《國譯孤雲崔致遠先生文集》作「綒」。映：《四部叢刊》本、徐有榘木活字本、《唐文拾遺》卷四一作「暎」，俗寫體。《集韻·映韻》：「映，亦從英。」《敦煌俗字典》「映」字條收此形。又，《西京雜記》卷二：「衡乃穿壁引其光，以書暎光而讀之。」一本作「映」。下不另出校。

〔五八〕赫赫：潘仕成海山仙館叢書本作「爀爀」。燡：徐有榘木活字本右旁作「睪」，俗寫體。

〔五九〕版築：《四部叢刊》本、徐有榘木活字本、《唐文拾遺》卷四一作「築板」。一百五十六貫：《東文選》卷六四作「二百五十万貫」。

〔六〇〕上供：《東文選》卷六四誤作「土供」。

〔六一〕褫：底本、徐有榘木活字本「ネ」作「ネ」，俗寫體。他本均作「褫」，異構字。按：「褫魄」謂奪去魂魄。

〔六二〕承旨：底本誤作「丞有」，據諸本改。

〔六三〕戴：《韓國文苑》卷四作「載」，通用字。

〔六四〕金墉：潘仕成海山仙館叢書本作「錦城」。

〔六五〕徵：潘仕成海山仙館叢書本誤作「微」。進：《韓國文苑》卷四作「徵」。

〔六六〕揚：《韓國文苑》卷四作「錫」。

〔六七〕則：潘仕成海山仙館叢書本作「在」。

〔六八〕堂：《韓國文苑》卷四闕。奥：底本作「粤」，俗寫體。按：同書卷一九《迎楚州行李別紙二首》有「雖漸臨欝懊之期」句，「懊」，底本作「⿰忄粤」，可比參。

〔六九〕斂：底本作「⿰僉殳」，異構字。

〔七〇〕紀：《四部叢刊》本、徐有榘木活字本、《唐文拾遺》卷四一作「記」，通用字。

〔七一〕顙：底本、《四部叢刊》本「桑」旁作「桒」，俗寫體。

補《安南録異圖》記

交趾四封，圖經詳矣。然而管多生獠，境迩諸蕃，略採俚談〔一〕，用標方誌。安南之為府也，巡屬一十二郡（峯、驩、演、愛、陸、長郡、諒、武定、武安、蘇、茂、虞林〔二〕），羈縻五十八州。府城東至南溟四百餘里，有山横亘，千里而遥，邃穴深巖〔三〕，為獠窟宅。蠻蜑之衆，六種星居。隣諸蕃二十一區，管生獠二十一輩。水之西南，則通闍婆、大食之國；陸之西北，則接女國、烏蠻之路。曾無亭堠〔四〕，莫審塗程〔五〕。跂履者計日指期〔六〕，沉浮者占風定信。二十一國雞犬傳聲，服食所宜，大較相類。管內生獠，多号山蹄。或被髮鏤身，或穿胷鑿齒，詭音嘲哳〔七〕，姦態睢盱。其中尤為異者〔八〕，卧使頭飛，飲於鼻受〔九〕，豹皮裹體〔一〇〕，黿殼蔽形。擣木絮而為裘〔一一〕（獠子多衣木皮，熟擣有如纖纊），編竹苫而作翅〔一二〕。生養則夫妻代患〔一三〕，長成則父子争雄。縱時有傳譯可通，亦俗無桑蚕之業。唯織雜彩狹布〔一四〕，多披短襟交彩〔一五〕。或有不縫而衣，不粒而食。死喪無服〔一六〕，嫁娶不媒〔一七〕。戰有排刀，病無藥餌。固恃險阻，各稱酋豪。遠自漢朝，迄于隋季〔一八〕，荐興邊患，頗役遐征〔一九〕。馬將軍標柱歸時，才分地界〔二〇〕；史總管倒碑過後，略靜海隅〔二一〕。洎咸通初，驃信挻灾，元戎喪律，鴟嘯於跕鳶之地，豕豗於東馬之塗〔二二〕。摧兇欲快於搤喉，拯溺唯思於援手。先帝以今淮海太尉燕公，威宣大漠〔二三〕，政洽上都（時公防禦秦城，剗平醜虜，才歸輦下，出鎮安南），乃請出鎮龍編，立身豹略。剗雕題而卵碎〔二四〕，活黔首以肌豐〔二五〕。復壁壘於一麾，拔封疆於萬里。有蠹皆削，無冤不伸（朱道古稔姦於外，杜存陵恣虐於內〔二六〕，皆為安南巨患。公乃誅滅無遺，故褚令公遂良竄歿日南，子孫凋零〔二七〕，公特表洗雪〔二八〕）。然後使電母雷公，鑿外域朝天之路；山靈水若，偃大洋沃日之波（安南徑峉口〔二九〕、天威，神功所開〔三〇〕，播在遠近〔三一〕）。

遂得絕蠻諜之北窺，紓漢軍之南戍〔三二〕。乃鳳傳徵詔，鷁汎歸程。至於洞獠海蠻，莫不醉恩飽義，遠投聖闕，請建生祠。則知善政所行，殊方可誘。既見馬如羊而不敢〔三三〕，縱令蟻若象而何虞〔三四〕？足以驗四夷之時或不賔，九牧之任非得所也〔三五〕。有柔遠軍從事吳降〔三六〕，嘗集是圖，名曰《録異》，敘云：「久切〔缺〕觀遐蕃〔三七〕，目擊殊形，手題本事。然則信以傳信，斯焉取斯。既閱前詞〔三八〕，退而歎曰：『愚之所以為異者，其諸異乎人之所異？曰六合之內，何物則無〔三九〕？至如鼠肉萬斤，蝦鬚一丈，既知南北所產，永釋古今之疑。則彼獸性群分，鳥言類聚〔四〇〕，誠不足異也。』」頃太尉燕公，受三顧恩，用六奇計，使獷悍歸服，邊陲晏安〔四一〕。今聖上省方，蒙王獻欵，不敢弄吠堯之口，永魼除猾夏之心。皆由燕公收交州，鎮蜀郡，威振於奔魑走魅，功成於金壘湯池。所謂蘊先見之魼，察未來之事，呼吸而陰陽不測，指蹤而神鬼交馳，實為天工，人其代之，斯實可為異矣。聊補所闕，敢貽將來。時翠華幸蜀之三載也。

〔校記〕

〔一〕俚談：《四部叢刊》本、徐有榘木活字本、《唐文拾遺》卷四一作「俚譚」。按：二者同詞異寫。

〔二〕虞林：底本誤作「唐林」，據諸本改。

〔三〕邃：底本、《四部叢刊》本作「辶」中著「家」之形，俗寫體，《敦煌俗字典》、太田辰夫《唐宋俗字譜・祖堂集之部》「邃」字條均收此形。

〔四〕堠：底本作「候」，《東文選》卷六四作「候」。按：「候」、「候」異構字，「候」、「堠」古今字。「堠」指邊境伺望、偵察敵情的設施。銀雀山漢墓竹簡《孫臏兵法・陳忌問壘》：「去守五里置候，令相見也。」《後漢書・馬成傳》：「築保壁，起烽燧，十里一候。」即用古字「候」。此據他本改為今字。

〔五〕審：《韓國文苑》卷四誤作「甚」。

〔六〕履：底本、《四部叢刊》本作「履」，俗寫體。《碑別字新編》引隋《宮人沈氏墓誌》，「履」與此形近。

〔七〕詭：潘仕成海山仙館叢書本作「詭」。

〔八〕其中尤為異者：《四部叢刊》本、徐有榘木活字本、《唐文拾遺》卷四一作「其中尤異者」。按：《東文選》卷六四亦有「為」字。

〔九〕鼻：異構作「臯」，底本下闕一點，乃訛俗體。《四部叢刊》本「畀」下之「丌」作「大」，俗寫體。

〔一〇〕裹：底本作「褁」，「裹」之俗寫，他本均作「裹」。

〔一一〕木：底本誤作「水」，據諸本及底本原注改。

〔一二〕苦：潘仕成海山仙館叢書本作「筈」，俗體字。《東文選》卷六四作「苦」，形誤字。

〔一三〕患：潘仕成海山仙館叢書本作「豢」。

〔一四〕狹：《四部叢刊》本、《唐文拾遺》卷四一作「挾」。

〔一五〕彩：底本作「彩」，俗寫體。《四部叢刊》本、徐有榘木活字本、《唐文拾遺》卷四一作「衫」。按：《東文選》卷六四亦作「彩」。

〔一六〕喪：底本、《四部叢刊》本作「丧」，俗寫體，俗寫方口尖口不拘。按：此形底本、《四部叢刊》本習見，不另出校。

〔一七〕娶：《四部叢刊》本、徐有榘木活字本作「娵」，異構字。按：「娵」，字典辭書只收「jū」音，其義或為星次名、或為美女之代稱，或為少，而未及此種用法。

〔一八〕迄：底本「乞」旁作「乙」，俗寫體。按：從「乞」之字如「仡」等，底本亦如此作。

〔一九〕遐：《韓國文苑》卷四作「遙」，二者義同。

〔二〇〕才：《四部叢刊》本、徐有榘木活字本、《唐文拾遺》卷四一作「寸」。按：《東文選》卷六四、潘仕成海山仙館叢書本亦作「才」，是。「才」與上句「略」均副詞，一言僅僅，一言大略。

〔二一〕靜：《韓國文苑》卷四作「定」。

〔二二〕束馬：《韓國文苑》卷四誤作「東馬」。按：「束馬」謂包裹馬足，以防滑跌，形容路險難行。語出《管子・封禪》：「束馬懸車，上卑耳之山。」尹知章注：「將上山，纏束其馬，懸鈎其車也。」唐駱賓王《疇昔篇》：「蜀路何悠悠，岷峰阻且脩……長途看束馬，平水見沈牛。」《新唐書・高適傳》：「平戎以西數城，皆窮山之顛，蹊隧險絶，運糧束馬之路，坐甲無人之鄉。」均其例。

〔二三〕威宣：《四部叢刊》本、《唐文拾遺》卷四一作「宣威」。漠：《韓國文苑》卷四誤作「漢」。

〔二四〕雕：《四部叢刊》本、徐有榘木活字本、《唐文拾遺》卷四一作「彫」。按：《東文選》卷六四、《國譯孤雲崔致遠先生文集》亦作「雕」。「雕」、「彫」古通用。卯：《四部叢刊》本作「夘」，俗寫體。

〔二五〕以：《韓國文苑》卷四作「而」。

〔二六〕杜存陵：《四部叢刊》本、徐有榘木活字本、《唐文拾遺》卷四一作「杜存淩」。

〔二七〕凋：徐有榘木活字本作「彫」，《四部叢刊》本、《唐文拾遺》卷四一作「雕」。按：《東文選》卷六四、潘仕成海山仙館叢書本亦作「凋」。「凋」、「彫」、「雕」古通用。

〔二八〕特：《四部叢刊》本、徐有榘木活字本作「時」。按：《東文選》卷六四、《國譯孤雲崔致遠先生文集》、《唐文拾遺》卷四一、潘仕成海山仙館叢書本皆作「特」。「特」、「時」義同。

〔二九〕徑：《四部叢刊》本、徐有榘木活字本、《唐文拾遺》卷四一誤作「經」。岝口：底本作「窄口」，《東文選》卷六四作「岸口」。按：「窄」、「岸」均「岝」之形訛。《筆耕錄》卷一七有《岝口徑》詩，「岝口徑」是高駢出鎮安南時所開鑿的一條通道。

〔三〇〕功：《國譯孤雲崔致遠先生文集》作「助」。

〔三一〕遠近：《四部叢刊》本、徐有榘木活字本、《唐文拾遺》卷四一作「遠邇」。按：《東文選》卷六四亦作「遠近」，二者義同。

〔三二〕紓：《四部叢刊》本、徐有榘木活字本、《唐文拾遺》卷四一誤作「紆」。

〔三三〕敢：徐有榘木活字本、《唐文拾遺》卷四一作「取」。按：《東文選》卷六四、《四部叢刊》本、潘仕成海山仙館叢書本、《韓國文苑》卷四亦作「敢」。據文意，作「取」義長。

〔三四〕蟻若象：《國譯孤雲崔致遠先生文集》作「若蟻象」。若：《東文選》卷六四作「苦」，《四部叢刊》本、徐有粲木活字本、《唐文拾遺》卷四一作「如」。按：「苦」為「若」之形誤，「若」、「如」皆比喻詞，義同。

〔三五〕非：《四部叢刊》本、徐有榘木活字本、《唐文拾遺》卷四一作「不」。按：《東文選》卷六四亦作「非」。

〔三六〕降：底本作「降」，俗寫體，《敦煌俗字典》「降」字條收錄此形。按：此形底本多見，下不另出校。

〔三七〕久切〔缺〕觀遐蕃：《東文選》卷六四作「久切遐蕃」，《四部叢刊》本、徐有榘木活字本、《唐文拾遺》卷四一作「久觀遐蕃」。觀：潘仕成海山仙館叢書本作「客」。

〔三八〕既：諸本皆闕，據《國譯孤雲崔致遠先生文集》補。

〔三九〕無：《四部叢刊》本、徐有榘木活字本、《唐文拾遺》卷四一作「棄」。按：《東文選》卷六四亦作「無」。

〔四〇〕言：《四部叢刊》本、徐有榘木活字本、《唐文拾遺》卷四一作「聲」。按：《東文選》卷六四、《國譯孤雲崔致遠先生文集》亦作「言」。

〔四一〕晏安：《四部叢刊》本、徐有榘木活字本、《唐文拾遺》卷四一作「晏然」。按：《東文選》卷六四亦作「晏安」。二者義近。「晏安」謂安樂，安定。《周書・庾信傳》：「居負洛而重世，邑臨河而晏安。」前蜀杜光庭《白可球明真齋贊老君詞》：「次願坤維肅穆，川境晏安。」即其例。「晏然」指安寧，安定。如《莊子・山木》：「聖人晏然體逝而終矣！」唐王昌齡《風涼原上作》詩：「海內方晏然，廟堂有奇策。」

求化修大雲寺疏

大雲寺募緣求化重修建瓦木功價等〔一〕。詳夫教列為三，佛居其一〔二〕。其如妙旨則暗裨玄化，微言則廣諭凡流。開張勸善之門，解摘執迷之網〔三〕。然則欲使衆心歸敬，須令像設莊嚴。有感必通，無求不應。墾情田而種福，游法海而淘殃〔四〕。不可思議，於是乎在。當州城西大雲寺雖臨楚甸〔五〕，實壓蜀崗。舊創仁祠，高標兑位。雨洗煙窓之色〔六〕，萬朶前山；風敲月砌之聲〔七〕，千株古木。在一郡乃偏為勝境〔八〕，於四時則最稱芳辰。至如春水綠波，雜花生樹，都人士女，以遨以遊，不勞聽法之緣，自得消憂之所。則與城東禪智寺，雙肩對聳，兩翼齊張〔九〕。夾煬帝之遺宮，擁淮王之仙宅。壯茲樂土，倚彼福田。前年偶值飛蝗，未能避境；旋憂聚蟻〔一〇〕，或欲壞堤〔一一〕。故護軍特進，以將隔妖氛。忽興猛焰，遂使瑠璃之界，翻成煨燼之餘。雖菩薩焚身，固為常事，而苾蒭住足，盡失安居。可惜衹園〔一二〕，便同隟地〔一三〕。今幸遇太尉將驅衆旅〔一四〕，佇滅群凶。既逃過去之災〔一五〕，或補未來之福。欲安盛府，許葺精廬。欲使爐續朝香，鐘迎夜梵，樹宿獼猴之友〔一六〕，林栖鸚鵡之王。蓋尋貞觀之中〔一七〕，曾傳帝語；豈效太清之末，酷信伽譚。所願廣運慈航，徐搥法鼓，深資功德，靜剗妖魔，百官榮從於鑾旌，萬乘遄歸於象闕。次願太尉廓清寰宇，高坐廟堂。演伽葉之真宗，龍堪比德；舉儒童之善教，麟不失時。克興上古之風，永致大同之化。凡於戴髮含齒，鱗潛羽翔，皆荷慈悲〔一八〕，盡肱解脱〔一九〕。但以一毛可拔，先求信義之心；百足不僵，須賴扶持之力。既難獨辦，固託衆緣〔二〇〕。無悋羨財〔二一〕，合資洪福。富者不仁之説，自古所譏；積而能散之規，于今可誡。謹疏。

〔校記〕

〔一〕功：《唐文拾遺》卷四一作「工」，通用字。

〔二〕佛：潘仕成海山仙館叢書本誤作「節」。

〔三〕網：底本作「網」，俗寫體，《敦煌俗字典》「網」字條收録此形。

〔四〕而：《東文選》卷一一〇、《國譯孤雲崔致遠先生文集》作「以」，二者義同。淘：《四部叢刊》本、《唐文拾遺》卷四一誤作「洵」，潘仕成海山仙館叢書本作「消」，「消」、「淘」義近。

〔五〕當州：底本誤作「嘗州」，據諸本改。

〔六〕色：徐有榘木活字本作「外」。

〔七〕敲：底本、《四部叢刊》本作「高」旁著「支」之形，俗體字。

〔八〕偏：《四部叢刊》本、《唐文拾遺》卷四一作「徧」。按：當作「偏」，「偏」為程度副詞，最之義。

〔九〕兩：《四部叢刊》本作「両」，俗寫體。《宋元以來俗字譜》：「兩」：明《白袍記》、《東窗記》等作「両」。「両」後為日本常用漢字。翼：《四部叢刊》本、徐有榘木活字本、《唐文拾遺》卷四一作「耳」。按：《東文選》

卷一一〇亦作「翼」。

〔一〇〕憂：潘仕成海山仙館叢書本誤作「又」。

〔一一〕壞：《四部叢刊》本、徐有榘木活字本、《唐文拾遺》卷四一作「毀」。按：《東文選》卷一一〇亦作「壞」。

〔一二〕祇園：底本、《四部叢刊》本、徐有榘木活字本作「祇園」。按：「祇」「祇」俗寫不拘，據文意，當作「祇園」。「祇園」為「祇樹給孤獨園」的簡稱，梵文的意譯，印度佛教聖地之一。相傳釋迦牟尼成道後，憍薩羅國的給孤獨長者用大量黃金購置舍衛城南祇陀太子園地，建築精舍，請釋迦說法。祇陀太子也奉獻了園内的樹木，故以二人名字命名。玄奘去印度時，祇園已毀。後用為佛寺的代稱。唐王勃《益州德陽縣善寂寺碑》：「祇園興板蕩之悲，沙界積淪胥之痛。」白居易《題東武丘寺六韻》：「香刹看非遠，祇園入始深。」句中即指佛寺。

〔一三〕隟地：諸本皆作「隙地」。按：二者同詞異寫。唐顏元孫《干祿字書》：「隟隙：上俗，下正。」

〔一四〕太：底本作「大」，俗寫二字不拘，據諸本改。

〔一五〕災：《四部叢刊》本作上「巛」下「大」之形，俗寫體。按：《四部叢刊》本「火」、「大」多不拘。

〔一六〕獮：底本、《四部叢刊》本「彌」作「彌」，俗寫體。

〔一七〕尋：潘仕成海山仙館叢書本作「因」。

〔一八〕荷：潘仕成海山仙館叢書本誤作「號」。

〔一九〕盡眩：潘仕成海山仙館叢書本誤作「能盡」。
〔二〇〕衆：潘仕成海山仙館叢書本誤作「重」。
〔二一〕恡：諸本均作「吝」。按：二者同字異寫。《正字通・心部》：「恡，本作吝。」財：底本作「⿰貝寸」，異構字，據諸本改為通行字體。

求化修諸道觀疏

紫極宮重修城下諸宮觀〔一〕，求化瓦木等價。伏以苦縣誕靈，神州演法。真性乃聖朝之祖，强名為至道之宗。玉葉金柯，耀芳陰於萬代〔二〕；瑤函瓊笈，傳妙旨於四方。遂得齋醮有歸，科儀無墜。神宮靈宇，宛寫諸天；秘殿精壇，嚴修勝地。當州東吴麗俗，南袞雄藩。鮑叅軍則賦衒精妍，揚執戟則箴誇夭矯。而乃至道少勤行之者〔三〕，玄門無善閈之人〔四〕。味澮口中〔五〕，動成大笑；義深目外，誰信上昇〔六〕？福庭則草沒塵侵，仙室則雨傾風壞。況值梟聲競噪，虺毒强吹。到處星飛〔七〕，但見羽書之急；經年霧集，唯聆甲騎之勞。俗既喧驚，教增寂默〔八〕。未有葺修之暇〔九〕，非無捨施之緣。今幸遇太尉德繼猶龍，道深有象。黄石公之妙訣，雅稱帝師；赤松子之勝遊，佇迎仙友。是故出則以六奇制敵〔一〇〕，入則以九轉服勤。淨除閫外之烟塵〔一一〕，閑對壷中之日月。三元遵敬〔一二〕，一氣精修。果見真位高遷，殊祥荐降。彩雲片片，飛來楚岫之風；玄鶴雙雙〔一三〕，喉向隋宮之月。又乃前年則江寇南逼，去歲則淮戎北侵。蟻皆恃於成群，蚍欲矜於結陣〔一四〕。伏賴太尉雄威坐振，衆孽奔亡。四隣戴信於桓公，八郡感恩於邵父〔一五〕。覩耕農之蔽野，聽歌吹之沸天。古人有言：「為可為於可為之時則可。」其城下宮觀，今欲旋集良工，增修舊址。擬金室銀堂之制，處處騰光；俾星冠月帔之徒，人人潔跡。微功若就，良願克申〔一六〕。龍圖早耀於中興，虎旅永摧其大盜。次願太尉運籌佐漢，迴掩張良；拊棹遊湖，靜追范蠡。石留馬跡，臺掛鳳音。蓬島花開，春醉而閑乘白鹿；芝田雨過，曉耕而長任青牛。罷吟小桂之詞〔一七〕，獨邁大椿之壽〔一八〕。然後仰從翔翼，俯至潛鱗，凡曰含靈〔一九〕，悉能蒙福〔二〇〕。但以所修宮觀，荒摧既久，經費甚多，無因獨辦資糧〔二一〕，唯仰衆成功德。伽譚之難捨能捨，猶見欒輸；道教之自然而然，幸毋輕諾〔二二〕。謹疏。

〔校記〕

〔一〕宮觀：《東文選》卷一一〇、《國譯孤雲崔致遠先生文集》作「道觀」。

〔二〕芳：《東文選》卷一一〇作「秀」。

〔三〕之：《四部叢刊》本、徐有榘木活字本、《唐文拾遺》卷四一闕。按：《東文選》卷一一〇、《國譯孤雲崔致遠先生文集》亦有「之」。「之者」與下句「之人」對舉同義。《敦煌變文校注・祇園因由記》：「即是求見聞覺知之者，非是求道之人。」《古尊宿語錄》卷二八《舒州龍門佛眼和尚語錄》：「真實到家之者，得意忘言；伶俜在外之人，隨情起解。」亦「之者」與「之人」對舉。《四部叢刊》本、徐有榘木活字本、《唐文拾遺》卷四一闕「之」字，致使上下文句滯然不暢。

〔四〕人：《四部叢刊》本、徐有榘木活字本、《唐文拾遺》卷四一闕。

〔五〕澮：底本、《四部叢刊》本作「澮」，俗寫體。

〔六〕誰信上昇：《東文選》卷一一〇作「謹信□昇」。

〔七〕到：《國譯孤雲崔致遠先生文集》作「列」。

〔八〕默：《四部叢刊》本、徐有榘木活字本作「黔」。按：「黔」乃形誤。「寂默」佛典、禪錄中習見，其意或指默然無言、靜寂思惟的修禪習道的方式，或指修禪入定、諸根湛然的狀態。《大般涅盤經》卷二：「我師爾時猶故寂默，身不動搖，如是良久，方從禪起。」此指前者。《雜阿含經》卷二二：「大智舍利弗，正念常寂默。」此指後者。「寂默」又進而成為佛事的代名詞，如《圓悟佛果禪師語錄》卷七：「有世界以莊嚴為佛事，有世界以寂默為佛事，且道，雲居以何為佛事？」本文中上句言「俗既喧驚」，下句曰「教增寂默」，二者一「俗」一「佛」，一動一靜，正是宛然絕配。

〔九〕未：《東文選》卷一一〇誤作「夫」。

〔一〇〕制：潘仕成海山仙館叢書本作「除」。

〔一一〕淨：《四部叢刊》本、徐有榘木活字本、《唐文拾遺》卷四一作「靜」。除：潘仕成海山仙館叢書本作「制」。

〔一二〕三元：《東文選》卷一一〇誤作「三光」。按：「三元」《筆耕錄》中習見。

〔一三〕雙雙：《四部叢刊》本、《唐文拾遺》卷四一作「雙雙」。按：二者同詞異寫，「雙」為「雙」之訛俗字。參見卷一二《鄆州耿元審》該條校注。

〔一四〕矜：潘仕成海山仙館叢書本誤作「驚」。

〔一五〕邵：徐有榘木活字本、《唐文拾遺》卷四一作「召」，通用字。

〔一六〕申：《四部叢刊》本、徐有榘木活字本作「句」，《唐文拾遺》卷四一作「伸」，通用字。

〔一七〕詞：《四部叢刊》本、徐有榘木活字本作「句」，《唐文拾遺》卷四一作「篇」。按：《東文選》卷一一〇亦作「詞」。

〔一八〕椿：徐有榘木活字本作「春」，通用字。

〔一九〕含靈：《四部叢刊》本作「含虛」，徐有榘木活字本、《唐文拾遺》卷四一作「含虛」。按：「含虛（虛）」不辭，《東文選》卷一一〇、《國譯孤雲崔致遠先生文集》亦作「含靈」。「含靈」為佛教術語，指含有靈性的生物，同「含識」、「含生」、「有情」等。《大寶積經》卷三八：「假令三界諸含靈，一切變為聲聞眾。」

〔二〇〕福：《四部叢刊》本「畐」作「畗」，俗寫體。

〔二一〕糧：《四部叢刊》本、徐有榘木活字本作「種」。按：《東文選》卷一一〇、《國譯孤雲崔致遠先生文集》亦作「糧」。

〔二二〕毋：《四部叢刊》本、徐有榘木活字本、《唐文拾遺》卷四一作「無」，二者義同。

桂苑筆耕集卷第十七

啓、狀一十首〔一〕

初投獻太尉啓〔二〕　再獻啓

謝生料狀　獻詩啓　附詩三十首

謝職狀　謝借宅狀

出師後告辭狀　謝令從軍狀

謝借舫子狀　謝許奏薦狀

〔校記〕

〔一〕啓狀一十首：底本闕，據徐有榘木活字本補。

〔二〕太：底本、《四部叢刊》本作「大」，據徐有榘木活字本改為今字。

初投獻太尉啓

某啓〔一〕：伏以嶽之高與海之深，物所歸而人所仰，迥拔千仞，平吞百川。其如巘崿擎天，波瀾蘸日，豁四方之眼〔二〕，醒萬族之魂。是宇內之所歌謠，匪毫端之能贊詠。伏惟司徒相公獨抱神略，一匡聖朝，譽洽於良哉康哉，名標於可久可大。龔、黃德政，則郡民有遺愛之碑；韓、白功勳，則國史有直書之筆。况某劣同窺豹，淺比傾螺，難將篆刻之詞，輒頌陶熔之業。但以間生賢哲，年當五百之期；廣集英豪，客滿三千之數。既納之似水，則來者如雲。斯乃司徒相公。鏡於心而寬兮綽兮，秤於手而無偏無黨〔三〕，網羅雋彥，籠罩驍雄，於儒則沈、謝呈才，於武則關、張效力。遂使弓旌招隱士，巖谷為之一空；介胄降叛夫，煙塵為之四息。豈獨分憂於閫外，實唯稱慶於寰中。莫不信齊於春夏秋冬〔四〕，恩播於東西南北。但日月昭臨之所〔五〕，是風雷變化之時。然則尼父堂中，亦有他鄉之子；孟嘗門下，寧無遠地之人？片善可稱〔六〕，前賢不讓。永能執大邦之政，豈欲遺小國之賔〔七〕？是以敢寫微衷，輕投朗鑒。某新羅人〔八〕，身也賤，性也愚，才不雄，學不贍。雖形骸則鄙，而年齒未衰〔九〕。自十二即別雞林〔一〇〕；至二十得遷鶯谷〔一一〕。方接青襟之侶，旋從黃綬之官。既忝登龍，敢言絆驥？今者乍離一尉，欲應三篇。更願進修，且謀退縮。獨依林藪，再閱丘、墳。課日攻詩，虞訥之詆訶無避〔一二〕；積年著賦，陸機之哂笑何慚〔一三〕。俟其敦閱致功〔一四〕，琢磨成器。求魚道在垂竿而不掛曲鈎〔一五〕，射鵠心專撚筈而奠銜後鏃。端操勁節，佇望良時。竊見萬物投誠，八紘嚮德〔一六〕，不謁相公賔閤，不遊相公德門者，詞人之所懷慙，群議之所發誚〔一七〕。某固敢隳肝瀝膽，進牘抽毫，不避嚴誅，輒中素懇。謹録所業雜篇章五軸〔一八〕，兼陳情七言長句詩一首〔一九〕，齋沐上獻。冒犯尊威，下情無任戰懼之至〔二〇〕。謹啓〔二一〕。

〔校記〕

〔一〕某啓：《東文選》卷四五作「致遠啟」。

〔二〕豁：他本多作「割」。按：「割」字誤，《東文選》卷四五亦作「豁」。「豁」，開也。

〔三〕秤：《四部叢刊》本誤作「枰」。手：《四部叢刊》本、徐有榘木活字本、《唐文拾遺》卷四二作「事」。按：《東文選》卷四五亦作「手」，「手」與上句「心」相對舉。

〔四〕齊：《韓國文苑》卷四作「濟」，通用字。

〔五〕昭：《四部叢刊》本、徐有榘木活字本、《唐文拾遺》卷四二作「照」。按：「昭」通「照」，照亮，照耀。《三國志・魏志・陳思王植傳》：「惠洽椒房，恩昭九族。」南朝宋顏延之《宋郊祀歌》之二：「奔精昭夜，高燎煬晨。」一本作「照」。

〔六〕稱：底本、《四部叢刊》本作「稱」，俗寫體，《碑別字新編》、《敦煌俗字典》「稱」字條均收此形。

〔七〕小：《國譯孤雲崔致遠先生文集》作「外」。賔：潘仕成海山仙館叢書本作「賢」。

〔八〕某新羅人：《四部叢刊》本、徐有榘木活字本、《唐文拾遺》卷四二作「某新羅人也」。

〔九〕而：《四部叢刊》本、徐有榘木活字本、《唐文拾遺》卷四二闕。按：《東文選》卷四五亦有「而」。

〔一〇〕即：《四部叢刊》本、徐有榘木活字本、《唐文拾遺》卷四二作「則」，潘仕成海山仙館叢書本作「始」。按：《韓國文苑》卷四亦作「即」。

〔一一〕得：潘仕成海山仙館叢書本作「則」。鶯谷：《四部叢刊》本、《唐文拾遺》卷四二作「鸎谷」。按：二者同詞異寫，以鶯處幽谷喻人未顯達時的處境。唐駱賓王《上兗州崔長史啟》：「灑惠渥於羊陂，屢泛文通之麥；峻曲岸於鸎谷，時遺公叔之冠。」羅隱《贈滈先輩令狐補闕》詩：「花迎綵服離鶯谷，柳傍東風觸馬鞭。」即其例。

〔一二〕詆：底本作「詆」，俗寫體。

〔一三〕哂笑：《四部叢刊》本、《唐文拾遺》卷四二作「哂咲」，二者同詞異寫。

〔一四〕俟：《東文選》卷四五作「候」，二者義同。

〔一五〕曲鉤：《四部叢刊》本、徐有榘木活字本作「曲鉤」。按：二者同詞異寫。

〔一六〕八紘：《四部叢刊》本、徐有榘木活字本、《唐文拾遺》卷四二作「八紘」。按：二者同詞異寫，均指八方極遠之地。參見卷六《賀入蠻使廻狀》該條校注。

〔一七〕議：《東文選》卷四五誤作「譏」。

〔一八〕雜：潘仕成海山仙館叢書本作「習」。

〔一九〕一首：《四部叢刊》本、徐有榘木活字本、《唐文拾遺》卷四二作「一百篇」。按：《東文選》卷四五亦作「一首」。

〔二〇〕下情無任戰懼之至：《四部叢刊》本、徐有榘木活字本、《唐文拾遺》卷四二作「不任戰懼之至」。按：《東文選》卷四五亦作「下情無任戰懼之至」。

〔二一〕謹啓：《東文選》卷四五闕。

再獻啓

某啓：某今月五日謹以所學篇章五通，貢于賓次。雖慙獻豕，輒覬攀龍。循客路以心摧〔一〕，望仁風而目斷〔二〕。乍覩秦雲之態，或似美人；細看燕石之姿，恐為棄物。伏蒙司徒相公光逾愛日〔三〕，煦及寒灰〔四〕。念以遠別海隅〔五〕，久沉江徼，特垂豐饌，俾濟朝飢。自驚樗櫟之材，已荷稻粱之惠〔六〕。雖龜魚投水，驟喜命蘇；而蚉蝱負山〔七〕，深憂力敗。且某也兔絲雖絡〔八〕，蛛網自營，萬計尋思，不如學也；百年勤苦，猶恐失之。所以未競宦塗〔九〕，但遵儒道。筮仕而懶趍塵土〔一〇〕，卜居而貪憶林泉〔一一〕。人間之要路通津，眼無開處；物外之青山綠水，夢有歸時。所願更淬鉛刀，終求鐵印。斂跡而跧藏學藪〔一二〕，安身而跌宕詞林。嘗誦古詩〔一三〕，還符此意，云：「志士惜日短，愁人知夜長。」某既懷志士之勤，又抱愁人之苦，聊憑毫牘〔一四〕，敢述肺肝。且如蹋壁冥搜〔一五〕，杜門寂坐，席冷而窓風擺雪，筆乾而硯水成氷。欲為尼父之絕編，無奈羲和之促轡。即可知指萬卷之經史〔一六〕，恨三冬之景光。及其凍枕傷神，孤燈伴影，寒漏則滴殘別淚，遙碪則搗破羈心。空勞甯戚之悲歌，莫繼陸機之安寢。亦可想貯千端之欝悒〔一七〕，過五夜之寂寥。然則志士之勤也既如彼，愁人之苦也又如此。况某家遙日域，路隔天池，投客舍而方甚死讎，指何門而欲安生計〔一八〕？唯慮道之將廢，豈言人不易知？不敢以陋質凡姿，覲相公清嚴之德；不敢以片言隻字〔一九〕，希相公採録之恩。所望者或以其萬里地遠來，十餘年苦學，稍垂惻憫，得濟困窮。則必堅背水之心，終為勇士；决移山之志，不讓愚公。伏以某譯殊方之語言，學聖代之章句，舞態則難為短袖〔二〇〕，辯詞則未比長裾。舌無三寸之舷，空緘壯氣；腸有九廻之懇，但戀深恩。干浼尊嚴，下情無任感戴兢惶涕泗之至。謹啓〔二一〕。

〔校記〕

〔一〕循：《四部叢刊》本、徐有榘木活字本、《唐文拾遺》卷四二作「脩」。按：《東文選》卷四五亦作「循」。「循」、「脩」俗寫常相亂。

〔二〕而：《四部叢刊》本、徐有榘木活字本、《唐文拾遺》卷四二作「以」。按：《東文選》卷四五、《韓國文苑》卷四亦作「而」。「而」、「以」義同。

〔三〕蒙：潘仕成海山仙館叢書本作「為」。逾：《韓國文苑》卷四作「愈」，通用字。

〔四〕煦：《國譯孤雲崔致遠先生文集》作「照」。
〔五〕念：《韓國文苑》卷四闕。
〔六〕粱：底本誤作「梁」，據諸本改。
〔七〕蚤：底本、《四部叢刊》本作「蚤」，俗寫體。蝨：「虱」之異構字。
〔八〕雖：底本誤作「誰」，據諸本改。
〔九〕宦塗：《韓國文苑》卷四作「官塗」。
〔一〇〕筮：《四部叢刊》本誤作「噬」。
〔一一〕憶：《唐文拾遺》卷四二作「意」，通用字。
〔一二〕斂：底本作「歛」，異構字。
〔一三〕誦：《韓國文苑》卷四作「詞」。
〔一四〕憑：《四部叢刊》本作「凴」，俗寫體。
〔一五〕壁：異構為「辟」，底本「辛」旁作「辛」，乃其增筆俗構。又，文中「辭」、「避」之「辛」，底本亦如此作。下不另出校。
〔一六〕指：《韓國文苑》卷四作「措」。
〔一七〕欝悒：《四部叢刊》本作「欝邑」，《唐文拾遺》卷四二作「鬱邑」。按：三者同詞異寫，均指憂悶。
〔一八〕指：徐有榘木活字本作「持」。

〔一九〕片：底本作「斤」，俗寫體，《敦煌俗字典》「片」字條收録此形。下不另出校。

〔二〇〕為：《韓國文苑》卷四作「謂」。按：二者通用字。袖：底本「衤」作「ネ」，俗寫體，《敦煌俗字典》「袖」字條收録兩例，均作此形。又，下句「長裾」之「裾」，底本亦從「ネ」。

〔二一〕謹啓：《東文選》卷四五闕。

謝生料狀〔一〕

某啓：某昨日伏蒙仁慈，再賜生料。恩垂望外，喜集愁中。安貧而已贍晨炊〔二〕，感德而唯知宿飽〔三〕。遂使范家釜甑，免恨長閑；顔巷簞瓢〔四〕，倍加其樂。伏以某雖楊曾穿葉，而蓬且斷根。空把利錐，巽遇大賢之鑒；豈將長鋏，先興下客之歌？日昨輒貢蕪音〔五〕，累塵尊聽。竊德宇而鷰雖相賀，望威風而鵷恐退飛〔六〕。豈料司空相公俯念海人，久為塵吏，特垂記録，繼賜沾濡。生前之溝壑無虞〔七〕，飢寒雖濟；頭上之丘山漸重，負戴難勝。依投而既類窮猿，展効而願同病雀。下情無任云云。

〔校記〕

〔一〕狀：潘仕成海山仙館叢書本作「啟」。

〔二〕贍：底本、《四部叢刊》本「詹」作「詹」，俗寫體，《敦煌俗字典》「贍」字條收録此形。

〔三〕唯知：《四部叢刊》本、徐有榘木活字本、《唐文拾遺》卷四二作「惟知」。
〔四〕箄：《四部叢刊》本作「箄」，通用字。
〔五〕日昨：《四部叢刊》本、徐有榘木活字本、《唐文拾遺》卷四二作「一昨」。按：二者義同，指前些日子。同書卷二〇《祭巉山神文》中亦用「日昨」，義同。此義辭書失收。
〔六〕鴟：《四部叢刊》本、徐有榘木活字本、《唐文拾遺》卷四二作「鵄」。
〔七〕生前：潘仕成海山仙館叢書本作「前生」。

獻詩啓

某啓：某竊覽同年顧雲校書獻相公長啓一首、短歌十篇〔一〕。學派則鯨噴海濤〔二〕，詞鋒則劒倚雲漢〔三〕。俻為贊頌，永可流傳。如某者跡自外方，藝唯下品。雖儒宮慕善，每嘗窺顏、冉之牆；而筆陣争雄，未得摩曹、劉之壘。但以幸遊樂國，獲覩仁風，久貯懇誠，巽中歌詠〔四〕。輒獻紀德絕句詩三十首，謹封如別。定王拙舞，適足自嫌；嫫母濃粧，轉為人笑。不足贊揚休烈，黷憂浼黷尊威〔五〕。然聖人以激勸誠深〔六〕，不間互鄉童子；學者以揣摩志切，皆投鬼谷先生。伏惟特恕荒蕪，俯垂采覽。所巽趁仁化於江北，終得傳美譚於海東。唐突藻鑒〔七〕，下情無任戰慄之至。謹啓〔八〕。

七言紀德詩三十首，謹獻司徒相公〔九〕

兵機〔一〇〕

唯將志業練春秋〔一一〕，早蓄雄心剗國讎。三十年來天下事〔一二〕，漢皇高枕倚留侯。

筆法

見説書窓暫卧龍，神傳妙訣助奇鋒。也知外國人争學，唯恨無因乞手蹤。南朝蕭子雲善書，百濟使人求手蹤，以為國寶。

性箴

波澄性海見深源，理究希夷闢道門〔一三〕。詞翰好傳雙美跡，何須更寫五千言。

雪詠

五色毫編六出花，三冬吟徹四方誇。始知絕句勝聯句，從此芳名掩謝家〔一四〕。

射鵰

能將一箭落雙鵰〔一五〕，萬里胡塵當日銷。永使威名振沙漠，犬戎無復吠唐堯。

安化

班筆由來不暗投，旋驅熊隼待封侯。郡名安化飥宣化，更指河湟地欲收。

練兵

隴水聲秋塞草閑，霍將軍塹入長安。太平天子怜才略〔一六〕，曾請陳兵盡日看。

磻溪

刻石書蹤妙入神，一回窺覽一回新。况能早遂王師業，桃李終成萬代春〔一七〕。伏覩相公《磻溪》詩云：「及到王師身已老，不知辛苦為何人。」又《經虢縣》詩云：「手栽桃李十餘春，今日經過重建勳。」

射虎

鋸牙鉤爪礙王程〔一八〕，一箭摧斑四海驚〔一九〕。白額前驅姜膽碎〔二〇〕，方知破石是虛聲。

秦城

遠提龍劍鎮龍庭，外戶從茲永罷扃。掃盡邊塵更無事〔二一〕，暮天寒角醉吟聽。

生祠

古來難化是蠻夷，交趾何人得去思〔二二〕。萬代聖朝青史上，獨傳溪洞立生祠〔二三〕。

射鞭

休說戟枝非易中〔二四〕，莫言楊葉是難穿〔二五〕。須看立節沙場上，永得安邊為射鞭。

安南

西戎始定南蠻起，都護舷摧驃信威。萬里封疆萬户口，一麾風雨盡收歸。

天威徑

鑿斷龍門猶勞身，擘分華嶽徒稱神。如何劈開海山道〔二六〕，坐令八國争來賓。

峕口徑

濟物能回造化心，驅山偃海立功深。安南真得安南界，從此蠻兵不敢侵〔二七〕。

收城碑

功業已標《征北賦》，威名初建《鎮南碑》。終知不朽齊銅柱，况是儒宗綴色絲。碑今度支裴僕射撰詞。

執金吾

一陣風雷定八蠻，來趍雲陛悦天顔。王孫仕宦多榮貴，心為匡君不蹔閑。

天平

海岱烟塵匝鄆城，遥揮一劍落攙搶〔二八〕。征旗不動降旗盡，永使天平地亦平。

釣魚亭

錦筵花下飛鸚鵡，羅袖風前唱鷓鴣。占得仙家詩酒興，閑吟烟月憶蓬壺。伏覩相公《在鄆州》詩云：「酒滿金缸花滿枝〔二九〕，雙娥齊唱鷓鴣詞。」又《釣魚亭》詩云：「水急魚難釣，風吹柳易低。」

相印

早說休徵應佩刀，台星光接將星高。欲迎霖雨歸龍闕，看滅妖氛展豹韜。

西川

遠持龍旆活龜城，威懾蒙王永罷兵。應笑欒巴噀杯酒〔三〇〕，雨師風伯自驅行〔三一〕。

平蠻

邛峽關東蠻塵絕〔三二〕，平夷鎮扼蠻地裂。又築羅城變錦城，蠻兵永滅功不滅。

築城

一心能感衆心齊，鐵瓮高吞劍閣低。多上散花樓上望，江山供盡好詩題。

荆南

虎吼龍驤出峽來，福星才照陣雲開〔三三〕。遥思屈宋忠魂在，應向風前奠一杯。

漕運

濟川已展為舟業，煑海終成富國功〔三四〕。䑳與吾君緩宵旰〔三五〕，為資心計四方通。

浙西

九江賊膽望風摧，萬戶愁眉向日開。楚舞吴歌一何樂，相逢相賀相公來。

降寇

唯將德化欲銷兵，長笑長平恣意坑〔三六〕。更想太丘行小惠，何如言下濟群生。

淮南

八郡榮超陶太尉，三邊靜掩霍嫖姚。玉皇終日留金鼎，應待淮王手自調。劍南、荊南、淮南乃天下名鎮，相公累移節制。西戎、南蠻、東鄙賊起，相公皆自討除。

朝上清

齋心不倦自朝真〔三七〕，豈為修仙欲濟人。天上香風吹楚澤，江南江北鎮成春。

陳情

俗眼難窺冰雪姿，終朝空詠小山詞〔三八〕。此身依託同雞犬〔三九〕，他日昇天莫棄遺。

〔校記〕

〔一〕顧：底本、《四部叢刊》本「雇」旁闕點，減筆俗字。按：此形未見字典、俗字典收録。然底本、《四部叢刊》本中多見，下不另出校。

〔二〕派：底本、《四部叢刊》本作「泒」，俗別體。唐顔元孫《干祿字書》：「泒派：上俗，下正。」磧砂藏本《續高僧傳》卷一《譯經篇初》後附音義：「源泒，上疋賣反。水分流曰泒。」按：文中「派」字多見，底本、《四部叢刊》本均如此作。下不另出校。

〔三〕鋒：底本作「銲」，異構字。

〔四〕申：諸本皆作「伸」，通用字。

〔五〕浼黷：《唐文拾遺》卷四二作「浼黷」。按：二者同詞異寫，指玷污、褻瀆，多用作謙詞。

〔六〕激勸：《東文選》卷四五誤作「激勤」。按：「激勸」指激發鼓勵。漢王充《論衡·別通》：「人好觀圖畫者，圖上所畫，古之列人也。見列人之面，孰與觀其言行？置之空壁，形容具存，人不激勸者，不見言行也。」唐顔真卿《懷素上人草書歌序》：「某早歲嘗接游居，屢蒙激勸，教以筆法。」

〔七〕藻鑒：徐有榘木活字本作「藻鑑」，《唐文拾遺》卷四二作「藻鑒」。按：三者同詞異寫。

〔八〕謹啓：《東文選》卷四五闕。

〔九〕紀德：《四部叢刊》本作「記德」。按：二者同詞異寫。

〔一〇〕兵機：《四部叢刊》本作「兵機一」。

〔一一〕唯：《四部叢刊》本、徐有榘木活字本作「惟」，同字異構。按：下列諸詩同，不另出校。

〔一二〕三十年來：《四部叢刊》本、徐有榘木活字本、《唐文拾遺》卷四二作「二十年來」。

〔一三〕闢：《國譯孤雲崔致遠先生文集》作「陀」。

〔一四〕芳名：底本作「方名」，省旁字，據諸本改為通行字體。

〔一五〕雙：《四部叢刊》本作「雵」。按：此字為上下會意結構「兩隻為雙」，因俗寫「雨」、「兩」不拘，遂為此訛俗字。《敦煌俗字典》「雙」字條收錄此形。

〔一六〕怜：「憐」之俗寫體。唐顔元孫《干祿字書》：「怜憐：上俗，下正。」《敦煌俗字典》、太田辰夫《唐宋俗字譜・祖堂集之部》「憐」字條均收此形，今之簡化字亦取其簡俗體。下不另出校。

〔一七〕桃：底本作「杔」，俗寫體。

〔一八〕鋸：《四部叢刊》本、徐有榘木活字本作「鉅」，通用字。按：「鋸牙」指像鋸齒一般的鋭牙。《逸周書・王會》：「茲白者，若白馬，鋸牙，食虎豹。」晉葛洪《抱朴子・博喻》：「鋸牙之獸，雖低伏而見憚；揮斧之蟲，雖銓形而不威。」爪：《四部叢刊》本作「瓜」，訛俗字。

〔一九〕斑：《四部叢刊》本、《國譯孤雲崔致遠先生文集》作「班」，通用字。

〔二〇〕姜：徐有榘木活字本作「羌」。

〔二一〕邊塵：《國譯孤雲崔致遠先生文集》作「兵塵」。

〔二二〕交趾：《四部叢刊》本誤作「交跂」。按：「交趾」，亦作「交阯」，郡名，漢武帝時為所置十三刺史部之一，轄境相當今廣東、廣西大部和越南的北部、中部。東漢末改為交州。

〔二三〕溪洞：潘仕成海山仙館叢書本作「溪峒」。按：二者同詞異寫，句中指交趾及南方少數民族居住區。

〔二四〕枝：《四部叢刊》本「支」作「攴」，俗寫體。按：從「支」之字如「技」、「伎」等，《四部叢刊》本亦如此作。

〔二五〕莫言：徐有榘木活字本誤作「若言」。

〔二六〕如何：徐有榘木活字本作「何如」，二者義同。

〔二七〕敢：《四部叢刊》本「攵」作「攴」，俗寫體。

〔二八〕攙搶：徐有榘木活字本作「欃槍」。按：二者同詞異寫，亦作「攙槍」，為慧星之別名。《爾雅・釋天》：「彗星爲欃槍。」《淮南子・俶真訓》：「欃槍衡杓之氣，莫不彌靡而不能爲害。」一作「攙槍」。漢劉向《說苑・辨物》：「攙搶、彗孛、旬始、枉矢、蚩尤之旗，皆五星盈縮之所生也。」古人以「攙搶」為妖星，主兵禍。故引申指凶渠或邪惡勢力。《文選・謝瞻〈張子房詩〉》：「鴻門消薄蝕，垓下殞攙搶。」唐杜甫《奉送郭中丞兼太僕卿充隴右節度使三十韻》：「幾時迴節鉞，戮力掃欃槍。」句中即指邪惡勢力。

〔二九〕舡：《國譯孤雲崔致遠先生文集》作「缸」。

〔三〇〕杯酒：《四部叢刊》本作「盃酒」。按：二者同詞異寫，指一杯酒。

〔三一〕驅：《四部叢刊》本、徐有榘木活字本作「歸」。

〔三二〕邛峽關：疑為「邛崍關」之誤。「邛崍」亦作「邛萊」。「邛崍關」在邛崍山（今四川省滎經縣西南），為番漢間要塞。《新唐書・李德裕傳》：「復邛崍關，徙巂州治臺登，以奪蠻險。」清高其倬《望雪山》詩：「安得天生巨靈手，擘山爲塞邛峽關。」亦省稱「邛關」。清蔣平階《送羅夢章比部省親還蜀》詩：「錦水有桑堪養母，邛關何地可籌邊。」

〔三三〕開：底本「开」作「井」，俗寫體。

〔三四〕富：《四部叢刊》本「畐」作「畗」，俗寫體。

〔三五〕宵旰：底本作「宵肝」，「肝」乃「旰」之俗訛，據諸本改。

〔三六〕長笑：潘仕成海山仙館叢書本作「常笑」。

〔三七〕齋心：《四部叢刊》本、徐有榘木活字本作「齊心」。按：「齋」、「齊」古通用，此當讀作「齋」。「齋心」指祛除雜念，使心神凝寂。《列子·黄帝》：「退而閒居大庭之館，齋心服形。」宋王禹偁《李太白真贊並序》：「有時沐肌濯髮，齋心整衣，屏妻孥，清枕簟，馨鑪以祝。」

〔三八〕空：《四部叢刊》本、徐有榘木活字本作「共」。按：作「共」義勝。

〔三九〕依託：《四部叢刊》本、徐有榘木活字本作「依托」。按：二者同詞異寫。

謝職狀

右某今月二十五日，伏奉公牒特賜署充館驛巡官者〔一〕。

恩降台堦〔二〕，光生旅舍。承命而吟魂乍懾，叨榮而病骨能蘇。攀依有心，荷戴無力。伏以某樗生曠野〔三〕，莠託荒田。豈惟良匠不窺，抑亦農人見棄。風皷弱植〔四〕，難舉勢於凌雲；塵織纖莖，但懷愁於委地。昨者不慙狷者〔五〕，輒效狂生，累貢巴詞，仰投秦鑒〔六〕。伏惟司徒相公念以來從異域〔七〕，遠寓樂郊，俯愛似龍，不嫌非鳳〔八〕。拔衰英於糞上，搜滯刃於獄中。許厠嘉賓，仍沾厚俸。神仙見顧，稍親郭隗之臺；駑蹇何施，得主鄭莊之驛。況乃念子襟之志業，辱華袞之褒詞。刻畫恩深，已紿長價；琢磨志切，終願成功。修身則飲水懷氷，鍊思則吟烟嘯露。唯當勵節，以謂報恩。謹詣衙門，祇候陳謝。下情無任感激彷徨榮懼之至。謹狀〔九〕。

〔校記〕

〔一〕奉：徐有榘木活字本作「承」。按：《東文選》卷四七亦作「奉」。

〔二〕台堦：《四部叢刊》本、徐有榘木活字本、《唐文拾遺》卷四二作「台階」。按：二者同詞異寫，「堦」、「階」異構字。

〔三〕樗：潘仕成海山仙館叢書本作「櫟」。

〔四〕敧：徐有榘木活字本作「欹」，異構字。《四部叢刊》本、《唐文拾遺》卷四二作「攲」，俗寫體。

〔五〕狷：底本、《四部叢刊》本作「狷」，俗寫體，俗寫方口、尖口不拘。

〔六〕投：《四部叢刊》本、徐有榘木活字本、《唐文拾遺》卷四二作「瀆」。按：《東文選》卷四七亦作「投」。

〔七〕以：潘仕成海山仙館叢書本作「某」。

〔八〕嫌：底本、《四部叢刊》本作「嫌」，俗寫體。按：文中「兼」及從「兼」之字如「縑」、「謙」、「歉」、「鶼」、「廉」、

「簾」等，底本、《四部叢刊》本均如此作。下不另出校。

〔九〕謹狀：《東文選》卷四七闕。

謝借宅狀

右某昨日客司奉傳處分，借賜官宅安下者。

仰聆尊旨，俯省庸才，既榮投跡之有門，唯恨殺身之無路〔一〕。伏以某自趍龍旆〔二〕，免泣牛衣，職俸非輕〔三〕，書糧頗贍。嘗讀《魯論語》曰：「學而優則仕，仕而優則學。」是以望東開之閤，永誓依仁；坐北面之窓，唯期肄業〔四〕。非敢隱居而不嫁，秪將直道而自媒〔五〕。今者幸寓樂郊，況栖靜室。登羸則不勞涉遠〔六〕，簞瓢則永遂安貧。豈謂愛閑，誠堪養勇。三年就學，非無慕藺之心〔七〕；一日成功，願滿依劉之志〔八〕。下情無任感恩激切兢惕之至。謹詣衙門，祗候陳謝。謹狀〔九〕。

〔校記〕

〔一〕殺：《國譯孤雲崔致遠先生文集》作「忘」。

〔二〕某：《唐文拾遺》卷四二闕。

〔三〕俸：《四部叢刊》本、徐有榘木活字本、《唐文拾遺》卷四二作「奉」。按：《東文選》卷四七、潘仕成海山仙館叢書本亦作「俸」。

〔四〕肆：底本、《四部叢刊》本作「隸」，訛俗字，今據他本改為正體。

〔五〕秖：徐有榘木活字本、《唐文拾遺》卷四二作「秪」，同字異寫。

〔六〕則：《四部叢刊》本、徐有榘木活字本、《唐文拾遺》卷四一作「而」。

〔七〕無：《四部叢刊》本、徐有榘木活字本、《唐文拾遺》卷四一闕，《國譯孤雲崔致遠先生文集》作「虧」。按：《東文選》卷四七亦作「無」。

〔八〕願：底本「原」作「自」，俗寫體。按：「願」俗寫常作「頋」，作「自」者乃其微變。

〔九〕《東文選》卷四七闕「謹詣衙門祇候陳謝謹狀」十字。

出師後告辭狀

右某伏念來從異域，託在德門。昔曾名列桂科，未知稱意；今忝職居蓮府，始覺榮身。恩既厚於稻粱，跡魼安於萍梗？日增學植〔一〕，月贍書糧。豈期市駿之金，傍沾駑蹇〔二〕；唯愧封侯之印，未效禎祥。今者屬以大憝逋誅，中朝多難，須煩豹略〔三〕，佇滅豺聲〔四〕。伏惟太尉相公〔五〕，身耀福星，均臨庶類；手傾霖雨，遍洗妖氛。遠命舟師〔六〕，重興國祚。華夷則望風競抃，蠢植則尅日當蘇〔七〕。若某者空有肺腸〔八〕，萬重禱祝〔九〕，恨無羽翼，一遂奮飛。望龍節以魂銷，窺虎威而股慄。雖則熊羆之力，共喜安人；其如犬馬之心，常增戀主。下情無任攀依激切涕泣之至云云〔一〇〕。

〔校記〕

〔一〕學植：徐有榘木活字本作「學殖」。按：二者同詞異寫。「學殖」出自《左傳·昭公十八年》：「夫學，殖也；不殖將落。」杜預注：「殖，生長也；言學之進德，如農之殖苗，日新日益。」原指學問的積累增進，後泛指學業、學問。《晉書·王舒傳》：「以天下多故，不營當時名，恒處私門，潛心學植。」元楊載《送丘子正之海鹽州教授》詩：「化爐新鼓樂，學殖重粗耘。」

〔二〕鶩蹇：《四部叢刊》本作「鶩騫」。

〔三〕須：《四部叢刊》本、徐有榘木活字本、《唐文拾遺》卷四二作「頊」。按：《東文選》卷四七亦作「須」，「頊」乃形誤。

〔四〕豺：《四部叢刊》本作「⿰豸寸」，異構字。按：字書未收「⿰豸寸」字。

〔五〕太：底本作「大」，俗寫二者不拘，據諸本改為今字。

〔六〕命：《國譯孤雲崔致遠先生文集》作「明」。

〔七〕尅日：《四部叢刊》本、徐有榘木活字本、《唐文拾遺》卷四二作「剋日」。按：二者同詞異寫，亦作「克日」，謂約定日期。

〔八〕胏：諸本皆作「肺」。按：「胏」同「肺」。《淮南子·時則訓》：「其祀灶，祭先胏。」一本即作「肺」。

〔九〕萬：《四部叢刊》本、徐有榘木活字本、《唐文拾遺》卷四二作「方」。重：潘仕成海山仙館叢書本作「申」。

〔一〇〕謹狀：《東方選》卷四七闕此二字。

謝令從軍狀

右某適見客司奉傳處分〔一〕，令借舟舡随從行李者。深恩既降，壯氣潛伸。勵心而願效驅馳，感德而難勝踴躍〔二〕。伏以某塵中走吏，海外腐儒。五餂非自濟之資，一割無可施之處。唯增慷慨，已分沉淪。豈無投筆之心，時應未偶；空有請纓之志，力且難成。誰謂忽被殊私，不遺賤跡。許随旌旆〔三〕，借賜舟航。蹇足無堪，敢望維駒之念；麼姿何幸，遽叨汎鷁之榮〔四〕。況當泣路之時，永荷濟川之賜。下情無任感戴欣躍兢惕之至。謹狀〔五〕。

〔校記〕

〔一〕奉傳：《四部叢刊》本作「俸傳」，《國譯孤雲崔致遠先生文集》作「捧傳」。按：三者同詞異寫。

〔二〕踴躍：《四部叢刊》本、徐有榘木活字本、《唐文拾遺》卷四二作「踊躍」。按：二者同詞異寫。

〔三〕旌：《四部叢刊》本作「旌」。按：「旌」為「旍」之俗體（考證見卷一一《檄黄巢書》校注〔二〇〕），句中為「旌」之誤字，他本均作「旌」，可為證。

〔四〕汎：底本作「汎」，《四部叢刊》本、徐有榘木活字本、《唐文拾遺》卷四二作「泛」。按：敦煌辭書《正名要録》（斯三八八號）：「汎泛：並浮。」《敦煌俗字典》「泛」字條收有「汎」，作「汎」者乃俗寫。

〔五〕謹狀：《東文選》卷四七闕。

謝借舫子狀

客司奉傳處分，借賜舫子安下者。

某方脱窮鱗，得攀晝鷁。自慙跡在塵吏，忽訝身為水仙。則彼甘寧割錦纜而呈奢，顧愷假布帆而無恙〔一〕。豈若榮栖德宇，又泛仙舟？風波無失所之憂，烟月有搜吟之暇。況清流滿望，暑氣銷威。每當定志安神，則乃銘肌刻骨。謹課七言長句詩一首，齊沐上獻〔二〕。干黷台堦〔三〕，下情無任荷戴兢惕之至。謹狀〔四〕。

〔校記〕

〔一〕假：《四部叢刊》本、徐有榘木活字本、《唐文拾遺》卷四二作「毀」。按：《東文選》卷四七亦作「假」。

〔二〕齊：諸本作「齋」。按：「齊」用同「齋」。《左傳·莊公四年》：「楚武王荆尸，授師孑焉，以伐隨。將齊，入告夫人鄧曼曰：『余心蕩。』」楊伯峻注：「齊同齋，授兵於太廟，故先須齋戒。」

〔三〕干黷：《四部叢刊》本、徐有榘木活字本、《唐文拾遺》卷四二作「干瀆」。按：二者同詞異寫，均指冒犯。《宋書·顔延之傳》：「但時制行及，歸慕無賒，是以腆冒愆非，簡息干黷。」宋蘇轍《四論熙河邊事劄子》：「今日之命，臣雖不言，於臣職事，非有害也，而臣再三干瀆聖聽，誠有説也。」亦其例。

〔四〕謹狀：《東文選》卷四七闕此二字。

謝許奏薦狀

右某昨日見衙前兵馬使曠師禮奉傳處分，特賜慰問，兼許奏薦，令自修狀本來者。俯慙蓬跡，仰聽蘭言。喜抃而身輕欲飛，兢惶而心戰難遏〔一〕。何者？某職叨鄭驛，已謂極榮；名達堯階，實為過望。憑何展效〔二〕，佩此恩光？況乃朗鑒氷開〔三〕，英才霧集。所宜倒屣則先迎王粲，築臺則次接劇辛。如某者輟耕海上之田，來泣塵中之路。雖云遊學，尚未成功。豈料勤勞莫副於指蹤，奬念已全於卵翼〔四〕。許令伐善，將使警愚。每思郄子之驟稱，深慙速謗；欲效黃公之多讓，又恐失時。巽緝拙詞，仰遵嚴命。南宮适之問宣父，實有所歸；東方朔之對漢皇，寧辭自責？既忝風雷之變化，佇期雨露之沾濡。下情無任感戴榮抃兢灼之至。謹奉狀陳謝。謹狀〔五〕。

〔校記〕

〔一〕兢：潘仕成海山仙館叢書本作「驚」。

〔二〕憑：《四部叢刊》本作「凴」，俗寫體。

〔三〕朗：潘仕成海山仙館叢書本作「明」。

〔四〕奬：《四部叢刊》本、徐有榘木活字本、《唐文拾遺》卷四二作「將」。按：《東文選》卷四七亦作「奬」，「將」

乃省旁字。全：潘仕成海山仙館叢書本作「傳」。卯：底本、《四部叢刊》本作「夘」，俗寫體，《敦煌俗字典》「卯」字條收錄此形。

〔五〕《東文選》卷四七闕「謹奉狀陳謝謹狀」七字。

桂苑筆耕集卷第十八

書狀、啓二十五首

賀破淮口賊狀
賀高司馬除官〔一〕
謝職狀啓二首
謝加料錢狀
謝衣段狀
謝借示《法雲寺天王記》狀
謝示《延和閣記碑》狀
謝改職狀
謝探請料錢狀
與恩門裴秀才求事啓一首〔二〕
前湖南觀察巡官裴璙啓〔三〕
獻生日物狀五首
端午日獻物狀二首〔四〕
謝新茶狀
謝櫻桃狀
謝冬至節料狀
謝寒食節料狀
謝社日酒肉狀
謝疋段狀〔五〕

〔校記〕

〔一〕賀高司馬除官：徐有榘木活字本作「賀高司馬除官狀」。

〔二〕一首：徐有榘木活字本闕。

〔三〕前湖南觀察廵官裴璙啓：底本、《四部叢刊》本闕，據徐有榘木活字本補。

〔四〕端午日獻物狀二首：徐有榘木活字本作「端午節送物狀二首」。

〔五〕疋：《四部叢刊》本作「匹」。按：「疋」乃「匹」之俗。《廣韻·質韻》：「匹，俗作疋。」《敦煌俗字典》「匹」字條收此俗形。

賀破淮口賊狀

右某昨日竊聆淮口鎮狀報，今月八日諸軍合勢，殺戮狂賊已盡者。

伏以徐州逆黨〔一〕，偶因嘯聚，敢恣喧張。鴟梟同巢，勢必不久；蟣蝨相吊，生兡幾何？猶懷拒轍之心，未有返轅之意。伏賴太尉相公，雄聲遠振，妙略潛施，謀安四方，决勝千里。遂使淮山樂境，長承虎豹之威〔二〕；泗水孤城，免作鯨鯢之餌。功著於蹔勞永息〔三〕，計資於彼竭我盈。小盜旋除，中興可望。三軍之勇氣方振，百姓之驚魂再蘇。但仰恩威，咸增抃躍。謹祗候陳賀。謹狀。

〔校記〕

〔一〕逆：《四部叢刊》本、徐有榘木活字本、《唐文拾遺》卷四二作「賊」。

〔二〕承：《唐文拾遺》卷四二作「成」。

〔三〕永息：底本誤作「未息」，據諸本改。

賀高司馬除官〔一〕

某啓：伏承司馬二十五郎榮膺寵命，伏惟感慰。伏以漢朝美仕，稱太傅、少傅之榮〔二〕；晉代高流，誇大阮、小阮之譽。然而但欲脱身於利禄，無非縱志於歌吟。於臣則虧報主之誠，為子則失榮親之節。豈共太尉相公重言天應〔三〕，美命風行？遂令司馬二十五郎掛綵衣，披朱紱，動高堂之喜色，振德宇之嘉聲。佐理多閑，藹餘芳於玉樹〔四〕；連官獨貴，掩前哲於竹林。某每愧小儒，忝栖大厦，覩鯤鵬之逸勢，貯燕雀之歡心。下情無任抃躍之至，謹奉啓陳賀。謹啓〔五〕。

〔校記〕

〔一〕賀高司馬除官：徐有榘木活字本作「賀高司馬除官狀」。

〔二〕太傅：《國譯孤雲崔致遠先生文集》誤作「太溥」。

〔三〕共：《四部叢刊》本、徐有榘木活字本、《唐文拾遺》卷四二作「期」。

〔四〕樹：底本、《四部叢刊》本作「樹」，俗寫體。《宋元以來俗字譜》：「樹」：《通俗小說》、《古今雜劇》、《太平樂府》等作「樹」。

〔五〕《國譯孤雲崔致遠先生文集》闕「下情」後文字，僅作「云云」。

謝職狀

右某志雖求己，藝不及人。伏蒙太尉相公仁慈，肉被摧骸，翼成鰕卵〔一〕。難飾片言隻字，粗申感德懷恩。今則久貯血誠〔二〕，敢憑毫素，先甘鼎鑊〔三〕，仰黷旌幢，謹具長書咨陳，下情無任戰灼之至。伏惟特寬罪誅，俯賜念察。謹狀。

〔校記〕

〔一〕卵：底本、《四部叢刊》本作「夘」，俗寫體。按：俗寫亦作「夗」、「卯」，如「鰕卵」的「鰕」，底本從「夘」，《四部叢刊》本則從「卯」，《敦煌俗字典》「卵」字條收錄「夘」、「夗」二形。下不另出校。

〔二〕久：潘仕成海山仙館叢書本作「苟」。

〔三〕鑊：底本右旁作「隻」，俗寫體，《敦煌俗字典》「鑊」字條收錄此形。《四部叢刊》本作「钁」，形近而訛。

長啓

某啓：某伏以短綆不可以汲深，頑鋒不可以剸滯。是故不䏻者止，周任有言。自宜量力而行，豈可從心所欲？某東海一布衣也。頃者萬里辭家，十年觀國，本望止於牓尾科第〔一〕，江淮一縣令耳。前年冬罷離末尉，望應宏詞。計决居山，暫為隱退；學期至海，更自琢磨。俱緣禄俸無餘〔二〕，書糧不濟〔三〕，輙携勃窣，來掃膺門。豈料太尉相公迥垂奬怜〔四〕，便署職秩。跡趁鄭驛，身寓陶窓〔五〕。免憂東郭之貧，但養北宫之勇。去年中夏〔六〕，伏遇出師，忽賜招呼，猥加驅策，許隨龍旆，久倚鷁舟。每恨布鼓音凡，鉛刀器鈍。縱傾肝膽，莫副指蹤。遽蒙念以慕善依仁〔七〕，特賜奏薦。重言天應，忝獲超昇。若非九重倚賴於功名〔八〕，十道遵承於法令，則其恩命，亦豈肯許？某自江外一上縣尉，便授内殿憲秩，又兼章紱。且見聖朝簪裾、烜赫子弟，出身入仕，二三十年，猶掛藍袍〔九〕，未趁蓮幕者多矣。况如某異域之士乎？昔有一日九遷，無以及斯榮盛。某嘗讀《魯論》，見仲尼使漆雕開仕，對曰：「仕進之道，未能究習。」善其深志，夫子致悦。某雖魱不敏，竊有慕焉。昨蒙恩慈，特賜轉職。尋已具狀陳讓，兼納所賜公牒。伏奉批誨，即有勑命，但請收之。某既蒙未允至誠，固且仰遵嚴旨。立愧形影，坐驚神魂。每當夜對寒釭〔一〇〕，曉窺清鏡，感激而頤横涕雨〔一一〕，憂惶而背浹汗漿〔一二〕。雖榮擺脱於風塵，倍赧汚黷於門館〔一三〕。伏以太尉相公雄名峻望，碩德茂勳，不唯雲覆九州，抑亦風揚萬國。寓目傾耳，仰為指南。儒武所歸，一人而已。是以諸道景附，馬首是瞻。其如都統巡官，須選人材稱職，外塞四方之望，内資千乘之威〔一四〕。若令某塵玷恩知〔一五〕，尸素寵位〔一六〕，但恐賈戎狄之笑，沽史傳之譏。昔漢朝金日磾常在武帝左右，帝欲别加寵遇，日磾辭曰：「臣外國人，且使匈奴輕漢。」某今日之請，實在於茲。諸廳郎官，早陳公議。蓋以賤無妨貴，欲令夷不亂華。某伏自前年得在門下〔一七〕，更無知識，唯謁諸廳。幕中垂情〔一八〕，幸而獲宥。竊聆太尉相公去年夏於東塘顧問某之時〔一九〕，諸郎官同力薦揚〔二〇〕，和之如響，遂沾厚遇，遽竊殊榮〔二一〕。昨者繼陳讜言，不徇尊旨。實乃惜太尉相公之名望，存淮南藩府之規儀。事體不虧，裨贊斯在。冬末面奉處分，欲使別開院宇。雖承恩諾，轉切憂懷。何者？《六韜》曰：「人才大小，猶如斗也，不可盛石，滿則棄矣。」故孔子云：「孟公綽為趙、魏老則優，不可以為滕、薛大夫。」今者甘寘嚴誅，輒傾真懇，乞解所職，官謗可也〔二二〕。伏惟太尉相公，特賜允從，今得其所〔二三〕。儻蒙未垂擯棄，猶許依栖，則望或別補冗員〔二四〕，或薄支虛給〔二五〕。一枝數粒，可養羽毛；斗水尺波，得安鬐鬣。固非矯飾廉讓為名，實願揣量分涯，免成負累恩德。《春秋傳》曰〔二六〕：「齊侯使敬仲為卿，辭曰：『羈旅之臣，免於罪戾，施於負擔〔二七〕，所獲多矣，敢辱高位，請以死告。』使為工正，不失令名。」故事昭彰，卑誠悃愊。守道而得無恠矣〔二八〕，登門而免見眄之〔二九〕。但藥臼留恩，終有淩雲之望；蓍簪掛念，永無委地之愁。干冒台威，下情無任懇迫憂兢之至。謹啓〔三〇〕。

〔校記〕

〔一〕第：底本、《四部叢刊》本作「弟」，二者俗書不拘。

〔二〕俱：《東文選》卷四五作「但」。

〔三〕糧：《四部叢刊》本作「米」旁著「量」之形。按：此形未見字典收錄，當為「粮」之異構，他本均作「粮」或「糧」。

〔四〕怜：諸本均作「憐」。按：「怜」為「憐」之俗寫體。

〔五〕窓：《四部叢刊》本作「宀」下著「忽」之形，俗寫體。

〔六〕中夏：《東文選》卷四五作「仲夏」。按：二者義同，指夏季的第二個月，即農曆五月。因處夏季之中，故稱。《書・堯典》：「日永星火，以正仲夏。」《周禮・夏官・大司馬》：「中夏，教茇舍，告振旅之陳。」即其例。

〔七〕蒙：《東文選》卷四五闕。

〔八〕倚：《國譯孤雲崔致遠先生文集》作「依」。

〔九〕掛：底本作「桂」，《四部叢刊》本作「挂」，俗寫二者不拘，玆據諸本改為「掛」。

〔一〇〕釭：底本「金」旁作「缶」，異構字。

〔一一〕頤：《四部叢刊》本、《唐文拾遺》卷四二作「頭」。

〔一二〕憂：底本作「憂」，俗寫體。下不另出校。

〔一三〕赧：底本、《四部叢刊》本作「𧹞」，異構字。《玉篇・皮部》：「𧹞，慙而面赤，今作赧。」汚黷：《四部叢刊》本、徐有榘木活字本、《唐文拾遺》卷四二作「汚瀆」。按：二者同詞異寫。

〔一四〕千：《四部叢刊》本、徐有榘木活字本、《唐文拾遺》卷四二作「十」。按：據文意，當作「千」。

〔一五〕令：《四部叢刊》本、徐有榘木活字本、《唐文拾遺》卷四二作「今」。按：《東文選》卷四五、《國譯孤雲崔致遠先生文集》亦作「令」，當為原文。

〔一六〕寵：底本及《四部叢刊》本、徐有榘木活字本、《唐文拾遺》卷四二均闕，據《東文選》卷四五、《國譯孤雲崔致遠先生文集》補。

〔一七〕某：《東文選》卷四五闕。

〔一八〕情：《東文選》卷四五誤作「幘」。

〔一九〕太：底本作「大」，二者古今字，據諸本改為今字。

〔二〇〕薦揚：底本作「薦楊」，「揚」、「楊」俗寫不拘，據諸本改為正字。

〔二一〕竊：《國譯孤雲崔致遠先生文集》作「叨」，二者義近。

〔二二〕乞解所職官謗可也：潘仕成海山仙館叢書本作「乞解所職以弭官謗可也」。

〔二三〕今：《唐文拾遺》卷四二、潘仕成海山仙館叢書本作「令」。

〔二四〕或：《四部叢刊》本、徐有榘木活字本誤作「成」。

〔二五〕支：《四部叢刊》本作「攴」，俗寫體。按：從「支」之字如「技」、「伎」、「枝」等，《四部叢刊》本亦如此作。

〔二六〕傳曰：潘仕成海山仙館叢書本脱此二字。

〔二七〕施：底本作「施」，俗别體，俗寫「方」、「㫃」常無别。唐張文成《遊仙窟》有「路逢西施」句，句中「施」，真福寺鈔本即作「弛」。擔：底本、《四部叢刊》本「詹」作「詹」，俗寫體。

〔二八〕性：徐有榘木活字本、《唐文拾遺》卷四二作「慳」，潘仕成海山仙館叢書本作「陛」，《國譯孤雲崔致遠先生文集》小注：「或『怪』字。」按：「陛」乃「性」之訛，「性」謂錯誤。《文選・揚雄〈解嘲〉》：「故有造蕭何之律於唐虞之世，則性矣。」李善注引服虔曰：「性，猶繆也。」

〔二九〕眄：徐有榘木活字本、《唐文拾遺》卷四二作「眄」。按：當作「眄」，「眄」指輕視。《列子・黃帝》：「子華之門徒……顧見商丘開年老力弱，面目黎黑，衣冠不檢，莫不眄之。」

〔三〇〕謹啓：《東文選》卷四五闕。

謝加料錢狀

右某今日某官奉傳處分，每月加給料錢二十貫者。

某厚沾職俸，過贍書粮〔一〕。羝羊之角且不羸〔二〕，鼴鼠之腹能易滿。唯憂福盛，難報恩深。豈料筆端乏白鳳之詞，日無可效；囊底獲青鳧之術〔三〕，月有所增。但懷臨谷之心，恐敗負山之力。唯願除供陋巷之食，分濟遠鄉之親。同感厚恩，永傳遐俗〔四〕。或成浮費，必速幽誅。下情無任荷戴兢惶涕泣之至。

【校記】

〔一〕粮：《四部叢刊》本作「米」旁著「畺」之形，異構字，諸本均作「粮」或「糧」。

〔二〕羝：底本「氐」作「氏」，減筆俗字。

〔三〕青鳧：《國譯孤雲崔致遠先生文集》、潘仕成海山仙館叢書本作「青蚨」。按：二者義同。舊題漢郭憲《洞冥記》卷四：「帝昇望月臺，時暝望南端，有三青鴨羣飛，俄而止於臺……青鴨化爲三小童，皆著青綺文襦，各握鯨文大錢五枚，置帝几前。身止影動，因名輕影錢。」後因以「青鳧」指錢。南朝梁元帝《與諸藩令》：「即日青鳧朽貫，紅粟盈倉。」北周庾信《謝明皇帝賜絲布等啟》：「況復全抽素繭，雪板疑傾；併落青鳧，銀山或動。」即其例。而「青蚨」乃傳說中的蟲名。《太平御覽》卷九五〇引漢劉安《淮南萬畢術》：「青蚨還錢：青蚨一名魚，或曰蒲，以其子母各等，置甕中，埋東行陰垣下，三日後開之，即相從。以母血塗八十一錢，亦以子血塗八十一錢，以其錢更互市，置子用母，置母用子，錢皆自還。」後亦用以指錢。唐寒山《詩》之一二〇：「囊裏無青蚨，篋中有黃絹。」亦其例也。

〔四〕俗：《唐文拾遺》卷四二作「谷」，省旁字。

謝衣段狀

某啓：伏蒙恩慈，賜及生衣段一十疋者。

伏以風雖觧愠，日可畏威，始當蒸欝之時，忝受鮮華之賜。敢效八公之侶，欲衒六銖；但隨百姓之歡，同歌五袴。況乃某幸趍台陛〔一〕，榮託德門，實資千載之遭逢，每濟四時之服飾。愍念而情俞父母〔二〕，稱揚而禮異賓僚。今者輕縠衫材，細練襦制，俾趍儉幕〔三〕，許曳鄒裾。雖恩耀遠人，足呈姸於鮫室；而名慙奇士，甘致刺於鵜梁。下情無任感戴之至。

〔校記〕

〔一〕陛：《四部叢刊》本、徐有榘木活字本、《唐文拾遺》卷四二作「階」。按：潘仕成海山仙館叢書本亦作「陛」。「陛」、「階」義同。

〔二〕俞：諸本皆作「踰」，通用字。《史記·蒙恬列傳》：「若知賢而俞弗立，則是不忠而惑主也。」司馬貞索隱：「『俞』即『踰』也。音『臾』。謂知太子賢而踰久不立，是不忠也。」父母：《國譯孤雲崔致遠先生文集》作「骨肉」。

〔三〕儉幕：徐有榘木活字本、《國譯孤雲崔致遠先生文集》作「黔幕」。按：當作「儉幕」。「儉幕」即「蓮幕」、「蓮府」。《南史·庾杲之傳》：「(王儉)用杲之爲衛將軍長史。安陸侯蕭緬與儉書曰：『盛府元僚，實難其選。庾景行汎淥水，依芙蓉，何其麗也！』時人以入儉府爲蓮花池，故緬書美之。」後因稱幕府為「儉幕」、「蓮幕」或「蓮府」。

謝借示《法雲寺天王記》狀

某啓：昨日伏蒙恩慈，借示《修法雲寺天王碑》。綵毫乍閱，俗眼初醒。唯慙鐵印之傭流〔一〕，忽睹銀鉤之妙跡〔二〕。既成國寶，豈許家藏？竊聆將勒貞碑〔三〕，始揮神筆。風亭減暑〔四〕，天酒呈祥。

固知垂露之蹤，便成甘露；况假崩雲之勢，永耀法雲。宜乎琬琰之詞，鎮彼瑠璃之地，共傳嘉瑞，遠振芳聲〔五〕。然則隋煬帝之故都，永為寶窟；謝將軍之舊宅，終作福田。下情無任捧讀師禱榮懼之至〔六〕。其碑謹專諮納。謹狀〔七〕。

〔校記〕

〔一〕傭：潘仕成海山仙館叢書本作「庸」，省旁字。

〔二〕銀鉤：《唐文拾遺》卷四二作「銀鈎」。按：二者同詞異寫，喻遒媚剛勁的書法。唐杜甫《陳拾遺故宅》詩：「到今素壁滑，灑翰銀鈎連。」是其例。妙跡：《四部叢刊》本、徐有榘木活字本、《唐文拾遺》卷四二作「妙迹」。按：二者同詞異寫。

〔三〕勒：《四部叢刊》本作「勑」，徐有榘木活字本作「勅」，均為形近而誤。

〔四〕亭：《四部叢刊》本、《唐文拾遺》卷四二作「停」，通用字。《漢書・西域傳上》：「其水亭居，冬夏不增減。」《敦煌變文集・維摩詰經講經文》：「解奏宮商，織女而忽然亭罷。」是其例。

〔五〕遠：潘仕成海山仙館叢書本作「永」，二者義近。

〔六〕師：徐有榘木活字本、《唐文拾遺》卷四二作「祠」，《國譯孤雲崔致遠先生文集》、潘仕成海山仙館叢書本作「祈」。

〔七〕《東文選》卷四七闕「其碑謹專諮納謹狀」八字。

謝示《延和閣記碑》狀

某啓：昨日觀察衙推邵宗奉傳處分〔一〕，賜及《延和閣記碑》本一軸者。跪展真蹤，仰窺臣節。對銀鈎而手舞足蹈〔二〕，望玉輦而魂飛膽揚。伏以太尉力贍補天，心勤捧日。遂啓遷都之議，佇聆徙蹕之期。恭候宸遊〔三〕，儼成壯觀。但以尋章摘句，素非吴主之心〔四〕；進牘抽毫，唯在陳王之命。爰令幕客，謹撰碑詞。支使侍御，丘門顔回，融帳盧植，[illegible]揮直筆〔五〕，妙寫尊襟。敘三年望幸之丹誠，則皷傳衆聽；述一片勤王之忠節，則鏡照群迷。實乃酣飫德馨，備陳事實。永使奇功秘略，皆令陋古榮今。太尉相公志切迎鑾，喜勝覽檄〔六〕。既贊美於凌雲百尺，將掩能於入木八分〔七〕。遂乃親染綵毫，俾鐫翠琰。隨手而龍虵旋活〔八〕，迎鋒而劍戟交横〔九〕。畫玉點珠，豈可比《蘭亭》醉本；撇雲挑霧，只宜示蓬島真仙〔一〇〕。誰料末儒，亦叨殊貺。輒敢覬覦獎顧〔一一〕，是知誘諭孱庸。何則？名題桂宫〔一二〕，跡隷蓮府〔一三〕，雖忝一時之有遇，實無萬代之可稱。今者支使侍御以好善心〔一四〕，得稽古力，騁真才子之藻思，辱大丞相之筆蹤，雅為賔席殊榮〔一五〕，別是儒家盛事。則彼郭隗受黄金厚禮，虞卿沾白璧深恩，强欲比方，却成浼黷〔一六〕。然則四方舐墨含筆之士也〔一七〕，莫不競效嚬眉之態，潛希唾口之恩，仰循循然〔一八〕，勤慥慥爾。如某者學海至海，雖云有心；執柯伐柯，猶恐傷手。持獘箒而徒增健羨，遇神錐而便欲投降。唯願讀五千卷之書，庶幾入室；把十九年之刃，無愧發硎。每睹仙書，更敦壯志。稍希異闕党童子，何敢望儒林丈人？其所賜碑，唯慎捧持，敢矜披閱？待過天池之外，遍誇日域之中。想彼驪龍頷下之珠，永當減價；巨鼇頭上之客，必欲偷看。下情無任寶玩師仰之至。

〔校記〕

〔一〕奉傳：潘仕成海山仙館叢書本作「傳奉」。

〔二〕銀鉤：《四部叢刊》本、徐有榘木活字本、《唐文拾遺》卷四二作「銀鉤」。按：二者同詞異寫。

〔三〕候：底本作「侯」，俗寫二者不拘，今據諸本改為通行字體。

〔四〕吴主：徐有榘木活字本作「吴王」。

〔五〕直筆：《四部叢刊》本、《唐文拾遺》卷四二、《國譯孤雲崔致遠先生文集》、潘仕成海山仙館叢書本作「真筆」。按：當作「直筆」。「直筆」指史官據事直書，無所避忌。晉葛洪《抱朴子·吴失》：「若苟諱國惡，纖芥不貶，則董狐無貴於直筆，賈誼將受譏於《過秦》乎？」南朝梁劉勰《文心雕龍·史傳》：「奸慝懲戒，實良史之直筆。」唐劉知幾《史通·曲筆》：「古來唯聞以直筆見誅，不聞以曲詞獲罪。」均其例。

〔六〕檄：底本作「擻」，俗別字。此據諸本改為正體。《四部叢刊》本「身」旁作「身」，亦俗寫體。

〔七〕木：《四部叢刊》本、徐有榘木活字本誤作「水」。按：《東文選》卷四七、《唐文拾遺》卷四二、潘仕成海山仙館叢書本均作「木」。「入木八分」猶「入木三分」，謂筆力勁健。《説郛》卷八七引唐張懷瓘《書斷·王羲之》：「王羲之書祝版，工人削之，筆入木三分。」近人馬宗霍《書林藻鑒·唐五代·顔真卿》引周必大語：「魯公書《杜濟神道碑》，沉著端重，真可入木八分。」辭書失收「入木八分」。

〔八〕龍虵：《四部叢刊》本、徐有榘木活字本、《唐文拾遺》卷四二作「龍蛇」。按：二者同詞異寫，指飛動圓轉的筆勢，或飛動的書法。

〔九〕鋒：《國譯孤雲崔致遠先生文集》、潘仕成海山仙館叢書本作「風」。戟：「戟」之異體字。《篇海類編·器用類·戈部》：「戟，亦作戟。」下不另出校。

〔一〇〕宜：《國譯孤雲崔致遠先生文集》誤作「宣」。

〔一一〕奬：《四部叢刊》本、徐有榘木活字本、《唐文拾遺》卷四二作「將」，省旁字。顧：《四部叢刊》本作「頋」，異構字。敦煌辭書斯三八八號《正名要錄》：「顧：回顧，又相承作此頋字。」《廣碑別字》引齊《徐之才墓誌》，「顧」即如此作。《敦煌俗字典》「顧」字條亦收此形。

〔一二〕桂宮：徐有榘木活字本誤作「桂官」。

〔一三〕隸：異構為「隸」，底本左下之「示」作「天」，《四部叢刊》本左下之「示」作「矢」，均訛俗字，今據他本改為正體。

〔一四〕支：底本誤作「友」，據諸本改。

〔一五〕雅：徐有榘木活字本、《唐文拾遺》卷四二誤作「推」。按：《東文選》卷四七亦作「雅」，「雅」與「別」對言，皆為副詞，義為甚、很。

〔一六〕浼黷：《四部叢刊》本、徐有榘木活字本作「浼瀆」，《唐文拾遺》卷四二作「浼瀆」。按：三者同詞異寫，均指玷污、褻瀆，多用作謙詞。

〔一七〕舐：《四部叢刊》本、《唐文拾遺》卷四二作「舐」。按：「舐」為「舐」之俗寫。唐慧琳《一切經音義》卷二九：「舐，經本作舐，俗用字也。」含：底本作上「𠆢」下「古」之形，簡俗體。按：此俗形至為鮮見，俗字典中亦未見收錄。

〔一八〕循循：《四部叢刊》本、徐有榘木活字本、《唐文拾遺》卷四二作「脩脩」，訛俗體，漢碑中多見。

謝改職狀

右某伏蒙仁恩，特賜公牒，改署館驛巡官，令隨旌旆西去者〔一〕。

雖命重難荷，而身輕欲飛。稱心懷捧檄之榮〔二〕，滿口詠從軍之樂。唯慙幽劣，有辱奬憐〔三〕。感恩而既識海深，舉步而但憂氷薄。况無孫搴之精騎，自比顔峻之小兒。將何以剖折事機，游揚德業？然所願者，得睹龍飛玉劒，豹掣牙旗，風雷振大捷之聲，日月照中興之運。則某也有望於一言長價，或為天上之人；萬里從知，免作池中之物。行唯踴躍，坐則禱祠〔四〕。下情無任榮抃兢灼之至，謹齋沐祇候陳謝〔五〕。

〔校記〕

〔一〕令：《四部叢刊》本誤作「今」。旍：《四部叢刊》本作「旍」。按：「旍」為「旋」之俗體（考證見卷一一《檄黃巢書》校注〔二〇〕），句中為「旍」之誤字，他本均作「旍」，可為證。

〔二〕檄：底本、《四部叢刊》本作「撽」，俗書「扌」、「木」不拘，據諸本改為正體。按：「捧檄」一詞用典，謂東漢人毛義有孝名。張奉去拜訪他，剛好府檄至，要毛義去任守令，毛義拿到檄，表現出高興的樣子，張奉因此看不起他。後來毛義母死，毛義終於不再出去做官，張奉才知道他不過是為親屈，感歎自己知他不深。見《後漢書·劉平等傳序》。後以「捧檄」為為母出仕的典故。唐駱賓王《渡瓜步江》詩：「捧檄辭幽徑，鳴榔下貴洲。」南唐伍喬《送江少府授延陵後寄》詩：「東書西上謁明主，捧檄南歸慰老親。」

〔三〕憐：《四部叢刊》本作「怜」，俗寫體。唐顔元孫《干祿字書》：「怜憐：上俗，下正。」

〔四〕禱祠：《國譯孤雲崔致遠先生文集》作「禱祈」，二者義同。

〔五〕《東文選》卷四七闕「謹齋沐祇候陳謝」七字。祇候：《四部叢刊》本作「衹候」，徐有榘木活字本、《唐文拾遺》卷四二作「祗候」。按：三者同詞異寫。「衹」乃「祗」之俗構。

謝探請料錢狀

某啓：某頃者西笑傾懷，南音著操。蓬飛萬里，迷玉京之要路通津；桂折一名，作金牓之懸疣附贅。乃是常常之事，徒云遠遠而來。海隅未覺於榮家，江徼況勞於佐邑。由是詠《南陔》而引咎，望東道以知歸。伏蒙太尉念掃德門，許遷代舍。濡毫染牘，深慚雪苑之清才；頂豸腰魚〔一〕，遽忝霜臺之峻秩。傳天上披朱之命〔二〕，榮日邊垂白之親。以宣父見知，則實同陳隼；以遠人多幸，則不讓漢貂。雖乖就養無方〔三〕，必想宗族稱孝〔四〕。然而烟波阻絶，難申負米之心；風雨凄凉，空灑梁山之泣。既踈温清，又闕旨甘，但切責躬，敢言養志？況久無鄉使〔五〕，難附家書，唯吟陟岵之詩，莫遇渡溟之信。今有本國使舡過海，某欲買茶藥，寄附家信。伏緣蹄涔易竭〔六〕，溝壑難盈，不避嚴誅，更陳窮懇。伏惟太尉念以依門舘次三千客，別庭闈已十八年，既免行傭，有希反哺〔七〕，特賜採給三箇月料錢。所冀禄遂及親，遠分光於異域；志魼求己，永投跡於仙鄉。干瀆台堦〔八〕，下情伏增感泣兢悸懇迫之至。其請錢狀，別具上呈云云〔九〕。

〔校記〕

〔一〕腰：底本作「⿱覀月」，俗寫體，《敦煌俗字典》「腰」字條收有此形。

〔二〕朱：徐有榘木活字本、《唐文拾遺》卷四二作「衷」，《四部叢刊》本作「衰」。按：原文當作「朱」，「衰」乃「衷」之俗書。

〔三〕乖：底本、《四部叢刊》本作「乖」，俗寫體，《敦煌俗字典》「乖」字條收有此形。

〔四〕必：《四部叢刊》本、徐有榘木活字本、《唐文拾遺》卷四二作「久」。

〔五〕久：《四部叢刊》本、徐有榘木活字本、《唐文拾遺》卷四二作「又」。按：《東文選》卷四七亦作「久」。

「久」、「又」形近，「又」字形誤。

〔六〕竭：《四部叢刊》本、徐有榘木活字本、《唐文拾遺》卷四二作「渴」。按：《東文選》卷四七、潘仕成海山仙館叢書本亦作「竭」。「竭」、「渴」形近，「渴」蓋形誤。

〔七〕反哺：《四部叢刊》本、《唐文拾遺》卷四二作「及哺」。按：「反」、「及」形近，「及」蓋形誤。「反哺」喻報答親恩。晉成公綏《烏賦》：「雛既壯而能飛兮，乃銜食而反哺。」宋梅堯臣《思歸賦》：「嗷嗷晨烏，其子反哺。」即其例。

〔八〕干黷：《四部叢刊》本、徐有榘木活字本、《唐文拾遺》卷四二作「干瀆」。按：二者同詞異寫，均指冒犯。台堦：《四部叢刊》本、徐有榘木活字本、《唐文拾遺》卷四二作「台階」，同詞異寫。

〔九〕《東文選》卷四七闕「其請錢狀别具上呈云云」十字。

與恩門裴秀才求事啓

某伏念身託德門〔一〕，光生異域。雖池蛟得雨，無沉埋末路之憂；而海燕銜泥〔二〕，有點汚畫梁之罪。跡賤而兢惶倍切，恩深而展效何期？豈合更寫卑誠，仰塵尊德？但以事非獲已，情或可哀。不辭鈇鉞之誅，兾滿斗筲之望。伏緣某昨聆座主侍郎主銓東洛〔三〕，道路不通，且在襄州，行李極困。早欲發遣專使，切緣力未副心。今有諸院弟裴璙〔四〕，遠將窮懇相告，輒具别狀，干黷台堦〔五〕。下情無任戰惕之至〔六〕。

〔校記〕

〔一〕託：《四部叢刊》本、徐有榘木活字本、《唐文拾遺》卷四二作「托」，通用字。

〔二〕銜：《四部叢刊》本、徐有榘木活字本、《唐文拾遺》卷四二作「含」。

〔三〕侍郎：《四部叢刊》本誤作「侍邦」。

〔四〕諸院弟：《四部叢刊》本、徐有榘木活字本、《唐文拾遺》卷四二作「諸兄弟」。裴瑹：《四部叢刊》本誤作「裴僚」。按：「僚」為「僚」之俗。

〔五〕干黷：《四部叢刊》本、徐有榘木活字本、《唐文拾遺》卷四二作「干瀆」。台堦：《四部叢刊》本、徐有榘木活字本、《唐文拾遺》卷四二作「台階」。按：均為同詞異寫。

〔六〕下情無任戰惕之至：《國譯孤雲崔致遠先生文集》作「下情無任云云」。戰惕：《四部叢刊》本、徐有榘木活字本、《唐文拾遺》卷四二作「戰灼」，二者義同。

前湖南觀察巡官裴瑹〔一〕

右件人是某座主侍郎再從弟，某去乾符三年冬到湖南起居座主侍郎之時〔二〕，見於諸院弟兄中，偏所記念。自數年繼遭剽刧，生計蕩盡，骨肉凋零，久在江南。近投當府，願披情懇，泣告尊慈，駐留多時。不幸疾苦，遂且扶持發去。云欲逕往襄陽，迎接侍郎。今得書云：行至滁州〔三〕，前去未得。道途既阻，溝壑是虞。況乃孤孀三十餘口，更無產業，未卜定居。伏緣某家寄日邊，路踰天外，杳無來信，固絕他圖。既無寸土以分耕，寧有尺波而假潤？是以不量僭越，輒具薦論。命懸沸鼎之中，目斷台堦之下〔四〕。非不知捋虎鬚之險〔五〕，非不知探龍頷之難，但緣既忝門生，豈論賓貢？鴛鸞之與螻蟻，感恩皆同；多士之與遠人，報德何異？伏乞太尉相公，念以程窮計盡，愍其杜促聲哀〔六〕，特賜於廬、壽管內場院，或堰埭中補署散職。所兾月有俸入〔七〕，便獲安家。裴璙即自到襄州〔八〕，令弟璹仰副驅策。不度涯分，浼黷尊嚴〔九〕，下情無任感泣兢懼之至。

〔校記〕

〔一〕前湖南觀察巡官裴璙：徐有榘木活字本作「前湖南觀察巡官裴璙啟」。

〔二〕乹：「乾」之俗寫體。唐顏元孫《干祿字書》：「乹乹乾：上俗，中通，下正。」《敦煌俗字典》「乾」字條收錄此形。

〔三〕滁：底本上著「艸」，訛俗字，今據諸本改為通行字體。

〔四〕台堦：《四部叢刊》本、徐有榘木活字本、《唐文拾遺》卷四二作「台階」。按：二者同詞異寫。

〔五〕捋：《國譯孤雲崔致遠先生文集》誤作「將」。

〔六〕愍：底本「民」字缺末筆，或為避高麗恭愍王之名諱。《唐文拾遺》卷四二作「憫」，通用字。《四部叢刊》本、徐有榘木活字本皆闕。《國譯孤雲崔致遠先生文集》作「憐」。

〔七〕俸入：《四部叢刊》本、《國譯孤雲崔致遠先生文集》作「捧入」，潘仕成海山仙館叢書本訛作「俸俸」。

〔八〕即：底本作「郎」，實為「即」之訛俗字。按：此訛俗字又見卷一四《許勍授廬州刺史》、卷一九《謝周繁秀才以〈小山集〉見示》。今據《四部叢刊》本、徐有榘木活字本、《唐文拾遺》卷四二等改為通行字體。

〔九〕浼黷：《四部叢刊》本、徐有榘木活字本、《唐文拾遺》卷四二作「浼瀆」。按：二者同詞異寫，均指玷污、褻瀆，多用作謙詞。

獻生日物狀三首〔一〕

某啓：伏以降跡仙山，為行恩於俗界；挺神維嶽，期定亂於危時。是以杞梓材長〔二〕，松椿壽永〔三〕，名字已標於金籙，兵符暫理於玉鈐。伏惟太尉相公，員嶠稟靈，尼丘誕質，大任天降，中庸日彰。四夷識傾膽之門，遠栖仁蔭；萬姓歸返魂之域，盡飽德馨。況今秦甸停氛，鎬京聚孽。息虎旅奔沉之患，望豹篇擒縱之機。暫施決勝之謀，永致昇平之運。則必坐寧環海，後當去會瑤池。五色輕雲，鎮隨行止；千年素鶴，競效驅馳。獨保長生，却登真位。調鼎佐玉皇之命，銜杯聽金母之歌。自此漢室公卿，仰羡而空知望斷；仙家朋友，相逢而不訝來遲。某居近鼇峰，遇深驥阪〔四〕。每睹張良之術，唯吟郭璞之詩。喜對令辰〔五〕，敢陳善祝。龜蚍病骨，叨承救活之恩；雞犬癡心，竊有奮飛之望。下情無任虔禱依攀欣抃之至。輙以海東藥物，輕黷尊嚴，謹具別幅，伏惟俯賜念察。謹狀〔六〕。

又狀

某啓：某聆天降賢人，濟天下之人也。是以材含地寶〔七〕，性契天和。高闢德門，深匡帝室。伏惟太尉相公漢師仙格，魯聖儒機。推心於三代之英，鍊氣於五行之秀。今者正融韶景，共慶誕辰。四方飽開閤之恩，萬族獻稱觴之懇。伏惟龍韜蹔展，靜卷妖氛，鳳輦遄歸，永興清運。然後誠白石生之妙術，從赤松子之勝遊。鼇頭擎五色之雲，久勞西望；豹尾指二京之路，暫事北征。佇揚滅寇之勳，便舉朝真之禮。某栖身大厦，祝壽中春〔八〕。下情無任禱祠歌詠欣躍之至〔九〕。謹具別狀，輙申微誠。伏惟恩慈，俯賜念察。謹狀〔一〇〕。

物狀

海東人形參一軀，銀裝龕子盛〔一一〕。

海東實心琴一張，紫綾帒盛〔一二〕。

右伏以慶資五福〔一三〕，瑞降三清。中春方盛於香風，上德乃生於遲日。凡荷獎延之賜，合申獻賀之儀。前件人參并琴等，形稟天成，韻含風雅。具體而既非假貌，全材而免有虛聲。况皆采近仙峯，攜來遠地。儻許成功於藥臼，必願捐軀；如⿰飠去入用於蓬壺，可知實腹。誠慙菲薄，巽續延長。塵黷尊嚴，倍增戰惕〔一四〕。伏惟俯賜容納，下情幸甚〔一五〕！

《蓬萊山圖》一面。

右伏以仲陽煦景〔一六〕，仙界降真。雖長生標金籙之名，而衆懇祝玉書之壽。前件圖千堆翠錦，一朶青蓮。雪濤蹙出於墨池，鯨噴可駭；雲嶠涌生於筆海，鼇戴何輕。不愧瑣微，輒將陳獻。望卧龍而股慄，随賀燕以魂飛。伏惟略鑒心誠，俯賜容納。所冀近台座而永安寰海，展仙齋而便對家山。許沾一顧之榮，預報三清之信。輕黷視聽，下情無任禱祝歌謠兢惕之至〔一七〕。

人參三斤，天麻一斤〔一八〕。

右伏以昴宿垂芒〔一九〕，尼丘降瑞。始及中和之節，爰當大慶之辰。仰沭尊慈〔二〇〕，合申卑禮。前件藥物，採從日域，來涉天池。雖征三椏五葉之名，慙無異質；而過萬水千山之險，貴有餘香。不揆輕微，輒將陳獻。所冀海人之藥，或同野老之芹〔二一〕。伏惟特恕嚴誅，俯容情懇。續靈壽則後天不老〔二二〕，駐仙顔而與日長新。下情無任禱祝忻躍兢惕之至，謹狀〔二三〕。

〔校記〕

〔一〕獻生日物狀三首：徐有榘木活字本題作「獻生日物狀」。

〔二〕杞：底本作「杞」，俗寫二者不拘，今據諸本改為通行字體。按：「杞梓」指杞和梓，兩木皆良材。《左傳·

襄公二十六年》：「晉卿不如楚，其大夫則賢，皆卿材也。如杞梓、皮革，自楚往也。雖楚有材，晉實用之。」杜預注：「杞、梓皆木名。」

〔三〕椿：徐有榘木活字本作「春」，省旁字。

〔四〕阪：底本誤作「坂」，據諸本改。

〔五〕令辰：《四部叢刊》本、徐有榘木活字本、《唐文拾遺》卷四二誤作「今辰」。

〔六〕《東文選》卷四七闕「伏惟俯賜念察謹狀」八字。

〔七〕含：《四部叢刊》本、徐有榘木活字本、《唐文拾遺》卷四二誤作「合」。

〔八〕壽：《國譯孤雲崔致遠先生文集》作「禱」。

〔九〕禱祠：《國譯孤雲崔致遠先生文集》作「禱祈」，二者義同。

〔一〇〕《東文選》卷四七闕「伏惟恩慈俯賜念察謹狀」十字。

〔一一〕《東文選》卷四七闕「銀裝龕子盛」五字。

〔一二〕《東文選》卷四七闕「紫綾帒盛」四字。

〔一三〕以：《國譯孤雲崔致遠先生文集》作「心」。

〔一四〕戰惕：《四部叢刊》本、徐有榘木活字本、《唐文拾遺》卷四二作「戰灼」，二者義同。

〔一五〕《東文選》卷四七闕「下情幸甚」四字。

〔一六〕仲陽：《四部叢刊》本、徐有榘木活字本、《唐文拾遺》卷四二作「重陽」。

〔一七〕兢惕：《四部叢刊》本、徐有榘木活字本、《唐文拾遺》卷四二作「兢灼」，二者義同。

〔一八〕《韓國文苑》卷四作「饋人天麻人參」。

〔一九〕昴：底本「卯」作「夘」，俗寫體。

〔二〇〕沭：「沭」之俗寫體，《韓國文苑》卷四作「沐」，形近而誤。

〔二一〕之：《國譯孤雲崔致遠先生文集》脱。

〔二二〕績：《東文選》卷四七作「積」，徐有榘木活字本、《唐文拾遺》卷四二作「續」。按：「績」、「積」通用字，「績」義同「續」。《左傳·昭公元年》：「子盍亦遠績禹功而大庇民乎？」「績」即「續」也。不老：《四部叢刊》本、徐有榘木活字本、《唐文拾遺》卷四二作「而老」。

〔二三〕謹狀：《東文選》卷四七闕。

端午節送物狀

織成窣幞一條〔一〕。

右伏以晏陰將定，令節俄臨。遇天地之仁時，睹江淮之樂境。伏惟太尉應五百年之運〔二〕，用八千歲為春，仰贊熏風〔三〕，高揚畏日，不假渡瀘之役〔四〕，自成匡漢之謀。某忝在末寮〔五〕，合陳微禮。前件窣幞，鴛機呈妙，獸錦成華〔六〕。當甜影於追風〔七〕，或資光於照地。伏願鞍也助百福永安之慶，幞也表四方率服之誠。干黷尊嚴〔八〕，下情無任禱祝兢惶懇激之至〔九〕。伏惟俯賜容納，謹狀〔一〇〕。

雪扇一柄。

右伏以星火揚輝〔一一〕，雲峰聳影。遇陳太守饗遙祠之節〔一二〕，效華封人祝仙壽之誠。前件扇，細糝飛綿，輕鋪凍練。雖假丹青之跡，實含潔白之姿。裁規則不學齊紈，空誇圓月；委質則願依孫閤，得振仁風。謹獻台堦，無任悚慄。伏惟俯賜容納，百生榮幸。謹狀。

【校記】

〔一〕韋：徐有榘木活字本作「鞍」，異構字。按：《四部叢刊》本二字並見。

〔二〕太：《四部叢刊》本作「大」，「大」、「太」古今字。之：《四部叢刊》本脫。

〔三〕贊：《四部叢刊》本作「賛」，俗寫體，《敦煌俗字典》「贊」字條收錄。下不另出校。

〔四〕不假：徐有榘木活字本作「不暇」。按：二者同詞異寫，均指不必。

〔五〕寮：《四部叢刊》本作「寮」，俗寫體。按：此形他處鮮見，是《四部叢刊》本特色用字之一。

〔六〕獸：底本、《四部叢刊》本作「獸」，俗寫體，《敦煌俗字典》「獸」字條收錄此形。按：文中「獸」，底本、《四部叢刊》本多作此形。不另出校。

〔七〕憩：《四部叢刊》本作左「甘」右「舌」之形，異構字。按：此形字典未收。

〔八〕干黷：《四部叢刊》本、徐有榘木活字本、《唐文拾遺》卷四二作「干瀆」，二者同詞異寫。

〔九〕激：底本、《四部叢刊》本「身」作「身」，俗寫體，《敦煌俗字典》「激」字條收有相近之形。按：此形《四部叢刊》本經見。又「檄」字，《四部叢刊》本「身」亦作「身」，可比參。

〔一〇〕謹狀：《東文選》卷四七闕。

〔一一〕星火：《國譯孤雲崔致遠先生文集》作「火星」。

〔一二〕太守：底本作「大守」，俗寫「大」、「太」不拘，諸本均作「太守」，據之改。

謝新茶狀

右某今日中軍使俞公楚奉傳處分，送前件茶芽者〔一〕。

伏以蜀崗養秀〔二〕，隋苑騰芳。始興採擷之功，方就精華之味。所宜烹綠乳於金鼎〔三〕，汎香膏於玉甌。若非靜揖禪翁〔四〕，即是閑邀羽客。豈期仙貺，猥及凡儒？不假梅林，自胠愈渴；免求萱草，始得忘憂。下情無任感恩惶懼激切之至，謹奉狀陳謝〔五〕。謹狀〔六〕。

〔校記〕

〔一〕茶芽：《四部叢刊》本、《國譯孤雲崔致遠先生文集》誤作「茶茅」。

〔二〕崗：《四部叢刊》本、徐有榘木活字本、《唐文拾遺》卷四二作「岡」。按：「崗」乃「岡」之俗別體。《集韻·唐韻》：「岡，俗作崗。」下不另出校。

〔三〕緣：《國譯孤雲崔致遠先生文集》誤作「緣」。

〔四〕靜：潘仕成海山仙館叢書本誤作「精」。

〔五〕謹奉狀陳謝：徐有榘木活字本作「謹陳謝」，《國譯孤雲崔致遠先生文集》、《四部叢刊》本、潘仕成海山仙館叢書本作「謹狀陳謝」。

〔六〕《東文選》卷四七闕「謹陳謝謹狀」五字。

謝櫻桃狀

右中軍使俞公楚奉傳處分，伏蒙賜及前件櫻桃者。

伏以三春之下，始閱群芳；百果之中，獨誇先達〔一〕。綴仙露而堪教鳳食，被德風而肯許鶯含〔二〕。遂令摘自喬枝，分其美實。豈期末品，亦荷深恩？捧持而色奪楚萍，咽嗢而味欺蘇橘。何必眄赤瑛盤上，最宜對白玉樽前。勻排萬顆之珠〔三〕，不唯眼飽；似服一丸之藥，便覺身輕。下情伏增感戴之至，謹奉狀陳謝。謹狀〔四〕。

〔校記〕

〔一〕先達：《四部叢刊》本作「仙達」。按：「先」、「仙」二字，敦煌寫卷、禪宗語錄中屢見混用。「達」乃「達」之俗寫體。敦煌辭書《正名要錄》（斯三八八號）釋「達」：「三畫。」然俗寫多省作二畫。底本、《四部叢刊》

本中亦如此。

〔二〕肯許：《四部叢刊》本、潘仕成海山仙館叢書本誤作「皆許」。按：「肯」、「堪」近義對舉。

〔三〕匀：底本、《東文選》卷四七誤作「句」，據諸本改。

〔四〕《東文選》卷四七闕「謹奉狀陳謝謹狀」七字。

謝冬至料狀〔一〕

右伏蒙仁恩，特賜前件節料者。

伏以某忝栖德宇，無愧異鄉〔二〕。萬里滄波，雖恨絕東來之信；三冬愛日，且歡迎南至之辰。豈料尊慈，別垂厚賜？玉粒既資於同穎，霜華乃出於兩岐〔三〕。不勞大嚼之言，却懷中聖之慮。莫識酬恩報德，唯知飽食醉吟。下情無任感戴兢懼之至〔四〕，謹狀〔五〕。

〔校記〕

〔一〕謝冬至料狀：徐有榘木活字本題作「謝冬至節料狀」。

〔二〕無：《四部叢刊》本、徐有榘木活字本、《唐文拾遺》卷四二作「不」。按：《東文選》卷四七亦作「無」。

〔三〕兩：《四部叢刊》本作「雨」。按：「兩」、「雨」俗寫常相亂。岐：徐有榘木活字本作「歧」，通用字。

〔四〕感戴：《四部叢刊》本、徐有榘木活字本、《唐文拾遺》卷四二闕。

〔五〕謹狀：《東文選》卷四七闕。

謝寒食節料狀

右伏蒙仁慈，特賜前件節料米、麵、羊、酒等者〔一〕。

伏以爟人舉令〔二〕，回祿沮威。正吟化俗之仁風，又對順時之甘雨。仰沾豐餼，遇贍晨炊〔三〕。況乃蟻慕芳羶，蟣浮漬醞〔四〕。捧恩光而飽飫，豈止三朝；玩春色以醺酣〔五〕，可期千日。只知歌詠〔六〕，何報陶鈞〔七〕？下情無任感戴之至，謹奉狀陳謝。謹狀。

〔校記〕

〔一〕麵：《四部叢刊》本作「糆」，徐有榘木活字本作「麪」，《唐文拾遺》卷四二作「麪」，同字異寫。

〔二〕爟：底本及諸本皆闕，今據《國譯孤雲崔致遠先生文集》補。舉：《東文選》卷四七誤作「學」。

〔三〕遇：《國譯孤雲崔致遠先生文集》、潘仕成海山仙館叢書本作「過」。贍：《四部叢刊》本、徐有榘木活字本作「瞻」。晨炊：《四部叢刊》本、徐有榘木活字本、《唐文拾遺》卷四二作「新炊」。按：《東文選》卷四七亦作「晨炊」。

〔四〕蟣浮漬醞：《四部叢刊》本、徐有榘木活字本、《唐文拾遺》卷四二作「蛆浮清醞」。按：《東文選》卷四七亦作「蟣浮漬醞」，二者義同。「蟣」、「蛆」均指酒面上的浮沫。《晉書·張載傳》：「浮蟣星沸，飛華萍接。」

宋歐陽修《招許主客》詩：「樓頭破鑑看將滿，甕面浮蛆撥已香。」即其例。

〔五〕以：《四部叢刊》本、徐有榘木活字本、《唐文拾遺》卷四二作「而」，義同。

〔六〕只：《四部叢刊》本作「秖」，徐有榘木活字本、《唐文拾遺》卷四二作「秖」。按：三者同字異寫。

〔七〕陶鈞：徐有榘木活字本作「陶匀」。按：二者同詞異寫，亦作「陶均」。詳見卷六《謝落諸道鹽鐵使加侍中兼實封狀》該條校注。

謝社日酒肉狀

右伏蒙恩慈，特賜前件酒、肉等者。

伏以候燕應期，勾龍受祀[一]。一半之韶光欲老，千般之旅思相攻。只知吟樂國之春，豈料捧仙家之賜？陵分甘膬[二]，淮減香醲。想田夫醉舞之場，起海客狂歌之興。敢効陳平壯志，便發大言；唯尋徐邈前蹤[三]，略判中聖[四]。其肉并酒，謹跪領訖。下情無任感戴之至。謹狀[五]。

〔校記〕

〔一〕勾龍：《四部叢刊》本、徐有榘木活字本、《唐文拾遺》卷四二作「句龍」。按：二者同詞異寫，指社神名。漢蔡邕《獨斷》卷上：「社神，蓋共工氏之子勾龍也，能水土，帝顓頊之世，舉以爲土正。天下賴其功，堯祠以爲社。」

〔二〕甘膬：徐有榘木活字本作「甘毳」。按：二者同詞異寫，亦作「甘脆」，指美味，佳餚。《戰國策・韓策二》：「臣有老母，家貧，客遊以爲狗屠，可旦夕得甘脆以養親。」（《史記·刺客列傳》作「甘毳」）漢枚乘《七發》：「飲食則溫淳甘膬，脭醲肥厚。」

〔三〕邈：底本作「邈」，俗別字。唐顏元孫《干祿字書》：「邈邈：上通，下正。」《四部叢刊》本「貌」作「貇」，亦俗字。《字彙·豸部》：「貇，與貌同。」《敦煌俗字典》「邈」字條二形皆收。

〔四〕判：潘仕成海山仙館叢書本作「拌」。按：「拌」通「判」。

〔五〕謹狀：《東文選》卷四七闕。

謝疋段狀

緋羅、紫綾、紫天浄紗、紫平紗、黄平紗、黄綾、黄絹、熟綿綾袴段〔一〕。

右伏蒙仁恩，特賜前件疋段。霞舒鳳縷，雪疊鮫綃。猥分絳帳之餘，俾換褐袍之飾。不學王尼巧說，遽叨盧志殊榮。唯慙螻蟻之姿，不稱蜉蝣之什。但願勵食蘗飲冰之節，報披朱拖紫之恩。下情無任感戴兢惕涕泣之至，謹奉狀陳謝。謹狀〔二〕。

〔校記〕

〔一〕《東文選》卷四七闕「緋羅紫綾紫天浄紗紫平紗黄平紗黄綾黄絹熟綿綾袴段」二十三字。

〔二〕《東文選》卷四七闕「謹奉狀陳謝謹狀」七字。

桂苑筆耕集卷第十九

狀、啓、別紙、雜書共二十首

〔校記〕

〔一〕拙：底本、《四部叢刊》本誤作「掘」，據徐有榘木活字本及下文標題改。

〔二〕歌：底本作「哥」。按：「哥」、「歌」古今字，兹據《四部叢刊》本、徐有榘木活字本改為今字。

〔三〕謝李琯狀：徐有榘木活字本作「謝李琯書」。

〔四〕謝周繁秀才以小山集見示：徐有榘木活字本作「謝周繁秀才以小山集見示書」。

上座主尚書別紙

不審近日尊體寢膳何似？道惟滌慮，德以潤身。致五福之併臻，迎百靈之所薦。伏惟節宣無爽，時望有歸。某竊窺曩史之傳芳，侔載達僚之晦跡。踈太傅登其祖帳〔一〕，僅涉沽名〔二〕；陶朱公汎彼扁舟〔三〕，未忘邀利。豈若尚書中庸守志，大隱存神，表獨見之能，察未萌之事。遂得高揚素節〔四〕，夙避危時。到處烟塵，不汚指鴻之目；終年雲水，鮏怡夢蝶之心。然而宸鑒屢迴，物情猶鬱。欲作山中宰相，其如天下蒼生？即期大駕還京，必赴上台虗位。斯乃萬乘瞻矚，四方禱祈。某海燕銜泥〔五〕，忝栖雲屋；池蛟得雨，早脫塵塗。感恩自比於互鄉〔六〕，仰德但思於闕里。唯願泥沙賤質〔七〕，永資陶冶〔八〕，深仁卑情〔九〕，不任攀戀虔祝涕泣之至。謹狀。

〔校記〕

〔一〕踈：諸本皆作「疏」。按：「踈」、「踈」皆「疏」之俗。《玉篇·𠫓部》：「疏，稀也。」《說文·𠫓部》字作「疏」。《廣韻·魚韻》：「疏，俗作踈。」知「疏」爲正字，後俗變作「疏」、「踈」、「踈」。

〔二〕沽：《唐文拾遺》卷四三作「沽」。按：俗寫二者不拘，據文意，當作「沽」，他本均作「沽」，可為證。

〔三〕扁舟：《四部叢刊》本、徐有榘木活字本作「栢舟」，《唐文拾遺》卷四三作「柏舟」。按：《國譯孤雲崔致遠先生文集》亦作「扁舟」。「栢」為「柏」之俗寫。

〔四〕高揚：《四部叢刊》本作「高楊」。按：二者同詞異寫。

〔五〕銜：《四部叢刊》本、徐有榘木活字本、《唐文拾遺》卷四三作「含」。

〔六〕互鄉：底本作「牙鄉」，「牙」為「互」之俗寫，諸本均作「互鄉」，因據之改。

〔七〕唯願：《唐文拾遺》卷四三作「惟願」。

〔八〕治：潘仕成海山仙館叢書本誤作「治」。

〔九〕仁：《四部叢刊》本、徐有榘木活字本、《唐文拾遺》卷四三作「深」。

賀除吏部侍郎〔一〕

某啓：伏承榮膺寵命，伏惟感慰。張司空之一匡西晉，則藻鑒無倫；謝太傅之忽起東山，則蒸黎是念。苟欲幽栖悅性〔二〕，獨處忘懷，緘輝而耻耀秦臺，蘊味而懶調殷鼎，則乃智者仁者，止傳樂山水之名；賢才俊才，盡失脫塵泥之望。群情久欝，美命遂行。今者侍郎靜揖巖扉，高提銓管，萬族仰清通之譽，一時進寒素之徒，致使關中之寇孽灾消，海內之英雄道泰。近又竊聆風議〔三〕，仰測天心〔四〕，必謂文司，再歸重德。然則任賢得地，既叶五百年之期；好學趍門，必盈七十子之數。繼集仙遊於蓬島，盛傳儒禮於杏壇。既搜虹玉驪珠，皆成國寶；佇見臺鸞閣鳳，永作家禽。某伏思萬里無依，久勞漂蕩，十年有遇，幸遂奮飛。異鄉榮垂白之親，達路忝披朱之飾。昔名士為李公御者，喜抃猶多；今遠人稱尼父生徒，光輝無比。陳至懇而喙輸三尺〔五〕，望深仁而腸結九廻。下情無任抃賀踴躍感激之至〔六〕。伏惟俯賜念察。謹狀〔七〕。

〔校記〕

〔一〕賀除吏部侍郎：徐有榘木活字本作「賀除吏部侍郎別紙」，《東文選》卷四五作「賀除吏部侍郎啟」，同書卷五八又重錄作「賀除吏部侍郎書」。

〔二〕性：《四部叢刊》本、徐有榘木活字本、《唐文拾遺》卷四三作「志」。按：《東文選》卷四五亦作「性」。

〔三〕風議：《國譯孤雲崔致遠先生文集》誤作「鳳儀」。

〔四〕測：《唐文拾遺》卷四三誤作「順」。

〔五〕喙：底本誤作「啄」，據諸本改。

〔六〕踴躍：《四部叢刊》本、徐有榘木活字本、《唐文拾遺》卷四三作「踊躍」。按：二者同詞異寫。

〔七〕謹狀：《東文選》卷四五闕。

賀除禮部尚書別紙

伏承天恩，榮膺寵命，伏惟感慰。昔子貢曰：「夫子之文章可得而聞，夫子之言性與天道，不可得而聞也。」然則至於四科弟子，窺測尚難；况是萬里遠人，鑽仰何及。固不劾尤於篆刻，請益於琢磨。强搜類鷙之詞，是黷猶龍之德。今者遠聆美命，俯切歡心。望峻中臺，迥冠鴛鸞之列〔一〕；恩深大厦，空傾鸜雀之誠〔二〕。伏惟捨念雲泉，拯民塗炭，輔弼契千年之運，姦雄避七日之誅。某跡忝諸生，身拘倅職〔三〕，末由陳賀。下情無任抃躍兢惶禱祝之至。伏惟俯賜念察。謹狀。

〔校記〕

〔一〕鴛鸞：《四部叢刊》本、徐有榘木活字本、《唐文拾遺》卷四三作「鴛鷺」。按：二者義同，均喻指朝官、同僚。唐裴翻《和主司王起》：「雲霄幸接鴛鸞盛，變化欣同草木榮。」錢起《陪南省諸公宴殿中李監宅》詩：「壺觴開雅宴，鴛鷺眷相隨。」

〔二〕鸜：他本皆作「燕」。按：「鸜」為「燕」之俗寫體，亦作「鷰」，《敦煌俗字典》「燕」字條二形皆收。

〔三〕倅職：徐有榘木活字本作「碎職」。按：「倅職」謂副職。《太平廣記》卷二七八引《玉溪編事·劉檀》：「蜀郡牧請一杜評事充倅職。」「碎職」謂卑微的官職。《魏書·儒林傳·梁祚》：「（梁祚）少子重，歷碎職，後爲相州鎮北府參軍事。」據文意，作「碎職」義勝。

濟源别紙

不審近日尊體何似？伏想孟津别壤，沇水清源，風晴而欹枕泉聲〔一〕，雲曉而卷簾山色。既見境含秀麗，固當道悦沖和〔二〕。伏惟每慎寢興，早歸燮理，顯驗月中之夢，贊成天下之春。卑情無任攀戀禱祝之至。謹狀。

〔校記〕

〔一〕風晴：潘仕成海山仙館叢書本作「風清」。欹：底本「奇」作「竒」，俗寫體。《國譯孤雲崔致遠先生文集》誤作「歌」。

〔二〕悦：《四部叢刊》本、徐有榘木活字本、《唐文拾遺》卷四三誤作「脱」。

迎楚州行李別紙二首

不審近日利涉長淮，尊體寢膳何似？伏以源滋桐栢，浪接蓬萊，雖漸臨欝懊之期〔一〕，而宛對清虛之境。開樂鏡而真同月映〔二〕，泛膺舟而况值風調。詎言避地之行，實叶濟川之業〔三〕。伏惟綏飛仙棹，靜運真筌，庶納休禎，每加遵護。卑情懇望，謹狀。

又

某啓：今月某日專使至，伏蒙恩慈，特降尊誨。跪讀欣抃，不任下情。伏審尚書遠赴天庭，將遵水道。整蘭橈而思郭泰，指桂苑而訪劉安〔四〕。睹神仙則楚俗皆驚，聞雅頌則魯儒相賀〔五〕。况某材實慙於楛矢，跡嘗列於蓬壺，為倚德門，獲栖侯府〔六〕。今者佇迎鶴駕，即覲龍章。既知天幸遭逢，唯切日深踴躍。且曾晳陳浴沂之志，只見虛談；仲由悅浮海之言，終非實事。輒以管窺筳擊〔七〕，真為古陋今榮。卑情無任攀戀欣抃兢惕之至云云。

〔校記〕

〔一〕漸：潘仕成海山仙館叢書本誤作「慚」。欝懊：《四部叢刊》本作「欝懊」，《唐文拾遺》卷四三作「鬱懊」，潘仕成海山仙館叢書本作「鬱燠」。按：四者同詞異寫，均謂悶熱。《文選・王褒〈聖主得賢臣頌〉》：「故服絺綌之涼者，不苦盛暑之鬱燠。」李周翰注：「鬱燠，熱也。」漢荀悅《漢紀・宣帝紀四》引作「鬱懊」。

〔二〕真：《四部叢刊》本作「眞」，異構字。按：同篇「真筌」的「真」亦如此作。

〔三〕川：底本誤作「州」，據諸本改。

〔四〕指：《國譯孤雲崔致遠先生文集》誤作「推」。

〔五〕相賀：《國譯孤雲崔致遠先生文集》作「皆賀」。

〔六〕侯府：《四部叢刊》本、徐有榘木活字本、《唐文拾遺》卷四三作「候府」。按：作「侯府」是，《國譯孤雲崔致遠先生文集》亦作「侯府」。

〔七〕筳擊：徐有榘木活字本作「莛擊」。按：二者同詞異寫。

五月一日别紙

某啓：伏以黄雀風高，蒼龍星耀，弄雨而梅雖應夏，鋪烟而麥已驚秋。時定晏陰，日資全德〔一〕。伏惟尚書處身無躁，深守禮經，視履考祥，雅符易道。恬澹則老聃讓美，清虚則周顗懷慙。氷光長泛於玉壺，豈須獨映〔二〕；天意久留其金鼎，唯望親調。方當鷁泛仙舟，必見鳳銜睿筆〔三〕。入康帝室，永福寰區〔四〕。下情無任虔禱攀戀激切之至〔五〕。謹狀。

〔校記〕

〔一〕日：《四部叢刊》本、徐有榘木活字本、《唐文拾遺》卷四三、潘仕成海山仙館叢書本等均闕，《國譯孤雲崔致遠先生文集》作「功」。

〔二〕須：底本、《四部叢刊》本「彡」作「亻」，俗寫體。按：此形《四部叢刊》本常見，底本則偶作此形。

〔三〕睿：底本作「沓」，異構字。按：此形底本、《四部叢刊》本多見，舉此以概其餘，不另出校。

〔四〕寰：底本作「寏」，俗寫體。按：此形底本多見，下不另出校。

〔五〕攀戀：《四部叢刊》本、徐有榘木活字本、《唐文拾遺》卷四三誤作「欝戀」。

謝降顧狀

某啓：某未遂山栖，尚從塵役。所居官舍，深在軍營。雖異衡門〔一〕，實同陋巷。既乏君章之蘭菊，可襲馨香；空餘仲蔚之蓬蒿，偏資寂寞。春日則蝶牽晝夢，秋風則蛩助夜吟。以此為娱，無他所覬。今者方經離亂，再獲起居。但喜攀父母之恩，却慙下兒女之淚。況某叨榮秦爵，就學漢儀。姜維之膽氣雖麁，鄧艾之口詞甚訥。唯深感激，莫俻啓陳。伏蒙尚書念以遠方，察其獨立，俯憐素志，每煦温顔。聽及階及席之言，貯銘骨銘肌之懇。早來又蒙降三清之仙駕，顧一畝之窮居。方慙隨入室之賢，豈料忝軾廬之念〔二〕？非所敢望，將何自安？莫不恩光遠耀於殊鄉，卑跡永超於末路。揣庸賤則華夷有隔，較輝榮則古今無倫。數年乖豹隱之期，常低俗眼；此日覩鳳儀之後，豁展愁眉。下情無任感戴欣抃兢惕之至。謹祗候起居陳謝〔三〕。謹狀。

〔校記〕

〔一〕衡：底本「奂」作「魚」，俗寫體，《敦煌俗字典》「衡」字條收有相近之形。按：「衡門」謂横木為門，指簡陋的房屋。《詩·陳風·衡門》：「衡門之下，可以棲遲。」朱熹集傳：「衡門，横木爲門也。」《漢書·韋玄成傳》：「聖王貴以禮讓爲國，宜優養玄成，勿枉其志，使得自安衡門之下。」顔師古注：「衡門，謂横一木於門上，貧者之所居也。」

〔二〕軾：《唐文拾遺》卷四三、潘仕成海山仙館叢書本作「式」，通用字。按：「軾（式）廬」亦作「軾（式）閭」，出自《呂氏春秋·期賢》：「魏文侯過段干木之閭而軾之，其僕曰：『君胡爲軾？』曰：『此非段干木之閭歟？段干木蓋賢者也，吾安敢不軾？』」後因用以謂向有德者致敬。晉左思《魏都賦》：「千乘爲之軾廬，諸侯爲之止戈，則干木之德，自解紛也。」唐黄滔《祭南海南平王文》：「上榻則阮瑀，下賢則左車。從善則軾閭，宣威則斷案。」又引申指登門拜謁。《梁書·何胤傳》：「太守衡陽王元簡深加禮敬，月中常命駕式閭，談論終日。」清顧炎武《贈孫徵君奇逢》詩：「門人持笈滿，郡守式廬頻。」句中即用此義。

〔三〕候：底本作「侯」，俗寫二者不拘，今據諸本改為通行字體。按：「祗候」謂拜訪，文中多見。辭書失載此義。

與金部郎中别紙二首〔一〕

不審近日尊體寢膳何似？既明且哲，則詩美賢人；視履考祥，則易稱君子。既樂持盈之道，固安養素之機。況屬遲日載陽〔二〕，光風遍煦。歌鶯舞蝶〔三〕，深資酌桂之歡；智水仁山，靜悦據梧之興。伏惟永資景福，早副急徵。擲玄賞於烟霞，濟蒼生於塗炭〔四〕。群情禱望，天下幸甚。謹狀。

又

某啓：某仰審格言，側窺性行。人能弘道〔五〕，賢臣以致堯、舜為先；世實須才，雋士以効巢、由是耻〔六〕。古者只傳於方策，今也共仰於德門。伏惟郎中大雅含清，中庸處厚。既以高名肅物，alpha將全德鎮時。杜晴空而嶽頂無雲〔七〕，瑩秋色而潭心有月。比者蘭抛粉闥，竹領朱轓，出分天子之憂，來慰海人之望。況彼郡也，户吞越水，窓列吴山〔八〕。得袁宏舉扇之風，靈濤縮怒〔九〕；使謝運柱帆之路，釣渚含春。及其五皷傳歌〔一〇〕，百錢流謍。尋迎睿渥，遙陟華資。懷寶令名，誰發迷邦之問；司珎正位，佇成匡國之謀。而乃得之若驚，直而不倨。選勝於岩軒澗戶，貪歡於酒賦琴歌。久聆萬乘虛懷，忍見四方失望？今者梟聲向息，鳳紀重興。晉傳長才〔一一〕，待示指南之制〔一二〕；魏牟積變〔一三〕，佇申拱北之誠。入覲蓂堦，坐調梅鼎。豈止應月中之夢，必期成天下之春。然則致堯、舜之大猷，永匡宸扆；效巢、由之小節，不介尊襟〔一四〕。某遠賣鮫綃，慙非重價；仰趍馬帳〔一五〕，忝預生徒。下情無任攀戀禱祝兢惕之至云云〔一六〕。

〔校記〕

〔一〕與金部郎中別紙二首：《東文選》卷五八僅錄第二首，題作「與金部郎中書」。

〔二〕載：底本作「戴」，據諸本改。按：「遲日載陽」，語出《詩·豳風·七月》。

〔三〕歌鶯舞蝶：《四部叢刊》本、《唐文拾遺》卷四三作「燕歌鸎舞」，徐有榘木活字本作「燕歌鶯舞」。

〔四〕炭：底本、《四部叢刊》本、徐有榘木活字本、《唐文拾遺》卷四三等均作「炭」，俗寫體，《敦煌俗字典》「炭」字條收錄此形。

〔五〕弘：底本作「弘」，俗寫體，俗寫方口、尖口不拘，《敦煌俗字典》「弘」字條收錄此形。

〔六〕雋士：《四部叢刊》本、徐有榘木活字本、《唐文拾遺》卷四三作「俊士」，二者同詞異寫。劾：《四部叢刊》本、徐有榘木活字本、《唐文拾遺》卷四三作「效」。按：「劾」為「效」之俗。《玉篇·力部》：「劾，胡孝切，俗效字。」「効」後為日本常用漢字。下不另出校。

〔七〕晴空：潘仕成海山仙館叢書本作「清空」。

〔八〕吴：底本、《四部叢刊》本作「呉」，異構字。

〔九〕縮怒：潘仕成海山仙館叢書本作「宿怒」。按：「宿」為省旁字。

〔一〇〕皷：《四部叢刊》本、徐有榘木活字本、《唐文拾遺》卷四三作「袴」。按：《東文選》卷五八亦作「皷」。然似作「袴」字義長。「五袴」，亦作「五褲」。《後漢書·廉范傳》：「（范）建初中，遷蜀郡太守……舊制禁民夜作，以防火災，而更相隱蔽，燒者日屬。范乃毁削先令，但嚴使儲水而已。百姓爲便，乃歌之曰：『廉叔度，來何暮？不禁火，民安作。平生無襦今五絝。』」後用以作為稱頌地方官吏施行善政之詞。唐儲光羲《晚次東亭獻鄭州宋使君文》詩：「籍籍歌五袴，祁祁頌千箱。」宋辛棄疾《水調歌頭·送鄭厚卿趙衡州》詞：「莫信君門萬里，但使民歌五袴，歸詔鳳凰啣。」是其例。

〔一一〕傅：《國譯孤雲崔致遠先生文集》作「溥」。

〔一二〕待：《東文選》卷五八作「徒」。

〔一三〕積變：徐有榘木活字本作「積戀」。

〔一四〕介：潘仕成海山仙館叢書本作「改」。

〔一五〕趍：《東文選》卷五八作「趍」，《四部叢刊》本、徐有榘木活字本、《唐文拾遺》卷四三作「趨」。按：「趍」乃「趨」之俗。詳卷二《謝加太尉表》校注〔四〕。

〔一六〕云云：《東文選》卷五八闕。

與客將書

某腐芥無依，斷蓬自役，長走而未離塵土，獨行而轉困路歧。昨者遠抱危誠，專趍朗鑒。竽聲恐濫，琴調空悲。伏蒙將軍念以來自異鄉〔一〕，勤於儒道，曲垂提挈，得遂獻投。指喻情深，師冕不為瞽者〔二〕；獎知言重，卞和免作罪人。荒淺何堪，輝榮已極。但以某無媒進取，有志退居。以詩篇為養性之資，以書卷為立身之本。却緣雖曾食祿，未免憂貧。趙囊則到處長空，范甑則何時蹔熱？況乃家遙四郡，路隔十洲。窮愁則終夜煎熬〔三〕，遠信則經年阻絕〔四〕。時情冷澹，俗態澆訛。買笑金則易求，讀書粮則難致。天高莫問，日暮何歸？始知學者之心，須託至公之力。今幸遇相公，山包海納，雨潤風行。有片言可獎者〔五〕，稱譽出群；有小伎可呈者〔六〕，随材入用。是以無一物不歸美化，無一夫不荷深恩。然則舉中國之人，咸承煦育；豈可令外邦之士〔七〕，獨見棄遺？某不揆庸才，敢投清德。豈料將軍許垂拯拔，每賜吹噓？他人之得喪榮枯，皆推命分；小子之昇沉進退，只在恩私。儻或特假重言，終榮賤質。唯託針䱥入線〔八〕，則同錐得處囊。某已倚宦途，粗諳吏道，如䱥驅策，未必詮藏。終當富見室家，豈憚職勞州縣〔九〕？實以流年易邁，壯氣難申；唯望庇庥〔一〇〕，得期變化。所冀燕栖雲屋〔一一〕，永無巢幕之危；鶴出塵籠，稍識乘軒之便〔一二〕。今欲專修啓事，再獻相公。少中感謝之懷，預寫辭違之懇。未知可否，先取指麾。且某也姜維之膽氣雖龐，鄧艾之口辭甚訥。縱中拜謁，難具啓陳。聊託箋毫〔一三〕，代披肝膈〔一四〕。未胠患己，先切求仁。將軍之心若鏡焉，無幽不察；小子之身猶箭也，唯命是從。干浼既頻〔一五〕，慙惶益切。伏惟終始，俯賜念察。謹狀〔一六〕。

〔校記〕

〔一〕以：潘仕成海山仙館叢書本作「某」。

〔二〕冕：《東文選》卷五八作「免」，省旁字。按：「師冕」乃樂師之名。《論語·衛靈公》：「師冕見，及階，子曰：『階也。』及席，子曰：『席也。』皆坐，子告之曰：『某在斯，某在斯。』」

〔三〕熬：底本作「遨」，今據諸本改為通行字體。《四部叢刊》本作「𤍠」，異構字。

〔四〕阻絕：潘仕成海山仙館叢書本作「隔絕」。按：二者義同。

〔五〕片：底本作「斤」，俗寫體。按：此形底本多見，從「片」之字如「牒」、「牓」等，底本亦多如此作。下不一一出校。

〔六〕小伎：《四部叢刊》本作「小技」，徐有榘木活字本、《唐文拾遺》卷四三作「小技」。按：三者同詞異寫。

〔七〕邦：《四部叢刊》本、徐有榘木活字本、《唐文拾遺》卷四三作「方」。按：《東文選》卷五八亦作「邦」。

〔八〕唯託：《四部叢刊》本、徐有榘木活字本作「唯托」，《唐文拾遺》卷四三作「惟托」。

〔九〕勞：《四部叢刊》本、徐有榘木活字本、《唐文拾遺》卷四三作「榮」。按：《東文選》卷五八亦作「勞」。

〔一〇〕唯：《唐文拾遺》卷四三作「惟」，二者同字異構。下同，不另出校。
〔一一〕冀：徐有榘木活字本誤作「異」。
〔一二〕便：《唐文拾遺》卷四三作「使」。
〔一三〕聊託箋毫：《四部叢刊》本、徐有榘木活字本、《唐文拾遺》卷四三作「聊托牋毫」。
〔一四〕肝：底本作「肝」，俗寫體，《敦煌俗字典》「肝」字條收錄此形。
〔一五〕干：《四部叢刊》本作「千」，俗寫二者不拘。
〔一六〕謹狀：《東文選》卷五八闕。

謝宋絢侍御書

伏蒙殊造，俯念移居，借賜官車，得離旅館。簦笈則免勞自負，簞瓢則各識所安〔一〕。如承命駕之恩，但勵抹輪之志。今者卜隣甚靜，學植可成〔二〕。唯扃袁粲之門〔三〕，不掃陳蕃之室。雖乘機立事，輸他附勢之榮；而守道安貧，贏得愛閑之樂〔四〕。既諧素志，但感深恩。伏惟終始，俯賜念察。謹狀。

〔校記〕

〔一〕識：潘仕成海山仙館叢書本誤作「職」。
〔二〕學植：徐有榘木活字本作「學殖」。按：二者同詞異寫。參見卷一七《出師後告辭狀》該條校注。

〔三〕《國譯孤雲崔致遠先生文集》「扃」後衍一「乘」。
〔四〕贏：底本誤作「羸」，據諸本改。

荅裴摠庶子書

某遠離海島，旅宦江皋。比者蹔願退居，稍期肄業〔一〕。來投樂國，冀濟窮塗。本望少贍山資〔二〕，便諧谷隱。伏蒙太尉念以雀猶多病〔三〕，鶴自遠來，特署職名〔四〕，俾趍恩化。尋緣狂花有失〔五〕，腐芥無依。轉知山鹿野麋〔六〕，唯宜退縮；永謂鴻儔鵠侶，不合攀瞻。況乃器比斗筲之人，身隨刀筆之吏。旅舍既拘於雉堞，閑門可設其雀羅〔七〕。自前年伏承庶子蹔阻朝天，偶來避地，便欲託金牌之幸會〔八〕，敘玉季之奬憐〔九〕，專候起居，願披誠懇。蓋慮跡賤而動多悔吝〔一〇〕，才微而易見棄捐，強自微攀舊恩，是為玷涴清德。以此跧藏形影，綿歷歲時。雖知提篝有門，唯恐負荆無路。豈料庶子恕以未陳禰刺〔一一〕，先降劉箋？閱温言而楚紈覆身〔一二〕，捧華翰而隋珠耀掌。兼蒙賢弟起居，未移曩顧。遠賜榮緘〔一三〕，不遺異域之人，特辱同年之字。金膏珠粉，既垂摩拂之恩；驥尾龍髯，重有依攀之望。莫不駑駘長價，瓴甋生光〔一四〕。不唯誇衒於親朋，實所輝榮於遠俗。謹當占筮撰日，齋沐拜塵〔一五〕。瀝肝而盡瀝卑誠，擢髮而少逃厚責。其他所奉尊旨，謹具別狀啓陳云云〔一六〕。

〔校記〕

〔一〕肄：《四部叢刊》本作「隸」，底本左旁「示」作「天」，均「肄」之訛俗字，今據他本改爲正體。

〔二〕本望少贍山資：《東文選》卷五八作「本望少贍少山資」，衍一「少」字。

〔三〕猶：《四部叢刊》本、徐有榘木活字本、《唐文拾遺》卷四三作「有」。

〔四〕特：底本誤作「持」，據諸本改。

〔五〕失：底本誤作「夫」，據諸本改。

〔六〕麋：《國譯孤雲崔致遠先生文集》誤作「糜」。

〔七〕雀：《四部叢刊》本作上「艹」下「隹」之形，俗寫體，《敦煌俗字典》「雀」字條收録此形。

〔八〕託：《四部叢刊》本、徐有榘木活字本、《唐文拾遺》卷四三作「托」，通用字。

〔九〕敘：底本、《東文選》卷五八、《國譯孤雲崔致遠先生文集》誤作「釵」，據他本改。玉季：底本誤作「王季」，據諸本改。按：「玉季」是對人兄弟的美稱，亦稱「金昆玉季」。《皮子文藪》卷一〇《奉獻致政裴秘監》：「玉季牧江西，泣之不忍離。」前蜀貫休《杜侯行》：「金昆玉季輕三鼓，煮海懸魚臣節苦。」季：潘仕成海山仙館叢書本誤作「李」。

〔一〇〕吝：《四部叢刊》本、《唐文拾遺》卷四三作「悋」，異構字。底本作「恡」，乃「悋」之俗寫體。今據徐有榘木活字本録作「吝」。

〔一一〕禰：《國譯孤雲崔致遠先生文集》作「稱」，形近而訛。按：「禰刺」出自《後漢書・文苑傳下・禰衡》：

「(禰衡)始達潁川，乃陰懷一刺，既而無所之適，至於刺字漫滅。」後因以謂士人耿介有節操。唐黃滔《與蔣先輩啟》之二：「足以雪曩歲之湮沉，恢張禰刺；壯平生之意氣，棄擲終繻。」是其例。

〔一二〕楚絖：徐有榘木活字本作「楚纊」，二者同詞異寫。按：「楚纊」本指楚地的絲綿。《左傳·宣公十二年》：「冬，楚子伐蕭……申公巫臣曰：『師人多寒。』王巡三軍，拊而勉之，三軍之士皆如挾纊。遂傅於蕭。」後因以指君上的賜與，有被德感恩之意。南朝宋謝莊《謝賜貂裘表》：「臣聞嚬笑不妄，韓裳勿假；績以昭庸，楚纊爰逮。」

〔一三〕遠：《國譯孤雲崔致遠先生文集》作「遙」，二者義同。

〔一四〕甋：底本「商」作「商」，俗別體，俗寫「商」、「商」不拘。按：「瓴甋」指磚。漢蔡邕《弔屈原文》：「啄碎琬琰，寶其瓴甋。」晉張協《雜詩》：「瓴甋誇璠璵，魚目笑明月。」唐劉知幾《史通·品藻》：「或珍瓴甋而賤璠璵，或策駑駘而捨騏驥。」均其例。

〔一五〕齋：底本作「齊」，古通用，兹據諸本改為正字。

〔一六〕云云：《東文選》卷五八闕。

謝高秘書示長歌書〔一〕

伏蒙特飛榮誨，寵示長歌。玉海金山，難測高深之本；北方南國，徒觀美麗之姿。贊詠無階〔二〕，師資有路。且如青蓮居士〔三〕，唯誇散誕之詞；白石山人，只騁荒唐之作。但以風月琴樽為勝槩〔四〕，不以君臣禮樂為宏規，遂使千年萬年所流傳，皆嗟大雅小雅之淪弊。今睹四十三叔，行出人表，言成世資，弄才子之筆端，寫忠臣之襟抱〔五〕。在今行古，既為儒室之宗；憂國如家，固是德門之事。天有耳而必當悔禍，雲無心而亦可銷兵。一言自此興危邦，六義於斯歸正道。則所謂陳平宰社，尔曹何知；鄧艾畫營，其志不小。永言他日，足驗前程。某畏影雖迷，偷光匪懈。既知閲寶，直若發蒙。唯願將鵬舉篇章，傳於異域；豈獨以伯魚對荅，誇向同聲。下情但增感戴欽仰隆歎之至〔六〕。續專祇候陳謝。

〔校記〕

〔一〕歌：《東文選》卷五八作「哥」。按：「哥」、「歌」古今字。

〔二〕無階：《四部叢刊》本、徐有榘木活字本、《唐文拾遺》卷四三作「無堦」。按：「階」、「堦」異構字。

〔三〕且：《四部叢刊》本、徐有榘木活字本、《唐文拾遺》卷四三作「但」，潘仕成海山仙館叢書本作「正」。按：《東文選》卷五八亦作「且」。

〔四〕樽：徐有榘木活字本、《唐文拾遺》卷四三作「罇」，異構字。《四部叢刊》本「缶」旁作「𦉪」，俗寫體。勝槩：《唐文拾遺》卷四三作「勝概」。按：二者同詞異寫。

〔五〕寫：《四部叢刊》本作「⼧」下著「鳥」之形，俗寫體。按：此形《四部叢刊》本習見，下不另出校。

〔六〕隆：《四部叢刊》本、徐有榘木活字本、《唐文拾遺》卷四三作「降」，潘仕成海山仙館叢書本作「嗟」。按：

《東文選》卷五八亦作「隆」。

謝李琯書

某啓：某今月十日得祇候見太尉〔一〕。渤澥風息，蓬萊路通。慙非席上之珍，謬作壷中之客。伏蒙温顔見煦，陋質增榮。鳳翼龍鱗，終容攀附；癡鷹鈍犬，特許指呼。勉其檢慎之心，諭以奬憐之意。此皆副使不遺薄藝，累發重言。始當獨卧北窓，如蛙跳井；豈料榮趍東閤〔二〕，似鶴乘軒？風雲既識於因依，氷谷不違於安處。感唯有泣〔三〕，誠止無言。伏緣既忝從軍，難為乞假，不獲祇候陳謝。

〔校記〕

〔一〕祇候：《四部叢刊》本、徐有榘木活字本、《唐文拾遺》卷四三作「祗候」。按：二者同詞異寫。本文下例同，不另出校。

〔二〕東閤：《四部叢刊》本、徐有榘木活字本、《唐文拾遺》卷三八作「東閣」。按：二者同詞異寫。本當作「東閤」，後世「閤」、「閣」形近音同而混用。「東閤」，本指東向的小門。《漢書·公孫弘傳》：「弘自見爲舉首，起徒步，數年至宰相封侯，於是起客館，開東閤以延賢人。」王先謙補注引姚鼐曰：「此閤是小門，不以賢者爲吏屬，别開門延之。」《後漢書·周黄徐等傳序》：「東平王蒼爲驃騎將軍，開東閤延賢俊。」後因以稱宰相招致款待賓客之所。唐孟浩然《題長安主人壁》詩：「久廢南山田，謬陪東閤賢。」李商隱《哭遂州蕭侍郎二十四韻》：「早歲思東閣，爲邦屬故園。」即其例。

〔三〕感唯有泣：徐有榘木活字本作「感□唯泣」，《四部叢刊》本作「感唯泣」，《唐文拾遺》卷四三作「感深唯泣」，《國譯孤雲崔致遠先生文集》作「感泣唯」，潘仕成海山仙館叢書本作「感唯以泣」。

謝元郎中書

某啓：伏蒙太尉恩慈，特賜轉職，不任歡慶。某玄兔微儒〔一〕，焦螟瑣質。早因慕善，偶獲成名。尔後客路多愁，侯門寡援〔二〕。麻衣始染於藍色，竹簡尋摧其桂香〔三〕。伏自去年刺謁燕臺，職叨鄭驛，皆蒙郎中推心奬念，假力薦揚。使孤根無委地之虞，短翮有凌雲之望。今者忽忝非常之遇，深慙不稱之譏。雖樂從軍，敢安尸禄？且鶚披隼翼，已覺非宜；雞處鶴群，固當自責。時日已具狀辭讓，以此未敢祇候陳謝〔四〕。伏蒙恩私，特降榮誨，捧讀欣抃不任下情〔五〕。

〔校記〕

〔一〕玄兔：徐有榘木活字本作「玄菟」。按：二者同詞異寫。「玄菟」，古郡名，漢武帝置，轄境相當我國遼寧東部及朝鮮咸鏡道一帶。後亦泛指邊塞要地。唐耿湋《入塞曲》：「暮烽玄菟急，秋草紫騮肥。」句中借指新羅。

〔二〕侯：徐有榘木活字本作「候」，俗寫二者不拘。寡：徐有榘木活字本作「遼」，《四部叢刊》本作「㝥」（即

「寮」字之俗)。按:當作「寡」,《東文選》卷五八、《國譯孤雲崔致遠先生文集》、《唐文拾遺》卷四三、潘仕成海山仙館叢書本等皆作「寡」。「寡」與上句「多」反義對舉。

〔三〕推:潘仕成海山仙館叢書本誤作「推」。

〔四〕衹候:《四部叢刊》本、徐有榘木活字本、《唐文拾遺》卷四三作「祇候」。按:二者同詞異寫。

〔五〕捧讀:《四部叢刊》本、徐有榘木活字本、《唐文拾遺》卷四三作「奉讀」。按:《國譯孤雲崔致遠先生文集》亦作「捧讀」,「奉」、「捧」古今字。

謝周繁秀才以《小山集》見示〔一〕

昨日早謁玄成,晚歸弊止,覺戶庭之發光彩,聞机案之散馨香〔二〕,遂因驚訊僕夫,果得捧承留示。温辭一幅,粲然受益之規;雅什九篇,蔚矣患多之思。莫不振紀綱於六義,飾冠冕於七言。既崇大雅之基,實播中和之響。伏以諸從事鴻儔鵠侶,鳳翥鸞翔,集桂苑之名都,占蓮池之雅望。二十三官即先輩〔三〕,備觀周樂,深閱楚材。各陳贊詠之詞,能展縱横之作。筆皆實録,機不虛張。始窺八首之前,只謂衛多君子;終覽九華之後,方知魯出聖人。某今所以禱望者,翠輦早遇東巡,白環免勞西獻〔四〕。二十三官百步穿葉,一飛沖天。姮娥則迎入桂宮〔五〕,王母則引歸蓬島。然後輟勝遊於御氣,展長策於濟時。來登郭隗之臺,坐弄陳琳之筆。則乃今朝麗藻,已掩八仙公之名;他日賔筵,必盈七才子之數〔六〕。見丘門之請禱，待稚榻之解懸〔七〕。某使欲銜璧乞降〔八〕，摳衣請益。但以志勤詞戰，雖將築室反耕〔九〕；道拙世塗，僅類杜門却掃。未獲面申感謝，謹專修狀啓陳云云〔一〇〕。

〔校記〕

〔一〕謝周繁秀才以《小山集》見示：徐有榘木活字本題作「謝周繁秀才以《小山集》見示書」。

〔二〕机案：潘仕成海山仙館叢書本作「几案」。按：二者同詞異寫，亦作「几桉」，均泛指案桌。北齊顔之推《顔氏家訓·治家》：「或有狼籍几案，分散部帙，多爲童幼婢妾之所點汙，風雨蟲鼠之所毁傷，實爲累德。」唐孟郊《和宣州錢判官使院廳前石楠樹》：「聳異敷庭際，傾妍來坐隅，散彩飾机案，餘輝盈盤盂。」即其例。

〔三〕即：底本作「郎」，實為「即」之訛俗字。按：此訛俗字又見卷一四《許勍授廬州刺史》、卷一八《前湖南觀察巡官裴璙》。今據《四部叢刊》本、徐有榘木活字本、《唐文拾遺》卷四三等改為通行字體。

〔四〕白環：底本、《四部叢刊》本、《唐文拾遺》卷四三、《東文選》卷五八均誤作「日環」，兹據徐有榘木活字本改。按：「白環」用典。舊傳虞舜在位，西王母朝見進獻白玉環。《竹書紀年》卷上：「六年，西王母之來朝，獻白環玉玦。」《後漢書·馬融傳》：「納僬僥之珍羽，受王母之白環。」孔稚珪《北山移文》：「玉環西獻，楛矢東來。」

〔五〕姮娥：《國譯孤雲崔致遠先生文集》作「嫦娥」。按：二者義同。

〔六〕七才子：《四部叢刊》本、潘仕成海山仙館叢書本闕「七」字。

〔七〕稚榻：《四部叢刊》本、徐有榘木活字本、《唐文拾遺》卷四三作「陳榻」。按：二者義同，《東文選》卷五八亦作「稚榻」。後漢陳蕃為太守，在郡不接賓客，唯徐穉來特設一榻，去則懸之。見《後漢書・徐穉傳》。後因以「陳蕃榻」、「陳榻」、「稚榻」、「穉榻」等為禮賢下士之典。唐張九齡《候使登石頭驛樓作》詩：「自守陳蕃榻，嘗登王粲樓。」竇鞏《登玉鉤亭奉獻淮南李相公》詩：「定知有客嫌陳榻，從此無人上庾樓。」許渾《寄獻三川守劉公》詩之一：「花深穉榻迎何客，月在膺舟醉幾人。」均其例。稚：底本作「ネ」旁著「隹」之形，俗寫體，俗寫「禾」、「ネ」不拘，參卷四《奏請從事官狀》「裨」條校注。

〔八〕使：《東文選》卷五八、《國譯孤雲崔致遠先生文集》、《唐文拾遺》卷四三、潘仕成海山仙館叢書本作「便」。按：據文意，作「便」義長。乞：底本作「乞」，俗寫體。唐顔元孫《干祿字書》：「乞乞：上俗，下正。」

〔九〕雖：潘仕成海山仙館叢書本作「唯」。

〔一〇〕云云：《東文選》卷五八闕。

與壽州張常侍書

當今聖天子在上，賢丞相在下，然以宿德令望而推者〔一〕，唯我上公暨滑臺中令兩地而已〔二〕。初常侍靜芟前弊〔三〕，權握使符，我上公以理狀聞，請為真守，帝惟曰俞。後常侍撫安郡俗，振肅兵威，大元帥以雄材薦〔四〕，請貳前驅，帝亦惟曰俞〔五〕。是得弄印分榮，剖符行化，踰月報政，盡活疲甿。實謂壽之人，永居壽域矣。則乃常侍遇賢丞相之知，入聖天子之用，乃文乃武〔六〕，多才多藝，固以播在四海，某豈敢一二而談詠也？今所禱願者，碧幢紅旆，高引前途；相幕將壇，別張勝地。謂予不信，神之聽之。

〔校記〕

〔一〕然以：《四部叢刊》本、徐有榘木活字本、《唐文拾遺》卷四三作「然而」。而推：潘仕成海山仙館叢書本作「可推」。

〔二〕臺：《四部叢刊》本作「壄」。按：「壄」為「臺」之古字。《字彙·土部》：「壄，古臺字。」下不另出校。又，「滑臺」是古地名，即今之河南省滑縣。相傳古有滑氏，於此築壘，後人築以為城，高峻堅固。漢末以來為軍事要衝。唐李吉甫《元和郡縣誌·河南道四·滑州》：「州城即古滑臺城，城有三重，又有都城，週二十里，相傳云衛靈公所築小城，昔滑氏爲壘，後人增以爲城，甚高峻堅險，臨河亦有臺。」

〔三〕獘：底本作「弊」，訛俗字。

〔四〕雄材：《四部叢刊》本、徐有榘木活字本、《唐文拾遺》卷四三作「雄才」，二者同詞異寫。

〔五〕惟：《四部叢刊》本作「唯」，二者同詞異寫。

〔六〕乃文乃武：《四部叢刊》本、徐有榘木活字本、《唐文拾遺》卷四三作「乃武乃文」。按：「乃武乃文」謂文武兼備。《書·大禹謨》：「乃聖乃神，乃武乃文。」

賀楚州張義府尚書〔一〕

國家自兵興已來〔二〕，爵賞既多，官榮甚峻。然而常恐授受之未䏻宜稱，盡善盡美，固當有待。今則尚書以累世勳望，以數年戰功，始假使符，旋迎真命。某將趍清德，獲聽好音，欣抃之來，雀躍而已。則非獨喜尚書展龔、黄之美政，實乃賀聖天子之得良二千石也。伏惟云云。

〔校記〕

〔一〕賀楚州張義府尚書：潘仕成海山仙館叢書本題作「賀楚州張義府尚書書」。

〔二〕興：底本作「興」，俗寫體。唐顔元孫《干禄字書》：「興興：上通，下正。」《敦煌俗字典》「興」字條收此俗形。按：此形底本、《四部叢刊》本習見，舉一以概其餘，不另出校。

與假牧書

伏以近日俗尚書題〔一〕，言矜贊祝，苟非全德，多是愧辭。某執性近愚，處身斯直，以目所睹，以耳所聆，方敢詠歌，固無諂笑。某自達仁境，如歸故鄉。見百姓之安，則知三軍之樂也；見鄉閭之泰，則知郡邑之肅也。若非常侍寬猛相濟，恩威並行，則何以至村落之居，室家相慶，自近及遠，嬉嬉然喜遇慈父？然則政成一境，名達九重，即計冠聳豐貂，旟翻建隼，榮膺真拜，大洽群情。某每聽謳謠，深增禱祝。伏惟照察。謹狀〔二〕。

〔校記〕

〔一〕俗：《唐文拾遺》卷四三誤作「辱」。

〔二〕謹狀：《東文選》卷五八闕。

桂苑筆耕集卷第二十

啓、狀、別紙、祭文、詩共四十首

謝許歸覲啓
謝行裝錢狀
謝再送月料錢狀
謝賜弟栖遠錢狀
上太尉別紙五首
祭巉山神文
陳情上太尉詩
奉和座主尚書絕句〔一〕
吟歸燕詩〔二〕
酬楊贍秀才送別詩〔三〕
行次謝太尉賜衣段詩〔四〕
留別女道士詩〔五〕
酬進士楊贍送別絕句〔六〕
楚州張尚書謝相迎詩〔七〕
酬吴巒秀才絕句二首〔八〕
石峰詩〔九〕
潮浪詩〔一〇〕
沙汀詩〔一一〕
野燒詩〔一二〕
杜鵑詩〔一三〕
海鷗詩〔一四〕
山頂危石詩〔一五〕

石上矮松詩〔一六〕

紅葉樹詩〔一七〕

石上流泉詩〔一八〕

和友人除夜見寄詩〔一九〕

東風絕句〔二〇〕

海邊春望絕句〔二一〕

春曉閑望絕句〔二二〕

海邊閑步詩〔二三〕

將歸海東巉山詩〔二四〕

和金員外贈巉山絕句〔二五〕

題海門蘭若柳絕句〔二六〕

〔校記〕

〔一〕奉和座主尚書絕句：《四部叢刊》本、徐有榘木活字本題作「奉和座主尚書三首」。

〔二〕吟歸燕詩：徐有榘木活字本題作「歸燕吟獻太尉」。

〔三〕酬楊贍秀才送別詩：徐有榘木活字本題作「酬楊贍秀才送別」。

〔四〕行次謝太尉賜衣段詩：徐有榘木活字本題作「行次山陽謝太尉賜衣段」。

〔五〕留別女道士詩：徐有榘木活字本題作「留別女道士」。

〔六〕酬進士楊贍送別絕句：徐有榘木活字本題作「酬進士楊贍送別」。

〔七〕楚州張尚書謝相迎詩：徐有榘木活字本題作「謝楚州張尚書相迎」。

〔八〕酬吴巒秀才絕句二首：徐有榘木活字本題作「酬吴巒秀才惜別二絕句」。二：底本誤作「三」，兹徑改。

〔九〕石峰詩：徐有榘木活字本題作「石峯」。
〔一〇〕潮浪詩：徐有榘木活字本題作「潮浪」。
〔一一〕沙汀詩：徐有榘木活字本題作「沙汀」。
〔一二〕野燒詩：徐有榘木活字本題作「野燒」。
〔一三〕杜鵑詩：徐有榘木活字本題作「杜鵑」。
〔一四〕海鷗詩：徐有榘木活字本題作「海鷗」。
〔一五〕山頂危石詩：徐有榘木活字本題作「山頂危石」。
〔一六〕石上矮松詩：徐有榘木活字本題作「石上矮松」。
〔一七〕紅葉樹詩：徐有榘木活字本題作「紅葉樹」。樹：底本、《四部叢刊》本作「樹」，俗寫體。
〔一八〕石上流泉詩：徐有榘木活字本題作「石上流泉」。
〔一九〕和友人除夜見寄詩：徐有榘木活字本題作「和友人除夜見寄」。
〔二〇〕東風絕句：徐有榘木活字本題作「東風」。
〔二一〕海邊春望絕句：徐有榘木活字本題作「海邊春望」。
〔二二〕春曉閑望絕句：徐有榘木活字本題作「春曉閑望」。
〔二三〕海邊閑步詩：徐有榘木活字本題作「海邊閒步」。
〔二四〕將歸海東巉山詩：徐有榘木活字本題作「將歸海東巉山春望」。

〔二五〕和金員外贈巉山絕句：徐有榘木活字本題作「和金員外贈巉山清上人」。

〔二六〕題海門蘭若柳絕句：徐有榘木活字本題作「題海門蘭若柳」。

謝許歸覲啓

某啓：早來員外郎君奉傳尊旨〔一〕，伏蒙恩慈，念以某久別庭闈，許令歸覲者。仰銜金諾，虔佩玉音。雖尋海島以榮歸，古今無比；且望烟波而感泣，去住難安。伏緣某自年十二離家，今已二九載矣。百生天幸，獲託德門〔二〕。驟忝官榮，仍叨命服。一身遭遇，萬里光輝。是以遠親稍慰於倚門，遊子倍榮於得路〔三〕。唯仰趙衰之冬日，深暖旅懷；豈吟張翰之秋風〔四〕，遽牽歸思？且緣辭鄉歲久，泛海程遙，住傷烏鳥之情〔五〕，去懷犬馬之戀。唯願蹔謀東返，迎待西來〔六〕，仰託仁封〔七〕，永安卑跡。今即將期理棹〔八〕，但切戀軒。下情無任感戴兢灼涕泣之至。謹奉啓陳謝云云〔九〕。

〔校記〕

〔一〕奉傳：潘仕成海山仙館叢書本作「傳奉」。

〔二〕託：《四部叢刊》本、徐有榘木活字本、《唐文拾遺》卷四三作「托」，通用字。

〔三〕倍：《東文選》卷四五作「信」。

〔四〕吟：潘仕成海山仙館叢書本誤作「唯」。

〔五〕烏烏：《四部叢刊》本、徐有榘木活字本、《唐文拾遺》卷四三作「烏鳥」。按：二者義同，均指烏鴉之屬，因其有反哺之德，故用以喻孝親之人子。《後漢書・趙典傳》：「且烏烏反哺報德，況於士邪！」晉傅咸《申懷賦》：「盡烏烏之至情，竭歡敬於膝下。」

〔六〕待：《東文選》卷四五、《唐文拾遺》卷四三誤作「侍」。

〔七〕仁封：《唐文拾遺》卷四三作「仁風」。

〔八〕棹：底本、徐有榘木活字本等均闕，據《唐文拾遺》卷四三、《國譯孤雲崔致遠先生文集》補。

〔九〕謹奉啓陳謝云云：《東文選》卷四五闕。

謝行裝錢狀

伏蒙仁恩〔一〕，特賜錢二百貫文令辨行裝者〔二〕，謹依處分捧領訖。

伏以某學虧力行，事過心期。燕觜銜泥，點汚常慙於廣廈；鼇頭抃嶽，低佪暗避於連鈎〔三〕。每慎行藏，深規躁靜。豈謂謙而受益，或希屈以求伸。今者果奉尊慈〔四〕，令將遠命，榮歸故國，免挈空囊。比陸生南說之橐裝，倍多輝煥；異孔氏東還之輜重，豈慮焚燒？且彼虞卿白璧，郭隗黃金，徒欲耀名，終非濟事。是若念其就養〔五〕，愍以食貧〔六〕，減二十日之堂封，濟數千里之家信？累載莫申其勞苦，一朝頓贍於旨甘。寧親而既佩銀章，倍榮衣錦；戀德而但垂珠淚，願效賣綃。下情無任感恩榮抃涕戀兢惕之至云云。

【校記】

〔一〕仁恩：潘仕成海山仙館叢書本作「仁慈」，二者義同。

〔二〕文：《四部叢刊》本、徐有榘木活字本、《唐文拾遺》卷四三誤作「又」。

〔三〕鈎：《四部叢刊》本、徐有榘木活字本作「鉤」，俗寫體，俗寫方口尖口不拘，《敦煌俗字典》「鈎」字條收錄此形。

〔四〕奉：《四部叢刊》本、徐有榘木活字本、《唐文拾遺》卷四三作「逢」。

〔五〕是：《唐文拾遺》卷四三、《國譯孤雲崔致遠先生文集》作「曷」。按：此句為疑問句，作「曷」義長。

〔六〕愍：底本字中「民」缺末筆，或為避高麗恭愍王之名諱。

謝再送月料錢狀〔一〕

某啓：昨日憲資庫送到館驛巡官八月料錢〔二〕。伏緣某將命遠方〔三〕，已奉公牒，暫離候館〔四〕，即指歸程〔五〕。既蒙別賜行裝，豈合更霑職俸〔六〕？固難領受〔七〕，遂便送還。不知庫司具狀申上〔八〕，伏奉判命却來送者〔九〕。

筆飛雲鳳，顯示深恩；縉躍天龍，仰資厚德〔一〇〕。況遂還家之望〔一一〕，實驚潤屋之言。遠地賤微，雖有慙於銅臭〔一二〕；故鄉親識，必致敬於金多。通神則益驗魯褒，執癖則敢師和嶠〔一三〕。伏以尊卑禮隔，辭讓無由，謹依處分跪領訖。下情無任感恩戀德激切徘徊兢惕之至云云〔一四〕。

〔校記〕

〔一〕謝再送月料錢狀：《東文選》卷四五、《唐文拾遺》卷四三題作「謝再送月錢啟」，《四部叢刊》本題作「謝再送月料錢」。

〔二〕憲資庫：《四部叢刊》本、徐有榘木活字本、《唐文拾遺》卷四三作「軍資庫」。按：據文意，似當作「軍資庫」。

〔三〕遠：《四部叢刊》本、徐有榘木活字本誤作「逮」。

〔四〕候：《國譯孤雲崔致遠先生文集》作「侯」，俗寫二者不拘。按：「候舘」，亦作「候館」，本指供瞭望用的小樓。《周禮・地官・遺人》：「市有候館。」鄭玄注：「候館，樓可以觀望者也。」後又泛指接待過往官員或外國使者的驛館。唐錢起《青泥驛迎獻王侍御》詩：「候館掃清晝，使車出明光。」宋歐陽修《踏莎行》詞：「候館梅殘，溪橋柳細，草薰風暖搖征轡。」文中即此義。

〔五〕即：《東文選》卷四五作「昂」。按：「即」之古字作「皍」，作「昂」者乃其微變。

〔六〕合：《四部叢刊》本、徐有榘木活字本、《唐文拾遺》卷四三作「令」。更沾：《四部叢刊》本、徐有榘木活字本、《唐文拾遺》卷四三闕，《國譯孤雲崔致遠先生文集》作「並叨」。職俸：底本誤作「賊俸」，據諸本改。俸：《國譯孤雲崔致遠先生文集》誤作「捧」。

〔七〕固：《四部叢刊》本、徐有榘木活字本、《唐文拾遺》卷四三闕，《國譯孤雲崔致遠先生文集》作「實」。

〔八〕具狀申上：《四部叢刊》本、徐有榘木活字本作「具狀申上上」。

〔九〕伏奉判命却來送者：《東文選》卷四五作「伏奉判命卻支送者」，《國譯孤雲崔致遠先生文集》作「乃伏奉手批者」，《四部叢刊》本、徐有榘木活字本作「伏奉□□者」，《唐文拾遺》卷四三作「□伏奉□□者」。

〔一〇〕德：《四部叢刊》本、徐有榘木活字本、《唐文拾遺》卷四三闕，《國譯孤雲崔致遠先生文集》作「惠」，《東文選》卷四五作「祿」。

〔一一〕況：《四部叢刊》本、徐有榘木活字本、《唐文拾遺》卷四三闕，《國譯孤雲崔致遠先生文集》作「得」。

〔一二〕銅臭：《四部叢刊》本、徐有榘木活字本、《唐文拾遺》卷四三闕，《國譯孤雲崔致遠先生文集》作「寶重」。

〔一三〕敢師：《四部叢刊》本、徐有榘木活字本、《唐文拾遺》卷四三闕，底本闕「師」字，今據《東文選》卷四五補。《國譯孤雲崔致遠先生文集》作「非效」。和嶠：《四部叢刊》本、徐有榘木活字本、《唐文拾遺》卷四三闕。

〔一四〕徘徊：《四部叢刊》本作「徘佪」。按：二者同詞異寫。兢惕：《四部叢刊》本、徐有榘木活字本、《唐文拾遺》卷四三作「兢灼」，二者義同。云云：《東文選》卷四五闕。

謝賜弟栖遠錢狀

某啓：某堂弟栖遠，比將家信，迎接東歸，遂假新羅國入淮海使錄事職名，獲詣雄藩，將歸故國。

昨者伏蒙仁恩，特賜錢二十貫者〔一〕。

伏以崔栖遠遠涉烟波，大遭風浪，僅存微命，唯有空身。雖志切鶺鴒，竊慕在原之義；而譽慚騏驥，難期得路之秩〔二〕。銜蘆而但喜聯行，泛梗而免虞失所。今者某已榮奉使〔三〕，則遂寧親〔四〕。貨泉沾潤之名，實稱子母；歸路光榮之事，皆屬弟兄〔五〕。下情無任感恩欣躍兢惕之至。

〔校記〕

〔一〕二：《四部叢刊》本、徐有榘木活字本、《唐文拾遺》卷四三作「三」。

〔二〕秩：《四部叢刊》本、徐有榘木活字本、《唐文拾遺》卷四三作「秋」。

〔三〕已：潘仕成海山仙館叢書本作「以」，通用字。

〔四〕則：潘仕成海山仙館叢書本作「得」。

〔五〕弟兄：《四部叢刊》本、徐有榘木活字本、《唐文拾遺》卷四三作「善人」。

上太尉別紙五首

某啓：昨以鄉使金仁圭員外已臨去路，尚闕歸舟，懇求同行，仰候尊旨〔一〕。伏蒙恩造，俯允卑誠。今則共別淮城，齊登海艦。雖慚李、郭之譽，免涉胡、越之言。遠路無虞〔二〕，不假琴高之術；巨川舷濟，唯懷傅說之恩。下情無任感戀之至云云。

又

某啓：伏奉手筆批誨，一行人並善將息〔三〕，穩風濤者。

俯顧微流，仰窺尊念，望淮海則陟遐自邇〔四〕，指風波則視險如夷。遍灑温言，盡叨恩於挾纊；潛敷至懇〔五〕，願無愧於賫綃。下情無任感激攀戀兢灼之至云云〔六〕。

又

伏奉尊誨，藥袋子懸於舡頭，不畏風浪，慎勿開之者。

仰掛青囊，遠踰碧海，必使天吴息浪，水伯迎風。既無他慮於葭津〔七〕，可訪仙遊於蓬島。唯願往來無滯，忠孝克全。萬里安流，永荷濟川之力〔八〕；百年苦節，不欺臨谷之心。下情無任感戴兢灼之至〔九〕。

又

某舟舡行李，自到乳山，旬日候風，已及冬節。海師進難，懇請駐留。某方忝榮身，唯憂辱命。乘風破浪，既輸宗慤之言；長檝短篙，實涉惠施之說。雖仰資恩煦，不憚險艱，然正值驚波，難踰巨壑〔一〇〕。今則已依曲浦，蹔下飛廬。結茅茨以庇身，糁藜藿而充腹。候過殘臈，決撰行期。若及春日載陽，必無終風且暴。便當直泛〔一一〕，得遂榮歸。謹具別狀咨申，伏惟云云。

又

某啓：某自叨指使〔一二〕，唯欲奮飛。必期不讓秋鷹，便能截海；豈料飜成跛鼈，尚類曳泥。雖慎三思而行，且乖一舉之雋〔一三〕。既勞淹久，合具啓陳。某嘗讀《國語》，見海鳥爰居，止於魯東門之外。展禽曰：「今兹海有災乎？夫廣川之鳥獸，常知而避其災。」是歲也，海多大風，冬暖〔一四〕。伏見今年自十月之交，至于周正月，略無霽發，倍覺温燠〔一五〕。必恐魯修濫祀〔一六〕，豳改成詩〔一七〕。靜思漢祖之興歌，大風可懼；遙想田横之竄跡，絶島難依〔一八〕。遂於登州〔一九〕，近浦止泊。籠鵠無失〔二〇〕，藩羊自安。唯願時然後行〔二一〕，必當利有攸往。泛艆艪而不滯〔二二〕，指渤澥而非遥。巽申專對之能，早遂再來之望。伏惟〔二三〕。

〔校記〕

〔一〕候：底本作「侯」，俗寫二者不拘，今據諸本改為通行字體。

〔二〕遠路無虞：底本作「遠路無無虞」，衍一「無」字，據諸本刪。遠路：潘仕成海山仙館叢書本作「路遠」。

〔三〕善：潘仕成海山仙館叢書本誤作「喜」。

〔四〕遐：底本「叚」作「段」，俗寫體。

〔五〕潛：《四部叢刊》本、徐有榘木活字本、《唐文拾遺》卷四三闕，《國譯孤雲崔致遠先生文集》作「用」。

〔六〕激：《四部叢刊》本「⿱白方」作「身」，俗寫體，《敦煌俗字典》「激」字條收有相近之形。按：此形《四部叢刊》

本經見。又「檄」字，《四部叢刊》本「臱」亦作「身」，亦其比。下不另出校。

〔七〕葭：底本作「葭」，俗寫體。按：俗寫「叚」、「段」不拘。

〔八〕荷：《四部叢刊》本、徐有榘木活字本、《唐文拾遺》卷四三闕，《國譯孤雲崔致遠先生文集》作「賴」。

〔九〕《國譯孤雲崔致遠先生文集》文末有「云云」二字。

〔一〇〕壑：底本作「𡑞」，異構字，《漢語大字典》「補遺」中收「𡑞」字。下不另出校。

〔一一〕泛：《四部叢刊》本、徐有榘木活字本、《唐文拾遺》卷四三作「帆」。按：二者義近。「帆」指船張帆航行。唐韓愈《除官赴闕至江州寄鄂岳李大夫》詩：「盆城去鄂渚，風便一日耳，不枉故人書，無因帆江水。」即其例。

〔一二〕某：《四部叢刊》本、徐有榘木活字本、《唐文拾遺》卷四三闕。

〔一三〕雋：《四部叢刊》本、徐有榘木活字本作「儁」。按：二者均「俊」之異構字。

〔一四〕冬暖：《四部叢刊》本作「冬嚅」，《國譯孤雲崔致遠先生文集》作「冬濡」。

〔一五〕倍：底本及《四部叢刊》本、徐有榘木活字本、《唐文拾遺》卷四三均闕，兹據潘士成海山仙館叢書本補。

〔一六〕祀：《四部叢刊》本、徐有榘木活字本、《唐文拾遺》卷四三作「祠」，二者義同。

〔一七〕詩：《國譯孤雲崔致遠先生文集》誤作「歲」。

〔一八〕絕：《國譯孤雲崔致遠先生文集》誤作「然」。

〔一九〕登州：《四部叢刊》本、徐有榘木活字本、《唐文拾遺》卷四三作「登舟」。按：「舟」為「州」之音誤。「登州」，武周如意元年（六九二）置，治牟平（今山東煙臺東南），神龍三年（七〇七）移治蓬萊縣，是通遼東、高麗、新羅、百濟與日本的重要港口。

〔二〇〕失：潘仕成海山仙館叢書本誤作「矢」。

〔二一〕時：《國譯孤雲崔致遠先生文集》誤作「絕」。

〔二二〕艆艪：《四部叢刊》本、徐有榘木活字本、《唐文拾遺》卷四三作「艆艘」。

〔二三〕伏惟：《四部叢刊》本、徐有榘木活字本、《唐文拾遺》卷四三作「伏惟云云」。按：《國譯孤雲崔致遠先生文集》亦作「伏惟」。

祭巉山神文

維年月日〔一〕，新羅國入淮南使、檢校倉部員外郎、守翰林郎、賜緋銀魚袋金仁圭，淮南入新羅兼送國信等使、前都統巡官承務郎、殿中侍御史內供奉、賜緋魚袋崔致遠等〔二〕，謹以清酌牲牢之奠〔三〕，敬祇懸于巉山大王之靈〔四〕。竊以昔辨方圓〔五〕，始分清濁，融作江海，結為山岳。石戴土而土戴石，小者礅而大者礐。然而罕有威神〔六〕，靜無棱角。與堆阜而相接〔七〕，見丘陵之可學。惟靈磊磊落落，高臨鯷壑；巉巉嵒嵒，俯壓鯨潭〔八〕。上則為雲霧縈纏之骨，下則為波濤激射之窟〔九〕。朝則迎金烏而前出，夜則送銀蟾而後沒〔一〇〕。是以峻德飫彰乎東夏西夷，玄功不假乎南儵北忽。則彼織女之機倚河漢，秦帝之橋架溟渤。徒銜其名〔一一〕，莫勞我形。每謂蘊藏其片玉，豈唯厠列於雙瓊？遂使往來者虔託英靈〔一二〕，祈禱者盡寫精誠。既蘋蘩之可薦，信黍稷之非馨。今者仁圭等久銜遠命，致遠也始奉殷聘。喜歸舟之既同，佇遊轡之飫並。不患胡、越之意殊，寧慙李、郭之名盛？去歲初冬〔一三〕，及東牟東，屬以滄流尚遠，玄律將窮。浪形匌匒而鷁難浮艦〔一四〕，風響颼飀而鵠恐辭籠。遂艤刳木，聊安斷蓬。日昨雖迎端月〔一五〕，猶懼俊風，延頸而待逢候燕，迴眸而送盡歸鴻。方期利涉，龜從筮叶，直指雞林，輕浮芥葉。豈輸馳馬之號〔一六〕，願較秋鷹之捷。遠詣靈峰〔一七〕，難尋壽宮。但覩其青蓮倒蘸於巨浸，碧螺高柱於晴空〔一八〕。仰威靈之聳塵外，想影響之飄雲中。於是潔饋饎〔一九〕，擇肥醲〔二〇〕，酒醴斯醹，牲牷粗豐，謹賫薄禮，敢覬陰功。伏惟大王，潛施呼噏，密降指蹤，使波神拱手，川后斂容。楚師之南風且競〔二一〕，鄭伯之東道豁通〔二二〕。照水鏡之心，既分妍醜〔二三〕；擘土囊之口，無雜雌雄。則可朝穿汗漫〔二四〕，暮截鴻濛〔二五〕。去採石華，必同謝運；行吟肉脯，免効張融。加以某臨川自審，登木增懍。憶昔雪作夜光，氷為夕飲。幾年獨勵於皷篋，今日方期於扇枕。將問荆州之綃〔二六〕，忝披會稽之錦。見寵若驚，心如捧盈。雖智有不逮〔二七〕，而時然後行。況賫御筆，慮滯王程。今則裹裝既飭〔二八〕，儼有行色。翫淑景以謌吟，汎安流於瞬息〔二九〕。唯託大王之風〔三〇〕，早歸君子之國〔三一〕，俾傳帝命，無曠神職。尚饗。

〔校記〕

〔一〕年月：潘仕成海山仙館叢書本誤作「年年」。

〔二〕《國譯孤雲崔致遠先生文集》闕第二個「入」。

〔三〕牲牢：潘仕成海山仙館叢書本作「生牢」。按：二者同詞異寫，然一般作「牲牢」。「牲牢」猶牲畜。《詩・小雅・瓠葉序》：「上棄禮而不能行，雖有牲牢饔餼，不肯用也。」鄭玄箋：「牛羊豕爲牲，繫養者曰牢。」唐杜甫《有事於南郊賦》：「司門轉致乎牲牢之繫，小胥專達乎懸位之使。」

〔四〕庪懸：《國譯孤雲崔致遠先生文集》作「致懇」。《四部叢刊》本、徐有榘木活字本、《唐文拾遺》卷四三闕「庪」字。按：「庪懸」，同「庪縣」，指祭山。《爾雅・釋天》：「祭山曰庪縣。」郭璞注：「或庪或縣，置之於山。《山海經》曰『縣以吉玉』是也。」邢昺疏：「庪縣，祭山之名也。庪謂埋藏之……縣謂縣其牲幣于山林中，因名祭山曰庪縣。」《公羊傳・僖公三十一年》「山川有能潤於百里者，天子秩而祭之」徐彦疏引漢李巡曰：「祭山以黃玉及璧，以庪置几上，遥遥而眂之，若縣，故曰庪縣。」《儀禮・覲禮》「祭山丘陵升」唐賈公彦疏：「《爾雅》云祭山曰庪懸，祭川曰浮沈，不言升。此山丘陵雲升者，升即庪懸也。」庪：底本作「庋」，俗寫體。

〔五〕圓：《唐文拾遺》卷四三作「員」，通用字。

〔六〕罕：《四部叢刊》本作「穻」，俗寫體。神：《韓國文苑》卷四作「信」。

〔七〕堆阜：《韓國文苑》卷四作「阜阜」。按：當作「堆阜」。「堆阜」指小丘。南朝梁武帝《撰〈孔子正言〉竟述懷詩》：「白水凝澗谿，黄落散堆阜。」唐劉崇遠《金華子雜編》卷下：「北海縣中門前，有一處地形微高，若小堆阜隱起。」是其例。

〔八〕壓：底本「犬」旁作「大」，俗寫體。

〔九〕波濤：《韓國文苑》卷四作「波瀾」。

〔一〇〕沒：《韓國文苑》卷四作「歿」，通用字。

〔一一〕徒：《韓國文苑》卷四作「徙」，形近而訛。

〔一二〕託：《四部叢刊》本、徐有榘木活字本、《唐文拾遺》卷四三作「度」，《東文選》卷一〇六作「托」。

〔一三〕初冬：《韓國文苑》卷四作「冬初」。

〔一四〕匋匌：底本誤作「匌匌」，據諸本改。

〔一五〕日昨：《四部叢刊》本、徐有榘木活字本、《唐文拾遺》卷四三作「一昨」。按：二者義同，指前些日子。

〔一六〕號：徐有榘木活字本作「蹏」。

〔一七〕詣：底本「旨」旁作「旨」，俗寫體。按：從「旨」之字如「指」、「脂」等，底本亦如此作。下不另出校。

〔一八〕柱：潘仕成海山仙館叢書本作「拄」，二者義同。

〔一九〕饋饎：他本多作「饋饎」，《東文選》卷一〇六作「饋饍」。按：「饋饎」謂煮飯做酒，「饋」亦作「餴」。《詩·大雅·泂酌》：「泂酌彼行潦，挹彼注兹，可以餴饎。」毛傳：「餴，餾也。饎，酒食也。」「饋饎」指供神的酒食。漢蔡邕《王子喬碑》：「修祠宇，反几筵，饋饎進。」「饋饍」亦作「饋膳」，謂烹調膳食。《新唐書·南蠻傳下・室利佛逝》：「又有獸，類野豕，角如山羊，名曰雩，肉味美，以饋膳。」據文意，似作「饋饍」義長。

〔二〇〕肥：底本、《四部叢刊》本作「肶」，徐有榘木活字本作「肥」，《唐文拾遺》卷四三作「肥」。按：「肶」、「肥」均「肥」之俗寫。「肥醲」亦作「肥膿」、「肥濃」，指厚味，美味。《淮南子・主術訓》：「肥醲甘脆，非不美也。」《文選・枚乘〈七發〉》：「甘脆肥膿，命曰腐腸之藥。」李善注：「膿，厚之味也。」北魏賈思勰《齊民要術・雜説》：「夏至先後各十五日，薄滋味，勿多食肥醲。」唐張籍《董公》詩：「公衣無文采，公食少肥濃。」

〔二一〕且：《東文選》卷一〇六作「旦」。

〔二二〕豁通：徐有榘木活字本誤作「割通」。

〔二三〕姸：《韓國文苑》卷四作「研」，通用字。

〔二四〕則：《韓國文苑》卷四作「即」，二者義同。

〔二五〕暮：底本誤作「草」，據諸本改。

〔二六〕綃：《四部叢刊》本作「絹」，徐有榘木活字本、《唐文拾遺》卷四三作「絹」。按：「絹」為「絹」之俗寫體。

〔二七〕有：《韓國文苑》卷四闕。

〔二八〕飭：《四部叢刊》本、徐有榘木活字本、《唐文拾遺》卷四三作「飾」。按：二者通用。《呂氏春秋・先己》：「琴瑟不張，鍾鼓不修，子女不飭。」高誘注：「不文飭也。」畢沅校正：「飭與飾通，《御覽》二百七十九作『飾』。」

〔二九〕汎：底本作「汎」。按：「汎」為「氿」之俗。《龍龕手鏡·水部》：「汎」，俗「氿」字。此處則為「汎」之減筆俗字，辭書、俗字典均未收此用法。今據諸本改為通行字體。

〔三〇〕託：《四部叢刊》本、徐有榘木活字本、《唐文拾遺》卷四三作「托」，通用字。

〔三一〕早：《韓國文苑》卷四作「願」。

陳情上太尉〔一〕

海內誰憐海外人，問津何處是通津。本求食禄非求利，只為榮親不為身。客路離愁江上雨，故園歸夢日邊春。濟川幸遇恩波廣，願濯凡纓十載塵。

〔校記〕

〔一〕陳情上太尉：徐有榘木活字本作「陳情上太尉詩」。

奉和座主尚書避難過維陽寵示絕句三首〔一〕

年年荆棘侵儒苑，處處烟塵滿戰場。豈料今朝覲宣父〔二〕，豁開凡眼睹文章。

亂時無事不悲傷，鸞鳳驚飛出帝鄉〔三〕。應念浴沂諸弟子，每逢春色耿離腸。

濟川終望拯煙沉〔四〕，喜捧清詞浣俗襟。唯恨吟歸滄海去，泣珠何計報恩深。

〔校記〕

〔一〕維陽：潘仕成海山仙館叢書本作「維揚」。按：二者同詞異寫，然一般寫作「維揚」。「維揚」為揚州之別稱。《書·禹貢》：「淮海惟揚州。」「惟」，通「維」。後因截取二字以為名。北周庾信《哀江南賦》：「淮海維揚，三千餘里。」唐劉希夷《江南曲》之五：「潮平見楚甸，天際望維揚。」是其例。

〔二〕覬：《國譯孤雲崔致遠先生文集》誤作「覬」。

〔三〕驚：潘仕成海山仙館叢書本作「高」。

〔四〕煙沉：《四部叢刊》本、徐有榘木活字本作「湮沉」。按：似當作「湮沉」。「湮沉」亦作「湮沈」，指埋沒，沉淪。晉潘岳《楊仲武誄》：「如何短折，背世湮沈。」南朝梁江淹《恨賦》：「亦復含酸茹歎，銷落湮沈。」《舊唐書·珍王誠傳》：「凡皇族子弟，皆散棄無位，或流落他縣，湮沉不齒録，無異匹庶。」均其例。

歸燕吟獻太尉〔一〕

秋去春來能守信，暖風凉雨飽相諳〔二〕。再依大厦雖知許〔三〕，久污雕樑却自慙。深避鷹鸇投海島，羨他鴛鷺戲江潭〔四〕。只將名品齊黃雀，獨讓銜環意未甘。

〔校記〕

〔一〕太尉：潘仕成海山仙館叢書本作「太守」。太：底本作「大」。按：「大」、「太」古今字，據諸本錄為今字。

〔二〕凉：《四部叢刊》本作「凉」，俗寫體，《敦煌俗字典》「凉」字條收有此形。

〔三〕雖：潘仕成海山仙館叢書本作「須」。

〔四〕鴛鷺：《國譯孤雲崔致遠先生文集》作「鵷鷺」。按：二者同詞異寫。常比喻朝臣。唐錢起《陪南省諸公宴殿中李監宅》詩：「壺觴開雅宴，鴛鷺眷相隨。」即其例。句中喻指幕中衆賓。鴛：《四部叢刊》本作「鴛」，俗寫體。鷺：底本作「鷺」，異構字。

酬楊贍秀才送別〔一〕

海槎雖定隔年迴，衣錦還鄉愧不才。暫別蕪城當葉落，遠尋蓬島趂花開。谷鶯遥想高飛去（時楊生有隨計之計〔二〕），遼豕寧慚再獻來〔三〕。好把壯心謀後會，廣陵風月待銜杯。

【校記】

〔一〕酬楊贍秀才送別：《東文選》卷一二、《大東詩選》卷一題作「酬楊瞻秀才」。按：「楊贍」，《十抄詩》亦作「楊瞻」。

〔二〕隨計：潘仕成海山仙館叢書本誤作「隨行」。按：「隨計」語本《史記·儒林列傳》：「公孫弘爲學官，悼道之鬱滯，乃請曰：『丞相御史言……郡國縣道邑有好文學，敬長上，肅政教，順鄉里，出入不悖所聞者，令相長丞上屬所二千石，二千石謹察可者，當與計偕，詣太常，得受業如弟子。』」本謂應徵召之人偕計吏同行，後遂以「隨計」指舉子赴試。此稱楊贍為「秀才」，後稱其為「進士」，可見其尚未第進士。

〔三〕遼：《四部叢刊》本「尞」作「畣」，俗寫體，《敦煌俗字典》「遼」字條收録此形。參卷一三《請副使李大夫知留後》「僚」字條校。按：「遼豕」，亦稱「遼東豕」，見《後漢書・朱浮傳》：「往時遼東有豕，生子白頭，異而獻之，行至河東，見羣豕皆白，懷慙而還。若以子之功論於朝廷，則爲遼東豕也。」後用以指知識淺薄，少見多怪。宋江端友《牛酥行》：「持歸空慙遼東豕，努力明年趁頭市。」唐許敬宗《謝敕書表》：「忽預聞《韶》，方深《擊壤》之慰；詞均鄭璞，匪無遼豕之慚。」

行次山陽續家太尉寄賜衣段令充歸覲續壽信物謹以詩謝〔一〕

自古雖誇晝錦行，長卿翁子占虛名。既傳國信兼家信，不獨家榮國亦榮〔二〕。萬里始成歸去計，一心先筭却來程。望中遥想深恩處，三朶仙山日畔横〔三〕。

〔校記〕

〔一〕家：徐有榘木活字本作「蒙」，《國譯孤雲崔致遠先生文集》作「承」。

〔二〕家榮國亦榮：徐有榘木活字本作「家榮亦國榮」。

〔三〕日：《四部叢刊》本、徐有榘木活字本作「目」。

留別女道士

每恨塵中厄宦塗〔一〕，數年深喜識麻姑。臨行與爲真心説〔二〕，海水何時得盡枯。

〔校記〕

〔一〕塗：底本作「塗」，《四部叢刊》本「土」作「𡉏」，均俗寫體。

〔二〕與為：潘仕成海山仙館叢書本作「為與」。

酬進士楊贍送別

海山遙望曉烟濃，百幅帆張萬里風〔一〕。悲莫悲兮兒女事，不須惆悵別離中〔二〕。

〔校記〕

〔一〕幅：《四部叢刊》本「畐」作「畗」，俗寫體。

〔二〕惆悵：《四部叢刊》本、徐有榘木活字本作「怊悵」。按：《國譯孤雲崔致遠先生文集》亦作「惆悵」，二者義同。

楚州張尚書水郭相迎因以詩謝

楚天蕭瑟碧雲秋，旗隼高飛訪葉舟。萬里乘槎從此去，預愁魂斷謝公樓。

酬吴巒秀才惜別二絕句

榮祿危時未及親，莫嗟歧路暫勞身。今朝遠別無他語，一片心須不愧人。

殘日塞鴻高的的，暮烟汀樹遠依依。此時迴首情何限〔一〕，天際孤帆窣浪飛〔二〕。

〔校記〕

〔一〕迴首：《四部叢刊》本、徐有榘木活字本作「回首」。按：二者同詞異寫。限：潘仕成海山仙館叢書本作「恨」。

〔二〕窣：底本作「窣」，俗寫體。《國譯孤雲崔致遠先生文集》作「破」。

石峰中和甲辰年冬十月〔一〕，奉使東汎〔二〕，泊舟於大珠山下。凡所入目，命為篇名，嘯月吟風，貯成十首，寄高員外。

巉嵒絕頂欲摩天，海日初開一朵蓮。勢峭不容凡樹木〔三〕，格高唯惹好雲烟。點蘇寒影粧新雪〔四〕，戞玉清音噴細泉。靜想蓬萊只如此，應當月夜會群仙。

〔校記〕

〔一〕年：潘仕成海山仙館叢書本誤作「季」。按：「年」異構為「秊」，與「季」形近易混。《國譯孤雲崔致遠先生文集》闕。

〔二〕東：《國譯孤雲崔致遠先生文集》闕。汎：底本作「汎」，《四部叢刊》本、徐有榘木活字本作「泛」。按：敦煌辭書《正名要錄》（斯三八八號）：「汎泛：並浮。」《敦煌俗字典》「泛」字條收有「汎」，作「汎」者乃俗寫。

〔三〕峭：《四部叢刊》本、徐有榘木活字本作「削」。

〔四〕點蘇：徐有榘木活字本作「點酥」。按：二者同詞異寫。「點酥」謂點抹凝酥，塗抹黃白色。宋文同《惜杏》詩：「北園山杏皆高株，新枝放花如點酥。」宋蘇軾《蠟梅贈趙景貺》詩：「天工點酥作梅花，此有蠟梅禪老家。」

潮浪

驟雪飜霜千萬重，往來弦望躡前蹤。見君終日能懷信，慙我趍時盡放慵。石壁戰聲飛霹靂，雲峯倒影撼芙蓉〔一〕。因思宗慤長風語，壯氣橫生憶卧龍〔二〕。

〔校記〕

〔一〕芙蓉：底本、《四部叢刊》本作「芙蓉」，俗寫體。

〔二〕橫：《四部叢刊》本作「撗」，俗別體。唐顔元孫《干禄字書》：「撗橫：上通，下正。」《敦煌俗字典》「橫」字條收有此形。下不另出校。

沙汀

遠看還似雪花飛，弱質由來不自持。聚散只憑潮浪簸，高低况被海風吹。烟籠靜練人行絕，日射凝霜鶴步遲。別恨滿懷吟到夜，那堪又值月圓時〔一〕。

〔校記〕

〔一〕那：底本作「邦」，俗寫體。

野燒

望中旌旆忽繽紜〔一〕，疑是橫行出塞軍。猛焰燎空欺落日，狂烟亘野截歸雲〔二〕。莫嫌牛馬皆放牧〔三〕，須喜狐狸盡喪羣。只恐風驅上山去〔四〕，虛教玉石一時焚。

〔校記〕

〔一〕繽紜：《四部叢刊》本、徐有榘木活字本作「繽紛」。旌：《四部叢刊》本作「旋」。按：「旋」為「旋」之俗體（考證見卷一一《檄黃巢書》校注〔二〇〕），句中為「旌」之誤字，他本均作「旌」，可為證。

〔二〕亘：《四部叢刊》本、徐有榘木活字本作「遮」。按：《東文選》卷一二亦作「亘」。

〔三〕放牧：《四部叢刊》本、徐有榘木活字本作「妨牧」。

〔四〕上山：《東文選》卷一二作「山上」。

杜鵑〔一〕

石罅根危葉易乾，風霜偏覺見摧殘。已饒野菊誇秋艷，應羨巖松保歲寒。可惜含芳臨碧海，誰能移植到朱欄。與凡草木還殊品，只恐樵夫一例看〔二〕。

〔校記〕

〔一〕鵑：底本、《四部叢刊》本作「鵑」，俗寫體，俗寫方口、尖口不拘。

〔二〕一例：《國譯孤雲崔致遠先生文集》誤作「一倒」。按：「一例」指一律，同等。《公羊傳·僖公元年》：「臣子一例也。」《史記·禮書》：「諸侯藩輔，臣子一例，古今之制也。」北魏楊衒之《洛陽伽藍記·法雲寺》：「至於鹽粟貴賤，市價高下，所在一例。」均其例。

海鷗

慢隨花浪飄飄然，輕擺毛衣真水仙〔一〕。出沒自由塵外境，往來何妨洞中天〔二〕。稻粱滋味好不識，風月性靈深可憐。想得漆園胡蝶夢〔三〕，只應如我對君眠〔四〕。

〔校記〕

〔一〕擺：底本、《四部叢刊》本「罷」旁作「罷」，俗寫體，《敦煌俗字典》「擺」字條收錄此形。

〔二〕何妨：底本及他本並闕，茲據《國譯孤雲崔致遠先生文集》補。

〔三〕漆：底本作「漆」，《四部叢刊》本作「涞」，並俗寫體。此據徐有榘木活字本改為正字。胡蝶：諸本均作「蝴蝶」。按：二者同詞異寫，亦作「蝴蜨」。明李時珍《本草綱目·蟲二·蛺蝶》：「蝶美於鬚，蛾美於眉，故又名蝴蝶，俗謂鬚爲胡也。」

〔四〕如：徐有榘木活字本作「知」。按：他本均作「如」，是。此句連上句謂如同莊周夢蝶一般，我也和海鷗幻化為一體。

山頂危石

萬古天成勝琢磨，高高頂上立青螺。永無飛溜侵淩得，唯有閑雲撥觸多〔一〕。峻影每先迎海日，危形長恐墜潮波。縱饒蘊玉誰廻顧〔二〕，舉世謀身笑卞和〔三〕。

〔校記〕

〔一〕撥：《國譯孤雲崔致遠先生文集》誤作「揆」。按：「撥觸」指觸動。

〔二〕廻顧：《四部叢刊》本、徐有榘木活字本作「回顧」。按：二者同詞異寫。

〔三〕卞：潘仕成海山仙館叢書本誤作「下」。

石上矮松

不材終得老烟霞〔一〕，澗底何如在海涯。日引暮陰齊島樹，風敲夜子落潮沙。自能盤石根長固，豈恨淩雲路尚賒〔二〕。莫訝低顏無所愧，棟樑堪入晏嬰家〔三〕。

〔校記〕

〔一〕材：潘仕成海山仙館叢書本誤作「林」。按：「不材」指不成材。

〔二〕賖：底本、《四部叢刊》本「佘」作「余」，俗寫體，《敦煌俗字典》「賖」字條收錄此形。

〔三〕楝樑：《增訂注釋全唐詩》卷八九五錄作「梁楝」，未確。

紅葉樹

白雲巖畔立仙姝，一簇烟蘿倚畫圖〔一〕。麗色也知於世有，閑情長得似君無。宿粧含露疑垂泣，醉態迎風欲持扶〔二〕。吟對寒林却惆悵，山中猶自辨榮枯。

〔校記〕

〔一〕簇：《增訂注釋全唐詩》卷八九五錄作「族」，未確。

〔二〕持：《四部叢刊》本、徐有榘木活字本作「待」。

石上流泉

琴曲雖誇妙手彈〔一〕，遠輸雲底響珊珊〔二〕。靜無纖垢侵金鏡，時有輕飈觸玉盤。嗚咽張良言未用〔三〕，潺湲孫楚枕應寒。尋思堪惜清泠色，流入滄溟便一般。

〔校記〕

〔一〕誇：底本作「誇」，《四部叢刊》本「誇」中之「亐」作「于」，均俗寫體。

〔二〕珊：底本、《四部叢刊》本「册」作「冊」，俗寫體。

〔三〕咽：《四部叢刊》本作「呬」，俗寫體。

和友人除夜見寄

與君相見且歌吟，莫恨流年挫壯心。幸得東風已迎路，好花時節到雞林。

東風

知爾新從海外來〔一〕，曉窓吟坐思難裁〔二〕。堪憐時復撼書幌，似報故園花欲開。

〔校記〕

〔一〕爾：底本作「爾」，俗寫體。外：潘仕成海山仙館叢書本作「上」。

〔二〕窓：「窻」之異構字，《四部叢刊》本作「窻」之省俗字（「穴」作「宀」）。坐：《國譯孤雲崔致遠先生文集》作「座」。按：二者古今字。

海邊春望

鷗鷺分飛高復低〔一〕，遠汀幽草欲萋萋。此時千里萬里意〔二〕，目極暮雲飜自迷。

〔校記〕

〔一〕鷺：《四部叢刊》本作「鷺」，異構字。

〔二〕萬里：徐有榘木活字本作「萬重」。按：當作「萬里」，《四部叢刊》本、《國譯孤雲崔致遠先生文集》、潘仕成海山仙館叢書本均作「萬里」。

春曉閑望

山面嬾雲風惱散〔一〕，岸頭頑雪日欺銷。獨吟光景情何限〔二〕，猶賴沙鷗伴寂寥〔三〕。

〔校記〕

〔一〕嬾：《四部叢刊》本作「嬾」，徐有榘木活字本作「嬾」。按：「嬾」即「嬾」之俗寫體。

〔二〕限：《國譯孤雲崔致遠先生文集》作「恨」。

〔三〕寥：底本作「寥」，俗寫體，《敦煌俗字典》「寥」字條收此形。

海邊閑步

潮波靜退步澄沙〔一〕，落日山頭簇暮霞。春色不應長惱我〔二〕，看看即醉故園花。

〔校記〕

〔一〕澄：《四部叢刊》本、徐有榘木活字本作「登」。

〔二〕惱：底本、《四部叢刊》本右旁作「甾」，俗寫體。

將歸海東巉山春望

目極煙波浩渺間，曉烏飛處認鄉關。旅愁從此休凋鬢，行色偏能助破顔。浪蹙沙頭花撲岸，雲粧石頂葉籠山〔一〕。寄言來往鴟夷子，誰把千金解買閑。

〔校記〕

〔一〕粧：底本作「粧」，俗寫體，《敦煌俗字典》「粧」字條錄有「粧」形。徐有榘木活字本作「糚」，異構字。

和金員外贈巉山清上人

岩畔雲菴倚碧螺〔一〕，遠離塵世稱僧家〔二〕。勸君休問芭蕉喻，看取春風撼浪花。

【校記】

〔一〕岩畔：《四部叢刊》本、徐有榘木活字本作「海畔」。

〔二〕塵世：《四部叢刊》本、徐有榘木活字本作「塵土」。按：二者義同，皆指俗世。唐沈亞之《送文穎上人遊天臺》詩：「莫説人間事，崎嶇塵土中。」元稹《度門寺》詩：「心源雖了了，塵世苦憧憧。」即其例。

題海門蘭若柳

廣陵城畔別娥眉〔一〕，豈料相逢在海涯。只恐觀音菩薩借〔二〕，臨行不敢折纖枝。

【校記】

〔一〕娥眉：《四部叢刊》本、徐有榘木活字本作「蛾眉」。按：二者義同，此喻指柳。

〔二〕借：《四部叢刊》本、徐有榘木活字本作「惜」。按：觀音以柳枝灑水，故云。